중국 고대소설평점 간론

중국 고대소설평점 간론

A Brief Compendium of Chinese Fiction Commentary

탄판(譚帆) 지음 / 조관희 옮김

평점이라는 것은 일종의 비평 방식으로, 그 유래는 자못 긴 역사를 갖고 있지만, 이것이 소설에 쓰여진 것은 명대 이후의 일이다. 초기에는 서상(書商)들의 판매 수단으로 간단한 형식으로 조잡한 내용을 담고 있었지만, 명말 이후 문인들이 정식으로 평점을 달면서부터는 어엿한 소설 비평 형식의 하나로 자리 잡았다.

學古房

이 역서는 상명대학교 2013학년도 교내연구비에 의하여 수행되었음.

옮긴이의 말

평점이라는 것은 일종의 비평 방식으로, 그 유래는 자못 긴 역사를 갖고 있지만, 이것이 소설에 쓰여진 것은 명대 이후의 일이다. 초기에는 서상(書商)들의 판매 수단으로 간단한 형식으로 조잡한 내용을 담고 있었지만, 명말 이후 문인들이 정식으로 평점을 달면서부터는 어엿한 소설 비평 형식의 하나로 자리 잡았다. 그리하여 청대에는 평점이 화려하게 꽃을 피우다가, 근대 이후에는 고루한 것으로 치부되어 역사의 뒤안길로 사라졌다.

그러나 소설평점을 통해 당대 사람들이 소설이라는 장르를 어떻게 보고 그 안에 담겨 있는 내용에 대해 어떻게 생각했는지에 대한 실마리를 찾을 수 있다는 점에서 평점은 쉽게 무시할 수 없는 가치를 갖고 있다. 그럼에도 이에 대한 국내의 연구는 그리 활발하게 이루어지지 못했는데, 그것은 무엇보다 문헌학 위주의 판본에 대한 연구가 하나의 대세를 점하고 있는 우리 학계의 분위기와도 무관하지 않다 하겠다.

중국의 고대소설평점에 대한 저작으로는 이미 옮긴이가 미국의 대표적인 소설평점 연구서인 『중국 고대소설평점』(데이비드 롤스톤 저, 소명출판, 2009)를 번역 소개한 적이 있고, 소설평점과 유사한 비평 형식인 『중국 고대소설 독법』(보고사, 2013)을 잇달아 펴낸 적이 있다. 이번에 소개하는 이 책은 중국의 대표적인 소설평점 연구가인 탄판(譚帆)의 저서 가운데 하나이다. 탄판은 본래 중국 희곡을 연구하였으나 박사

논문으로 「중국소설평점연구(中國小說評點硏究)」(뒤에 화동사범대학 출판사에서 정식으로 출판됨)을 제출하면서부터 본격적으로 소설평점 연구에 뛰어들어 현재에 이르고 있다.

이 책은 그의 박사논문을 좀 더 쉽게 정리해서 펴낸 것을 우리말로 옮긴 것이다. 그런데 유감스럽게도 원서에는 많은 오자와 잘못 서술된 내용이 있어 옮긴이가 확인한 것은 일일이 원문을 대조해 가며 바로잡았다. 아울러 문단이 지나치게 긴 것은 그 내용에 따라 단락을 나누고, 길게 인용된 부분은 별도의 인용문으로 구분했다.

그럼에도 남는 아쉬움은 워낙 이쪽 방면의 연구가 국내에서는 일천한 관계로 몇몇 용어를 완벽하게 우리말로 소화해내지 못했다는 점이다. 이를테면, '감오성(感悟性)'이라는 말은 평자가 작품을 읽으면서 느끼고 깨달은 바를 의미하는 것일 텐데, 옮긴이는 이것을 간명하게 우리말로 옮겨내려 했지만 결국 그 말뜻을 살리는 새로운 표현을 찾아내지 못하고 그대로 내버려두었다. 하지만 어찌 그 뿐이랴. 옮긴이의 학식이 워낙 부족한지라 알게 모르게 원문 번역에서도 숱한 오역과 잘못이 있을 것이다. 눈 밝은 독자들의 가차없는 꾸짖음과 지적을 기다릴 따름이다.

별 것 아닌 번역을 갖고 공연히 시간을 끌면서 많은 사람들을 괴롭혔다. 바쁜 가운데에도 거친 원고를 읽어준 리무진, 박계화, 김진수 학형에게 고마운 뜻을 전하며, 특히 김효민, 리무진 두 사람은 막판 해결하기 어려운 몇 가지 난제들을 풀어나가는 데 결정적인 도움을 주었다. SNS를 통해 주고받은 이들과의 대화를 통해 옮긴이가 받은 계발과 번역상의 도움은 벽에 부딪혀 앞으로 나아가지 못하고 있던 옮긴이에게는 한 줄기 광명과 같은 것이었다. 새삼 공부는 혼자 하는 것이 아니라는 사실이 뼈저리게 와 닿는다.

이제 또 한 고비를 넘겼다. 앞으로도 가야 할 길이 첩첩산중인데,

얼마 전에 중천에 떴다고 생각했던 해가 기울고 있다는 사실에 모골이 송연해진다. 다시 한번 들메끈을 고쳐 매고 새로운 마음으로 다시 출발점에 서야겠다는 다짐을 해본다. 많은 이들의 도움을 받았지만, 그럼에도 남아 있을 수많은 잘못들은 모두 옮긴이가 감당해야 할 몫이다. 겸허한 마음으로 강호의 동도(同道)들의 가르침을 기다린다.

2015년 새봄을 기다리며

조관희 삼가 적다

목 차

하편 형식과 유형 149

일러두기

1. 이 책은 탄판(譚帆)의 『古代小說評點簡論』(山西人民出版社, 2005)을 우리말로 옮긴 것이다.
2. 번역문 가운데 각주는 모두 옮긴이의 역주임을 밝혀둔다.
3. 옮긴이가 읽는 이를 위해 덧붙인 부분은 [ ]로 묶어 별도로 표시하였다.
4. 이 책에 나오는 중국인들의 인명과 지명에 대한 한글 표기는 고대와 현대를 가리지 않고 모두 원음으로 적었다. 이것은 문화체육부 고시 제1995-8호 '외래어 표기법'에 의거하되, 여기에 부가되어 있는 표기 세칙은 일부 적용하지 않았다.

중국 고대소설평점 연구를 바라보는 세 가지 시각

중국 고대소설평점은 독특한 문화 현상으로 단순한 문학비평이 아니다. 평점은 중국소설사에서 '비평'이라는 면모를 띠고 출현했지만, 그 실제적인 표현의 함의는 오히려 문학비평이라는 용어로 개괄할 수 없다. 소설평점이 중국소설사에서, 특히 명말청초의 소설 창작 중에서 일으킨 작용은 '비평'의 범위를 훨씬 뛰어넘어 '비평 감상', '텍스트의 개정'과 '이론적인 해석' 등 여러 가지 틀거리를 형성하고 있다. 이 때문에 우리는 소설평점 연구에 대해서도 다원적인 방식으로 파악해야만 한다. 구체적으로 말해서 대체로 다음과 같은 세 가지 '관계' 속에서 고대소설평점을 정리하고 연구할 수 있다.

1. 평점과 중국의 고대소설창작사의 관계 속에서 소설평점의 가치를 드러낸다

'비평'과 '개정'이 하나로 융합된 소설평점의 특징은 거의 모든 중국 고대소설평점의 역사를 관통하고 있으며, 소설평점이 첫 땅띔을 한 만력 연간(1573~1619년)에는 비평가들이 '평론(評)'과 '개정(改)'을 가장 중요하고 또 가장 기본적인 기능으로 여겼다. 이를테면 『삼국지통속연의』를 간행한 서방(書坊) 주인 저우웨쟈오(周曰校)는 "고본을 구매하고 명사를 초빙해서 거울에 비춰보듯 참고하고 두 번 세 번 마치 원수를 대하듯 교정을 보았다(購求古本, 敦請名士, 按鑒參考, 再三讎校)"고 하였다[만권루(萬卷樓) 본 『삼국지통속연의』 표지 "지어(識語)[1], 만력 19년 간본"]. 비록 문자를 고찰하고 정정하는 데 치중하긴 했지만, 필경은 텍스트의 수정을 중시했다는 사실을 이미 드러내고 있는 것이다. 위샹더우(余象斗)의 『수호지전평림(水滸志傳評林)』에서는 텍스트 내용을 수정했다는 사실을 분명하게 드러내면서 「수호변(水滸辨)」에서 다음과 같이 말하고 있다. "이제 쐉펑탕(雙峰堂)의 위 아무개가 개정하고 평을 늘려 넣었으되, 읽기에 불편한 것은 삭제했고, 소루한 부분 역시 제거하였으니, 작품 내에 운이 맞지 않은 시와 사는 삭제하되 읽는 이가 그것을 생략하고 누락시켰다고 말할까 봐 모두 위쪽에 기록해 두었다(今雙峰堂余子改正增評, 有不便覽者芟之, 有漏者刪之, 內有失韻詩詞欲削去, 恐觀者言其省漏, 皆記上層)"(위샹더우 「수호변」, 『수호지전평림』, 만력 22년 쐉펑탕 간본). 특히 룽위탕(容與堂) 본 『수호전』은 평자가 텍스트에 대해 감상평을 하는 동시에 작품의 정절에 대해서도 제법 많이 개정했다. 다만 본문에서 직접 없애지는 않고 삭제 부호를 덧붙이고 거기에 적당한 평어를 덧붙였다.

명말청초의 소설평점은 이런 전통을 이어받아 소설 텍스트에 대한 수정을 한층 더 강화했다. 특히 명대의 '사대기서'에 대한 평점은 평점가의 소설 텍스트에 대한 '개입'이 좀더 많이 이루어졌고, 텍스트를 수정하는 가운데 평점가 자신의 사상이나 취향, 개성적인 풍모가 두드러지게 드러났다. 이를테면 진성탄(金聖嘆)의 『수호전』에 대한 수정에는 그가 마음속에 갖고 있던 모순된 심리가 체현되어 있다. 그는 천하가 분란에 빠지고 반란의 깃발을 치켜든 무리가

1] 필자 또는 교정한 날짜와 필자나 교정자의 감회, 그리고 책의 내력 등에 관한 기록. [옮긴이 주]

여기저기서 일어날 것을 염려했고, 또 사회가 혼탁하고 간신 무리가 권력을 농단하는 현실을 깊이 애통하게 여겼기에, '반란은 위에서부터 일어난다(亂自上作)'는 견해를 내놓는 한편, 그와 상반되게 『수호전』을 요참(腰斬)하고[2] '악몽에 놀라 깨는(驚惡夢)'[3] 대목을 멋대로 지어 넣었다. 이런 식으로 작품을 비평하고 개정한 것은 진성탄의 독특한 주체적 특성을 드러내 보여주고 있다.

마오 씨(毛氏) 부자의 『삼국연의』에 대한 비평과 개정은 '류베이(劉備)를 옹호하고 차오차오(曹操)에 반대하는(擁劉反曹)' 사상적 경향을 더욱 강화해주고 있다. 아울러 작품을 삭제하고 개정하며 수정하는 가운데 이러한 관념을 틈입시켜 마오 씨 비본(毛批本)은 『삼국연의』 텍스트 가운데 가장 정통적이고 가장 문인화된 판본이 되었다. 이 시기 소설평점의 텍스트에 대한 '개입'은 통속소설 예술에 대한 수정과 윤색에 두드러지게 나타나는데, 정절 구조의 조정과 느슨하고 누락된 디테일의 보완 수정으로부터 언어를 다듬고 회목(回目)을 가공하는 등에 이르기까지, 평점가의 소설 텍스트에 대한 수정은 통속소설의 예술적 품위를 옴살맞게 제고했다. 그리하여 명대의 '사대기서'는 명말청초의 평점본을 정본(定本)[4]으로 삼아

2] 진성탄이 본래 120회이던 『수호전』을 자의로 후반부 50회를 삭제하고 70회로 만들어버린 것을 의미한다. [옮긴이 주]

3] 진성탄은 자신의 70회 본 『수호전』 말미에 량산보(梁山泊) 무리의 2인자인 루쥔이(盧俊義)가 악몽을 꾸는 대목으로 마무리했다. 꿈속에서 루쥔이는 위진(魏晉) 시대 '죽림칠현(竹林七賢)' 가운데 한 사람인 지캉(嵇康)이 자신을 비롯한 108호한이 모두 참형을 당하는 모습을 보고 놀라 깬다. 꿈을 깨어보니 눈앞에 '천하태평'이라는 네 글자의 현판이 보였다. 곧 진성탄은 량산보의 108호한이 천하를 어지럽히는 도적들이고, 이들을 모두 제거해야만 천하가 태평해진다는 식으로 작품을 매조지했던 것이다. [옮긴이 주]

청 이후에 광범하게 유행했다.

건륭 이후에는 소설평점가의 텍스트에 대한 수정이 이미 하락세로 돌아섰지만, 이러한 현상은 여전히 드물지 않게 보였으니, 그 가운데 두드러진 것이 바로 '홍학(紅學)' 역사에서의 '즈옌자이(脂硯齋) 비평본'이다. 평점가의 『홍루몽』 고본(藁本)[5]에 대한 비평과 개정은 『홍루몽』이 유포되는 과정을 밝힌 역사에서 소홀히 할 수 없는 중요한 현상이다. 기타 차이위안팡(蔡元放)의 『동주열국지(東周列國志)』에 대한 비평과 개정, 왕시롄(王希廉)의 『홍루몽』에 대한 '잘못을 지적함(摘誤)', 『치성탕 증정 유림외사(齊省堂增訂儒林外史)』에서 행한 '회목의 개정', '느슨하고 누락된 부분에 대한 보완과 바로잡음(補正疏漏)', '유방의 정리(整理幽榜)'[6], '자구를 삭제하고 윤색하기' 등의 작업은 모두 소설평점의 소설 텍스트에 대한 '개입'을 체현한 것이다.

'비평'과 '개정'이 하나로 융합된 소설평점은 자못 독특한 현상이다. 왜냐하면 일종의 문학비평의 형식으로서 평점은 사실상 텍스트를 수정하는 기능은 갖고 있지 않지만, 이러한 현상이 중국 고대소설 평점의 역사에서 보편적으로 나타나는 것은 그 내재적인 원인이 있기 때문이다. 그 가운데 가장 주요한 요인으로 다음의 세 가지를

4] 여러 사본들을 검토하고 수정하여 원본의 의미를 초대한 복원한 것으로 인정되는 판본. [옮긴이 주]

5] 원본이라는 뜻. [옮긴이 주]

6] 56회 본 『유림외사』 제56회에는 신종(神宗) 황제가 조서를 내려 덕행이 뛰어난 선비들의 명단을 방문(榜文)으로 내걸게 하는 내용이 나온다. 여기서 '유방을 정리했다'는 것은 기존 판본의 방문에 나오는 이름의 순서를 재배열한 것을 가리킨다. [옮긴이 주]

들 수 있다.

중국의 고대문학발전사에서 소설, 특히 통속소설은 지위가 낮은 문체였다. 비록 수백 년 동안 소설 창작이 극히 번성하고 그 영향 또한 깊고 넓었지만, 이 문체는 시종일관 중국 고대의 여러 가지 문학체재 중에서는 변두리에 속해 고대의 정통 문인들에 의해 진정으로 받아들여진 적이 없었다. 이러한 현상은 통속소설의 발전에 대해 두 가지 영향을 미쳤다. 그 첫 번째는 유포와 전래의 민간적인 성격이고, 그 두 번째는 창작 주체의 하층성이다. 통속소설 유전(流傳)의 민간적인 성격으로 말미암아 창작에서 간행까지 대부분 기나긴 초본(抄本) 형태로 유전되는 단계를 거쳤다. 이렇게 유전되는 동안 소설은 텍스트 상의 변이가 충분히 드러나게 되는데, 최종적으로 간행된 소설은 기본적으로 '방각(坊刻)'을 위주로 하기에 그러한 상업적인 영리성 추구로 인해 소설의 간행이 조악해지는 결과를 낳기도 했다. 이러한 유전 상의 특색으로 인해 통속소설평점은 소설이 새롭게 수정되고 덧붙여지는 행위에 대해 일정한 영향을 미쳤다. 그리고 창작자 지위의 하층성은 또 이러한 행위가 공개적으로 나아가고 합법성을 띠게 했다. 고대 통속소설의 경우 수많은 창작자가 자취도 없이 사라지고, 그들의 작품은 서방(書坊)이 임의로 번각하고 대대적으로 수정하는 대상으로 전락하고 말았다. 그렇기에 소설평점이 소설 텍스트에 대해 '개입'하게 된 첫 번째 요인은 소설 지위의 비하 때문이라고 말할 수 있다. 이것은 통속소설이 그 외부 사회의 문화적 환경 하에 형성된 비정상적인 현상이라 할 수 있다.

'비평'과 '개정'이 하나로 융합된 소설평점은 고대 통속소설의 독특한 편집과 재창작 방식과 밀접한 연관이 있다. 통속소설의 편집 방식은 그 발전 과정 중에서 '세대누적형'에서 '개인독창형'으로 발전해 가는 궤적을 보여주고 있다. 이른바 '세대누적형'의 편집 방식은 대부분의 통속소설의 창작이 이야기의 제재와 예술형식이라는 두 가지 방면에서 끊임없이 누적되고 그에 따라 완전해져 가는 과정을 드러내 보여주고 있다. 그로 인해 이러한 소설 텍스트는 한 차례 성형되어 독립적으로 완성되는 것이 아니다. 명청대 통속소설의 발전사에서 이러한 편집과 재창작은 명대의 가장 주요한 창작 방식이었다. 청대에 들어선 이후에는 통속소설의 편집 방식이 점차 '개인독창형'으로 발전해 가기는 했지만, 전자의 방식은 여전히 단절되지 않았다. 이런 종류의 민간 유전의 기초 위에 점차 책이 만들어지는 편집과 재창작 방식은 소설평점에 의해 텍스트의 가치를 얻게 되는 기본적인 전제를 확립하게 되었다. 이 점에 대해 우리는 간단하게 '통속소설 텍스트의 유동성'이라는 말로 표현할 수 있다. 바로 이렇게 '유동'하는 가운데 점차 책으로 만들어지기에, 한번 만들어진 책은 최종적인 정형(定型)이 아니라 여전히 후대 사람들이 보태고 수정할(增訂)할 여지를 남기게 된다. 동시에 바로 그 자체가 시종일관 유동적인 상태에 머물러 있기 때문에, 평점가는 그 자신이 새롭게 보태고 수정하는 것에 대해 관념상의 장애를 비교적 적게 느끼게 된다. 평점가는 늘 '고본(古本)'을 얻었다는 말을 자신이 보태고 수식한 것에 대한 핑계로 삼았는데, 이를테면 진성탄이 '관화탕의 고본(貫華堂古本)'을 운운하고, 아울러 스나이안(施耐庵)의 원서(原序)를 날조했으며, 마오 씨 부자가 '모두 고본에 의해 개정했다(悉依古本改正)'는 등등이 바로 그것이다. 하지만 이렇듯 교활한 행위는 사실상 모든 사람들이 다 알고 있는 것으로 평점가 역시 이 점을 그다지 개의치 않았다.

일종의 문학비평의 방법으로서 평점은 본래 텍스트에 대해 보태거나 수식하는 기능을 갖고 있지 않았다. 하지만 상술한 두 가지 요인 때문에 소설평점은 비평이라는 취지에서 고대의 다른 문학비평 형태와는 확연하게 다른 추세를 드러내고 있다. 곧 평점가는 늘상 자신의 평점을 일종의 예술 재창조 활동으로 본다는 것이다. 일찍이 진성탄은 "성탄이 비평한 『서상기』는 성탄의 문장이지, 『서상기』의 문장이 아니다(聖嘆批『西廂』是聖嘆文字, 不是『西廂』文字)"[진성탄(金聖嘆), 「관화탕 제육재자서 서상기·독법(貫華堂第六才子書西廂記讀法)」]라고 선언했다. 그가 비평한 『수호전』은 이러한 선언과 유사한 점은 없지만, 그 취지는 오히려 같다. 그는 『수호전』을 70회에서 요참하고 개편하여 자신의 면목을 이루어냈으니, 바로 이러한 비평 정신을 강렬하게 체현한 것이었다. 장주포(張竹坡) 역시 "나는 내 자신의 『금병매』를 지은 것이다. 내 어찌 다른 사람과 『금병매』를 비평할 겨를이 있겠는가!(我自做我之『金瓶梅』, 我何暇與人『金瓶梅』也哉!)"라고 말했다(장주포, 「제일기서 금병매·주포 한화(第一奇書金瓶梅·竹坡閑話)」). 카쓰부(哈斯寶)는 더 분명하게 선언했다. "차오쉐친(曹雪芹) 선생은 기인이다. 그는 무엇 때문에 그렇듯 반드시 차오쉐친이 되어야 했으며, 나는 무엇 때문에 그가 남긴 자취를 좇아 심혈을 기울였는가? 그 차오쉐친에게는 그의 마음이 있고, 나의 이 차오쉐친에게는 나의 마음이 있다(曹雪芹先生是奇人, 我爲何步他後塵費盡心血? 那曹雪芹有他的心, 我這曹雪芹也有我的心)." 그래서 "발췌 번역한 것도 나이고, 비평을 가한 것도 나이니, 이 책은 곧 나의 또 다른 『홍루몽』인 것이다(摘譯者是我, 加批者是我, 此書便是我的另一部『紅樓夢』)."(카쓰부, 「신역 홍루몽·회평·총록(總錄)」) 이상의 언설들은 소설평점 가운데 일정한 대표성을 띤 것들이다. 비록 전체적으로는 소설평점이 이러한 특색을 체현해내고 있지는 않지만, 이들 성공적인 소설평점들 중에서는 오히려 이것이 공통의 취지와 정신이라 할 수 있다. 소설평점에는 바로 이러한 비평 정신이 있기 때문에 평점은 점차 비평가가 자기 몸을 일으키는(立身) 사업이 되었다. 그들은 자신의 사상과 감정, 심미적인 취미와 생명 체험을 모두 비평 대상에 융합시켰으며, 작품의 함의가 그 정감과 심미적인 수요에 부합하지 않을 때는 거리낌없이 작품을 개편했다.

비평의 한 가지 형태로서 소설평점이 소설 텍스트에 '개입'한 것은 사실상 그 역할의 범위를 벗어난 것이었다. 그러므로 이것은 비정상적인 현상이라고 말할 수 있다. 하지만 일종의 문화 현상을 평가할 때는 특정한 역사 환경을 벗어나서는 안 된다. 만약 우리가 이러한 현상을 중국의 고대 통속문학의 발전이라는 거대한 흐름 속에 놓고 고찰한다면, 우리는 이 현상에 대해 또 다른 평가를 내리게 될 것이다.

송원 이래로 아속(雅俗) 문학은 명확하게 다른 길로 나아갔다. 논리적으로 말하자면 이른바 아속 문학의 분리는 통속문학이 점차 정통 사대부 문인의 시야에서 벗어나 민간적인 성격으로 나아감을 의미한다. 송원 시기는 이러한 발전의 궤적이 분명하게 드러난 시기였다. 송원의 화본 강사(講史)나 송금(宋金)의 잡극 남희, 제궁조 등은 민간적인 색채가 매우 농후했으며, 또 원대에는 원대 잡극이라는 한 떨기 꽃으로 결실을 맺었다. 그리하여 아속의 분리라고 하는 시각으로 통속문학의 이 시기 역사와 이것이 거두어들인 걸출한 성취를 보자면, 우리가 다음과 같이 생각할 충분한 이유가 있다. 중국의 통속문학의 성취는 문학이 민간적인 성격과 통속화로 나아간 결과이다. 그러나 우리는 실제로 민간적인 성격과 통속화가 통속문학이 송원대 이래로 그 생명 가치를 거둬들일 수 있었던 중요한 요인이었다는 사실 또한 직시해야만 한다. 하지만 아속 문학의 분리로 인해 통속문학은 매우 심대한 수준에서 점차 정통 사대부 문인들이 통속소설의 내용과 형식에 대해 들였던 정성이 상실되었고, 그 결과 이것은 의심할 바 없이 통속문학이 그 발전의 과정에서 입은 큰 손실이 되었다. 그래서 그 민간적인 성격과 통속화를 지켜나간다는 전제 하에 어떻게 그 사상적 가치와 심미적인 품위를 제고할 것인가 하는 것이 통속문학의 발전 과정 중에서 맞닥뜨린 중요한 과제였다. 송원 이후 통속문학은 전반적으로 발전했는데, 특히 통속문학의 주체를 이루는 희곡과 통속소설을 놓고 보자면, 양자의 발전 과정은 완전히 일치하거나 평형 관계를 이룬 것은 아니었다.

중국의 고대 희곡이 원대 잡극 이후 완전히 민간적인 성격과 통속화의 길로 발전하지 않고 비교적 명확하게 점차 문인화로 발전해간 창작 궤적을 발견하는 것은 어렵지 않다. 여기서 말하는 '문인화'에는 두 가지 기본적인 함의가 있다. 하나는 희곡 창작 중의 작가의 '주체성' 강화로, 작가가 희곡을 창작할 때 문인 위주로 나아가는 경향이 비교적 명확하게 나타나며, 그렇기에 그들의 현실에 대한 감정과 사상, 정치적인 우환의식, 그리고 문인의 사명감이 두드러지게 나타난다는 것이다. 다른 하나는 예술적으로 안정적이고 완미한 예술 구조와 상대적으로 아화(雅化)된 언어 풍격을 추구한다는 것이다. 이러한 추세는 그 근원이 원대로부터 시작되었는데, 이것은 마즈위안(馬致遠)이 창작한 극본이 현실 인생에 대한 우환의식을 드러내고 가오밍(高明)이 창작한 극본이 윤리 강상을 중시하고 풍속의 교화를 견지하는 교화(敎化) 의식에 치중한 것에서 드러난다. 이러한 두 가지 작가 의식은 명대 전기 작가들이 보편적으로 받아들여, 츄쥔(邱濬)의 『오륜전비기(五倫全備記)』, 사오찬(邵璨)의 『향낭기(香囊記)』 등이 가오밍의 『비파기』의 풍속 교화의 주제를 극단으로까지 몰아가고, 『보검기(寶劍記)』, 『완사기(浣紗記)』, 『명봉기(鳴鳳記)』 등의 극작 가운데에서는 현실 인생에 대한 우환 의식이 제대로 이어지고 있다. 그 뒤로 전기 문학은 내용과 형식의 틀거리 등의 방면에서 모두 이러한 경향에 따라 발전했다. 만력 연간에 문인화 경향은 더욱 농후해졌으니, 탕셴쭈(湯顯祖)[7]의 '린촨 사몽(臨川四夢)'[8]이 그 대표이다. 청대에 들어서는 문인과의 과정이 중단되지 않아, '남홍북공(南洪北孔)'[9]의 기치 하에 이런 문인화의

7] 탕셴쭈(1550~1617년)는 자가 이렁(義仍)이고, 호는 뤄스(若士), 위밍(玉茗), 하이뤄(海若)이며, 쟝시 성(江西省) 린촨(臨川) 사람이다. 1583년 34세로 진사시험에 급제하여 난징(南京)의 태상박사(太常博士)에서 예부주사로 승진하였으나, 시정(時政)을 비난하다 좌천되어 광둥(廣東) 지방의 지현(知縣) 등 미관으로 전전하였다. 1598년 관직을 떠난 후 고향에서 극작에 힘쓰며 유유자적한 생활을 하였다. [옮긴이 주]

8] '린촨 사몽(臨川四夢)'은 탕셴쭈가 지은 네 편의 극본, 『한단기(邯鄲記)』, 『자채기(紫釵記)』, 『남가기(南柯記)』, 『환혼기(還魂記)』를 가리킨다. 이 작품들은 모두 모두 몽환(夢幻)의 세계에서 봉건적 압제 하에 굴곡(屈曲)된 인간의 '정(情)'의 고뇌와 번민을 어떻게 해방하고 구제할 것인가 하는 시대적 문제를 추구한 것이라 '린촨 사몽(臨川四夢)이라고 불렸다. [옮긴이 주]

9] 청대의 유명한 희곡작가로, 남쪽인 저쟝 성(浙江省) 출신의 홍성(洪昇)과 북쪽의 산둥 성(山東省) 출신의 쿵상런(孔尙任)을 나란히 일컫는 말이다. 홍성의 대표작은 당 현종과 양귀비(楊貴妃)의 애정 고사를 담은 『장생전(長生殿)』이고, 쿵상런의 대표작은 청대 문인 허우팡위(侯方域)와 기생 리샹쥔(李香君)의 애정 고사를 중심으로 수많은 인간세계의 덕목과 가치들, 그리고

추세가 정점에 이르러 그로부터 중국 고대 희곡문학의 한 시기인 문인전기시대(文人傳奇時代)를 형성했다.

희곡과 비교할 때 통속소설의 문인화 정도는 전체적으로 볼 때 희곡보다는 박약했고, 그 문인화 추세 역시 희곡보다 완만했다. 한편으로 명청대의 통속소설의 원류가 되는 송원대의 화본 강사는 그 자체로 원 잡극과 같이 민간적인 성격과 통속화의 와중에서 문인화의 자질을 포함하고 있지 않았고, 기본적으로는 민간에서 나오고 민간에서 유전되었던 통속 예술이었다. 그렇기에 이로부터 비롯된 명청대의 통속소설이 그 나름의 선천적인 특성을 띠고, 문인화 정도가 옅었던 것은 그리 기이한 일이 아니다. 동시에 명청대의 통속소설과 희곡을 서로 비교하면 그 문학 상품화의 특성이 더욱 뚜렷해지는데, 이것 역시 통속소설이 문인화의 방향으로 발전해 가는 데 방해가 되었다. 그래서 앞서 말한 통속소설의 '유전의 민간적 성격'과 '창작 계층의 하층성'이라고 하는 특성은 의심할 바 없이 필연적인 현상이었던 것이다. 당연하게도 통속소설의 발전 역사를 종으로 파악해 보면 그 문인화의 추세를 찾아볼 수 있는데, 특히 그 시작과 끝이라 할 원말 명초의 『삼국연의』와 『수호전』, 그리고 청 건륭 시기의 『홍루몽』과 『유림외사』는 통속소설의 문인화가 제대로 시작되어 아름답게 마무리된 예라 말할 수 있다. 하지만 이 양 극단 사이에서 통속소설의 문인화는 오히려 길고도 완만한 과정을 거쳤다.

바로 이러한 배경 하에 소설평점이 체현하고 있는 텍스트의

그것을 추구하던 명·청 왕조 교체기의 인간 군상에 대한 이야기를 펼쳐낸 『도화선(桃花扇)』이다. [옮긴이 주]

가치가 두드러지게 된다. 우선 통속소설의 문인화 과정 속에서 소설평점가는 중요한 역할을 수행했는데, 그것은 통속소설이 정통 문인들로부터 대대적으로 떨어져 나와 스스로 정성들여 가꾸어 온 지난 역사에 대한 하나의 보상이었고, 청 건륭 시기에 마주한 소설예술의 황금시대에 대한 중요한 준비였다. 다음으로 통속소설의 발전에서 명대 '사대기서'는 특수한 의의를 지니는데, 이것들은 전범적인 성격을 띠고 있는 소설작품으로, 소설사상 심대한 영향을 끼쳤다. 그러나 '사대기서'의 문화적 품위 역시 부단히 축적되어 가는 가운데 점진적으로 형성된 것으로, 이 과정 속에서 소설평점이 일으킨 작용은 낮게 평가할 수 없다. 만약 송 이전에 당대 전기가 고대 소설 문인화의 하나의 정점을 이루었다고 말한다면, 그 표지는 당대 문인의 '시심(詩心)'이 '이야기'와 결합하는 가운데 표출된 정신과 지혜가 될 것이다. 그렇다면 통속소설의 발전에서 소설평점가가 그 재자(才子)의 '문심(文心)'으로 작품을 덧붙이고 수식한 것은 통속소설 문인화의 중요한 마디가 될 것이며, '사대기서'는 바로 이러한 마디 가운데 가장 중요한 작품이 된다. 청대의 황수잉(黃叔瑛)은 이 점에 대해 다음과 같이 평가했다. "마음대로 필삭을 할 수 있었기에, 그 공력이 작자보다 배가 되었다(信乎筆削之能, 功倍作者).[황수잉, 「제일재자서삼국지・서」, 옹정 12년 위위탕(郁郁堂)본 『관판대자전상비평삼국지(官板大字全像批評三國志)』 권수(卷首)] 이 말은 비록 과장된 면이 없지 않으나, 전혀 빈 말이라 할 수도 없다. 청초 이래로 '사대기서'가 평점가의 '점정본(點定本)'으로 유행한 것은 하나의 증거가 된다.

'비평'과 '개정'이 하나로 융합된 소설평점은 중국소설사상 시종일관 소설의 창작에 개입했다. 이러한 소설 텍스트에 대한 직접적인 개입은 중국 소설비평의 커다란 특성이다. 이렇듯 독특한 현상을 정리하고 연구하면 중국 소설, 특히 통속소설의 성장과 발전 맥락을 더욱 분명하게 파악할 수 있다. 그러므로 소설평점사 연구는 중국소설사, 중국문학사의 연구 범주에 들어갈 수 있고, 소설평점의 소설 텍스트에 대한 직접적인 개입을 하나의 독특한 창작 현상으로 보는 것도 가능해진다. 이렇게 하면 통속소설의 창작과 발전의 실제 상황에 더욱 접근하고 소설평점의 본래의 모습에 좀더 부합할 수 있게 된다.

2. 평점과 중국 고대소설 전파사의 관계 속에서 소설평점의 함의를 연구한다

중국의 고대문학비평의 여러 형식 가운데 평점은 가장 크게 '독자'를 본위로 하는 비평형태이며, 평점이 다루고 있는 여러 종류의 문체 가운데, 소설평점이 체현하고 있는 이러한 특색은 더욱 분명하게 드러난다. 소설평점의 발생과 흥성의 근본적인 요인은 소설평점이 드러내 보여주고 있는 강렬한 전파 가치에서도 찾아볼 수 있다.

소설평점은 어느 정도 소설 전파의 일종의 상업적 수단이었다.

평점은 언제나 소설의 유통을 위한 광고 내용의 하나로 독자에게 유포되었고, 이를 통해 독자의 구매를 촉진했다. 여기에는 세 가지 형식이 있었다. 하나는 소설 표지에 직접 '지어(識語)'를 판각해 설명하는 것이고, 둘째는 소설의 서발이나 제사(題詞)와 범례 등의 글 속에 드러내는 것이고, 셋째는 소설의 제목 전체에 '아무개 비점

(批點)'이라고 밝혀놓는 것이다.

통속소설의 평점본에 '아무개 비점'이라는 글자를 새겨놓는 것은 명청대 통속소설 간행의 상례였다. 만약 평점이 유명한 사람이 직접 쓴 것이라면, 이것은 서방(書坊) 주인이 간행할 때 가볍게 볼 수 없는 판매 수단이었다. 서적에 서방의 주인이 모사한 '지어'를 새겨 넣는 것 역시 통속소설이 간행될 때 늘상 보는 현상이었다. 이러한 예는 비교적 이른 시기인 만력 19년에 진링(金陵)[10]의 저우웨쟈오(周曰校) 간본 『신각교정고본대자음석삼국지통속연의(新刻校正古本大字音釋三國志通俗演義)』에 보이고, 위샹더우(余象斗)의 소설 간본에서도 비교적 보편적으로 사용되었다. 이를테면 만력 20년 위 씨(余氏) 솽펑탕(雙峰堂) 간본 『안감비점연의전상삼국평림(按鑒批點演義全像三國評林)』과 만력 22년 『경본증보교정전상충의수호지전평림(京本增補校正全像忠義水滸志傳評林)』에는 모두 위샹더우의 '지어'가 있고, 그 가운데 '비점'이라는 글자가 명확하게 드러나 있어 다른 간본과 차별화했다. 만력 34년 위 씨는 또 『춘추열국지전(春秋列國志傳)』을 간행했는데, 표지의 '지어'에서 다음과 같이 말했다. "삼가 옛 판본에 의거해 교정했고, 비점에도 오류가 없다(謹依古板校正, 批點無訛)". 9년이 지난 뒤 구쑤(姑蘇)[11] 서림(書林)의 궁사오산(龔紹山)이 이 책을 다시 중간하면서 『신준 천메이궁 선생 비평 춘추열국지전(新鐫陳眉公先生批評春秋列國志傳)』이라는 제목으로 간행했고, 역시 다음과 같은 '지어'를 덧붙였다. "우리 서방에서 새로 찍어낸 『춘추열국지전비평』은 모두 천메이궁이

10] 현재의 난징(南京)을 가리킨다. [옮긴이 주]

11] 지금의 쑤저우(蘇州)를 가리킨다. [옮긴이 주]

직접 교열한 것이다. 번잡한 것을 삭제하고 빠진 것은 보충했으며 오류를 바로 잡았다. 정교한 그림마저 곁들였으니 그 찬란함이 볼 만하다(本坊新鐫『春秋列國志傳』, 皆出陳眉公手閱, 刪繁補缺而正訛謬, 精工繪像, 燦爛可觀).” 이것으로 ‘지어’ 중에 ‘평점’과 관련된 문구를 드러내 보이는 것이 당시에 이미 통속소설을 간행할 때 비교적 보편적으로 나타나는 현상이었다는 것을 알 수 있다. 이러한 현상은 청대 후기까지도 줄곧 이어졌다. 톈무산챠오(天目山樵)가 비평한 『유림외사』는 책의 표지나 목차 뒤에 항상 [그가 비평했다는 내용이 들어간] ‘지어’가 붙어 있었다. 그리고 통속소설의 서발과 제사, 범례 가운데 ‘평점’을 표나게 열거한 것은 특히 어느 것이나 그러했다.

‘평점’으로, 특히 유명 인사의 평점으로 작품의 명성과 위상을 높인 것 역시 명청대에 소설이 전파되는 중요한 상업 수단이었다. 이것은 본래 서방의 상업 전파 수단으로 위샹더우는 그 가운데서도 베테랑이었다. 흥미로운 사실은 위 씨가 간행한 통속소설이 ‘평점’이라는 면에서 농간을 부리지 않았다는 것이다. 그의 ‘평림’ 본은 일반적으로 모두 정직하게 “서방 양즈 위샹우 비평(書坊仰止余象烏批評)”이나 “서림 원타이 위샹더우 평재(書林文台余象斗評梓)”라 서(署)했다. 다만 명말청초에 이르게 되면 이런 류의 행위가 오히려 거리낌없이 자행되었다. 이를테면, ‘명대 사대기서’ 가운데 『금병매』를 제외하고는 모두 “리줘우 비평(李卓吾批評)”이라 서(署)한 판본이 세상에 돌아다녔고, 명 만력 쭈이멘거(醉眠閣) 본 『수탑야사(繡榻野史)』와 명 만력 진창(金閶) 우야탕(五雅堂) 본 『편벽열국지(片壁列國志)』(실제로는 책 속에 평어가 없음에도) 역시 리줘우 비평으로 서했다. 또 이를테면 명 숭정 연간에 간행된 『상정공안(詳情公案)』

안에는 “신준 국조 명공 리줘우 상정공안(新鐫國朝名公李卓吾詳情公案)”이라 제(題)했으나, 실제로는 매 칙(則)의 총평에는 “우화이쯔가 말하다(无懷子曰)”이라고 서(署)했다. 이런 유의 예는 헤아리기 어려울 정도인데, 그 목적은 모두 독자의 눈길을 끌어 서방(書坊)의 영리를 도모하기 위한 것이었다.

명청대 소설평점의 역사에서 평점으로 작품의 명성을 떨치려 한 것으로 청초 뤼슝(呂熊)의 『여선외사(女仙外史)』만한 것이 없다. 강희 50년(1711년)에 『여선외사』는 댜오황쉬안(釣璜軒)이 각인(刻印)했는데, 이 책은 “쟝시 염사 류팅지 품제(江西廉使劉廷璣品題)”, “쟝시 학사 양녠팅 평론(江西學使楊念亭評論)”, “쟝시 난안 군수 천이시 서언(江西南安郡守陳奕禧序言)”과 “광저우 부 태수 예난톈 발어(廣州府太守葉南田跋語)”가 있을 뿐 아니라 널리 제가(諸家)의 평점을 모았는데, 그 평점가의 숫자는 소설평점 가운데 으뜸이라 할 만하다. 필자[12]의 대략적인 통계에 의하면 이 책의 평점가는 모두 67명에 이르고 평어는 모두 264조가 있다. 이렇게 많은 평점가가 한 가지 책에 비점(批點)을 한 것은 확실히 드문 것인데, 그 가운데 지명도가 있는 인사 역시 적지 않다. 이것의 소설 전파에 대한 영향은 말하지 않아도 알 수 있다.

명청대 통속소설의 간행은 때로 “비본 총서 시리즈”의 형식으로 나타났는데, 이를테면 명 만력 연간 위샹더우 솽펑탕에서는 『삼국연의』와 『수호전』 ‘평림’ 본이 연속으로 간행되었고, 명 천계 연간 지칭탕(積慶堂)에서는 ‘중싱 평(鍾惺評)’ 『삼국연의』, 『수호전』의 자매본이 연속으로 간행되었으며, 『수호전』, 『삼국연의』, 『서유기』

12] 이하 필자는 이 책의 저자인 탄판(譚帆)을 가리킨다. [옮긴이 주]

는 모두 '리줘우 비본'으로 세상에 나왔다. 비록 같은 서방(書坊)에서 나온 원래의 각본이 남아 있지는 않지만, 현존하는 간본의 외형, 이를테면 도상(圖像)이나 행관(行款)으로 볼 때 일찍이 '비본 총서 시리즈'로 간행되었을 가능성이 여전히 적지 않다.[13] 또 현재는 이미 기본적으로 이 세 가지 소설의 평점이 리줘우의 이름을 탁명한 것이고, 실제로는 그 대부분이 예저우(葉晝)의 손에 의해 나온 것이라는 사실이 밝혀졌다. 청대에 들어서는 소설평점에 새로운 현상이 나타났는데, 어느 한 사람의 평점가가 동일한 작자가 지은 소설에 전문적인 평점을 가하는 것이다. 이런 류의 평자와 작자 사이에서 이루어지는 상대적으로 안정적인 방식은 비록 '비점 시리즈 총서'의 면모로 출현하지는 않았지만, 이와 같이 전문적인 품평이 소설의 전파에 전혀 도움이 되지 않았던 것은 아니다.

소설평점이 체현하고 있는 전파 가치는 통속소설의 상품화 추세와 서로 일치한다. 중국 고대 통속소설의 흥성은 대체로 명대 중엽 이후인데, 이 때는 바로 명대 상품경제가 번영으로 나아갈 즈음으로, 서방(書坊)이 대량으로 나타난 것은 바로 이러한 역사적인 조류에 따른 것이다. 서방이 영리를 목적으로 하는 것은 당연한 일이긴 하지만, 객관적으로도 서적의 유통을 촉진했다. 서방에서 찍어낸 책은 민중들의 일상의 수요를 위주로 한 것이라, 의서(醫書)나 과거 시험을 위한 책, 아이들을 위한 읽을거리 등이 주류를 이루었고, 통속소설 역시 그 가운데 매우 중요한 서적 부문이었다. 우리는 통속소설의 각인(刻印)과 사회적인 유통 역시 어느 정도는 주로

13] 참고로 『삼국연의 판본고・삼국연의 현존 판본 목록』(앤드루 웨스트(Andrew West), 상하이고적출판사(上海古籍出版社), 1996)을 볼 것.

서방(書坊)의 성행에 의지했다고 생각할 수 있다. 후잉린(胡應麟)의 『샤오스산팡 필총(少室山房筆叢)』의 기록에 의하면, 당시 책의 출판지는 주로 우(吳)[14]와 웨(越)[15], 민(閔)[16] 세 곳이었다. 이 세 곳은 통속소설이 대량으로 간행되어 유포되었던 곳이기도 하다. 자못 의미가 있는 것은 소설평점 본이 가장 많이 간행되었던 곳 역시 이 세 곳의 서방(書坊)이었고, 소설평점의 발원지 또한 이 세 곳의 서방들 가운데 상업성이 가장 농후했던 푸젠의 서림(書林)이었다는 사실이다. 명대 셰자오즈(謝肇淛)는 다음과 같이 말했다. "푸젠의 젠양에 있는 서방들은 가장 책을 많이 찍어냈는데, 그 책들의 종이는 최악으로 대부분 그저 이익을 도모하는 데 급급한 것으로 후세에 전할 만한 것은 아니었다(閩建陽有書坊, 出書最多, 而版紙俱最濫惡, 蓋徒爲射利計, 非爲傳世也)."[셰자오즈, 『오잡조(五雜俎)』] 랑잉(朗瑛) 역시 다음과 같이 말했다. "대개 푸젠에서는 영리만을 목적으로 하고 있다(蓋閩中專以貨利爲計)."[랑잉, 『칠수유고(七修類稿) 45권, 「서책(書冊)」] 그리하여 소설평점의 발생이라는 각도에서 볼 때, 평점이 소설 전파의 상업적인 수단이 되었던 것은 실제로 필연적인 현상이었다. 소설평점의 대상이 중국의 고대 통속소설을 그 주류로 삼았기에, 고대 통속소설의 발전 궤적은 소설평점의 발전과 거의 겹치고 있다. 명대 가정 연간에 통속소설이 떨치고 일어난 이래로 청말 소설의 간행에 이르기까지 소설평점은 시종일관 통속소설의

14] 현재의 장쑤 성(江蘇省) 남부와 저장 성(浙江省) 북부 지역을 통칭한다. [옮긴이 주]

15] 현재의 광둥 성(廣東省) 일대를 가리킨다. [옮긴이 주]

16] 현재의 푸젠 성(福建省)이다. [옮긴이 주]

발전과 같은 길을 걸어왔다. 통속소설이 한 차례씩 창작의 정점에 이를 때마다 그에 상응해 마찬가지로 정점에 이른 평점이 그 전파를 위한 길을 내주었던 것이다. 무엇보다 명대 '사대기서'가 사회적으로 불러일으킨 강렬한 반향과 광범위한 전파는 특히 평점의 촉진과 밀접한 상관 관계를 맺고 있다.

중국 고대의 여러 장르들 가운데 통속소설은 특수한 예술 품격을 갖춘 문체 양식이다. 이렇듯 특수한 예술품격을 간단하게 말하자면 통속소설이 전체적으로 드러내놓고 있는 농후한 문학의 상품화의 특색이다. 그리고 이른바 '문학의 상품화'는 통속소설이 최대한도로 오락과 여가를 그 주요 목적으로 삼고 있다는 것을 가리킨다. 소설 창작의 주요 동력 역시 독자의 수용과 전파에 있다. 실제로 이른바 아속(雅俗) 문학의 분야는 사상적인 일깨움이나 비루함 혹은 문구의 전아함과 이속(俚俗)으로 표현되지 않는데, 아문학 가운데에도 사유가 진부한 작품도 허다하고, 속문학 중에도 오히려 사상적으로 기발한 작품이 없지 않다. 동시에 사람들 역시 타오위안밍(陶淵明)의 시품이 갖고 있는 자연적이고 통속적인 면 때문에 그 아문학적인 품위를 부인할 수 없으며, 명대 문인전기에는 사조(辭藻)의 화려하고 아름다운 문장들이 많기는 하지만 이것은 여전히 속문학의 부류에 속한다. 그래서 이른바 아속문학의 경계는 주로 창작 주체와 수용 주체가 어느 쪽에 무게중심을 두고 있는가 하는 데 달려 있다. 창작 주체를 위주로 하면 주요한 경향은 언지서정(言志抒情)을 지향하는 아문학이 되고, 수용 주체를 위주로 하면 예술 격조에 있어 속문학에 비교적 많이 치우치게 된다. 그 가운데 언지서정의 성분이 포함되어 있다 하더라도 독자의 여가나 오락이 그 창작의 근본이고 추구하는 바가 되는 것이다. 중국 고대 통속소설의 발전은 그 근본적인 성질로 말하자면 이런 상황에 속한다 할 수 있기에, 고대 통속소설의 발전의 윤곽을 그려낼 때 특정한 시대 상황의 통속소설 창작에 대한 영향과 통속소설 자체의 변화의 자취를 정리하는 것 외에도 독자가 이렇듯 상업성을 띤 전파의 제약을 받고 있다는 사실 역시 소홀히 할 수 없는 것이다. 소설평점은 통속소설을 주요 대상으로 삼고 있는 까닭에 통속소설이 갖고 있는 '문학 상품화'에 물든 것은 당연하며, 그로 인해 소설평점 역시 상업적인 색채를 강하게 내보이고 있다. 사실 남송 이래의 고대 선평(選評) 역시 상업적인 요소를 내포하고 있지만 오히려 과거시험을 목적으로 하는 평주(評注)를 제외하면 소설평점이 고대 문학 평점 가운데 가장 상업성을 중시한 비평 양식이라고 말할 수 있다.

3. 평점과 소설이론비평사의 관계 속에서 소설평점의 득실을 따져본다

소설평점을 하나의 문학 이론으로 보고, 문학 이론사적 시각에서 평점에 접근하는 것은 소설평점에 관한 최근의 연구에서 가장 주목받는 방법론이자 또 비교적 심도 있게 연구가 진행된 영역이기도 하다. 그중에서도 개별 평점들에 관한 사례 연구는 이미 충분할 만큼 많이 이루어져 있는데, 그럼에도 불구하고 이 개별적인 사례들로부터 당시의 평점들에 공유되고 있던 일련의 이론적 체계를 소설이론사적으로 재구성하는 문제에 관해서는 아직 심도 있는 논의가 결여되어 있는 것도 사실이다. 그러나 이러한 연구 성과와는 별개로 소설평점이 중국 소설 이론의 발전에 커다란 영향을 끼친 것은 여전히 확실하며, 그 가운데에서도 평점의 영향력이 비교적 두드러지게 드러나는 곳은 다음과 같은 지점이다. 즉 평점가가 어떤 작품의 가치를 매기고 그것의 위상을 정하려고 할 때 전통 문학에서 통용되고 있던 관념을 사유의 틀로 삼아 그것을 다시 통속소설의 장르적 특성에 맞게 재조직해 내었다는 것 말이다. 이것은 대략 세 가지로 이야기될 수 있다.[17]

그들은 우선 전통적인 '교화'의 기치를 받아들여 통속소설을 위해 앞장섰는데, 소설의 "구조가 잘 된 것은 충효와 절의가 있고, 목청이 높고 감정이 고조되는 바가 있어, 본받을 만하고 경하할 만하며, 노래할 수도 울 수도 있으니, 자못 먼 후대에까지 보고 느끼는 마음이 일어나게 할 만하다(結構之佳者, 忠孝節義, 聲情激越, 可師可敬, 可歌可泣, 頗足興起百世觀感之心)"[싱위안투이사(惺園退士), 치싱탕(齊省堂) 증평(增評) 『유림외사(儒林外史)』 동치(同治) 13년 간본 「유림외사 서」]. 그들은 또 통속의 각도에서 소설의 교화 기능을 드높였다. 쉬바오산(許寶善)은 「북사연의 서(北史演義序)」에서 다음과 같이 말했다. "진대 천서우의 『삼국지』는 구성이 엄밀하고 서술의 체례가 빼어나고 깔끔한 것이 일대의 훌륭한 역사서라 할 만하다. 그러나 이 책을 들고 사람들에게 물으면 왕왕 천서우가 누구이고, 『삼국지』가 어느 대에 속하는지 모르는 이가 있다. 유독 『삼국연의』만이 농사꾼이나 장인, 상인, 부녀자까지도 입에서 입으로 다투어 서로 전하지 않는 이가 없으니, 어찌 연의소설이 정사의 윗길에 서게 되었는가? 그것은 그 논설하는 바가 쉽게 이해되기

17] 여기서 '세 가지'가 가리키는 것은 부연되는 문장이라기보다는 이어지는 논설에서 구분한 '교화'와 '계몽', 그리고 '발분저서'이다. [옮긴이 주]

때문이다.(晉陳壽『三國志』結構謹嚴, 敍次峻潔, 可謂一代良史. 然使執卷問人, 往往有不知壽爲何人, 『志』屬何代者. 獨『三國演義』, 雖農工商賈婦人女子無不爭相傳誦. 夫豈演義之轉出正史上哉? 其所論說易曉耳.)" 바로 이런 인식에 바탕해 평점가가 통속소설에 대해 "눈과 귀를 즐겁게 한 바에 독자들의 마음을 일깨운다(其可娛目, 卽以醒心)"는 기본적인 가치 효능을 확립했던 것이다.[쉬바오산, 「오목성심편 서(娛目醒心編序)」] "눈과 귀를 즐겁게 한다(娛目)"는 것은 오락과 여가를 가리키고, "마음을 일깨운다(醒心)"는 것은 곧 도덕적으로 교화하는 것을 가리킨다.

소설평점사에서 평점가는 또 전통적인 '발분저서(發憤著書)'의 관념으로 통속소설의 창작을 관조하고 통속소설의 창작 중에서 작가 개인의 정감이 배설되는 작용을 강조하고 있다. 이를테면, "『수호전』이라는 것은 발분해서 지은 것이다.(『水滸傳』者, 發憤之所作也)"[리줘우(李卓吾), 「충의수호전 서(忠義水滸全敍)」] "그 말이 격분하여 전아한 도리를 많이 상하게 했으나, 원망하는 마음으로 가득 차 책을 쓴 것은 쓰마첸도 벗어나지 못한 것인데, 패관 소설의 경우라 하여 또 어찌 그것을 책망하겠는가?(其言憤激, 殊傷雅道, 然怨毒著書, 史遷不免, 于稗官又奚責焉.)"[진성탄, 『제오재자서수호전(第五才子書水滸傳) 제18회 평어] 장주포는 더욱 직접적으로 『금병매』가 "분노를 풀어내기 위한(泄憤)" 책으로 농후한 "울분의 기상(憤懣的氣象)"(장주포, 「『금병매』 독법」)을 담고 있다는 사실을 인정했다. 평점가들은 감정의 발산이라는 전통적인 창작 관념을 통속소설의 창작 실제를 논의하는 데 끌어다 씀으로써 통속소설 창작에 있어 작가가 갖는 주체적인 지위를 강조하고 있다.

소설평점 중의 이론 사상은 여전히 중국 고대 서사문학 이론의 주체이다. 고대 중국은 시의 왕국으로, 서정문학이 고대 문학의 중심적인 지위를 점하고 있었다. 그래서 고대 문학이론 역시 서정문학이론이 중심이 되어 '시(詩)', '악(樂)' 이론이 고대 문예사상의 영혼이라고 말할 수 있으며, 서사문학이론은 상대적으로 많이 빈약했다. 고대 서사문학이론은 희곡이론과 소설이론이 주체를 이루지만, 희곡이론은 그 자체가 갖고 있는 예술 형태의 한계로 말미암아 서사 이론의 발전은 충분하지 않았다.

중국 고대의 희곡이론에는 '곡학(曲學) 이론'과 '극학(劇學) 이론', 그리고 '서사 이론'이라고 하는 삼대 체계가 포괄되어 있다(탄판, 『중국고전희극이론사』 제2장, 중국사회과학출판사, 1993). 그리고 이 삼대 체계 가운데서도 '곡학 이론'이 처음과 끝을 관통하는 커다란 실마리이자 이론의 중심을 이루고 있다. 고대 희곡이론은 송원 시기에 시작되지만, 명 중엽 이전에는 희곡이라는 관념은 '곡학'에만 머물러 있었다. 그들은 희곡을 시가의 일종으로 보았기에, 희곡 연구는 여전히 '음률'과 '문채(文采)' 등 전통적인 사고 방식에 따랐으며, 그로 인해 '곡학 이론'은 아주 커다란 발전을 이루었고, 그 결과 희곡 이론의 주체적인 지위를 점하게 되었다. 명대 중엽에 이르면, 평점이 희곡 영역에 들어오게 됨에 따라, 사람들은 희곡의 서사성에 대해서 그에 상응하여 중시되었고, 이로부터 희곡의 '서사 이론'이 점차 생성되었다. 그러나 한편으로 평점은 희곡 이론비평 가운데서 주도적인 지위를 가질 수 없었기에, 서사 이론은 충분히 발전할 수 없었다. 동시에 명청대에 전기가 점차 문인화로 심화되는 길을 걷게 되자 희곡문학의 서정성은 여전히 발전하게 되어 '곡학 이론'이 자연스럽게 희곡 이론의 중심이 되었다. 그런 까닭에 총체적으로 말하자면 '서사 이론'은 고대 희곡이론 중에서 가장 박약한 사상 체계이다.

바로 이런 배경 하에 소설평점의 이론 사상이 고대 서사문학 이론 가운데 두드러진 지위를 갖게 된 것이다. 우선, 평점은 고대 소설이론 비평 중에서 주도적인 지위를 갖는 비평 형태로 고대 소설비평의 기본적인 형태로는 서(序), 발(跋), 필기(筆記), 평점 등 여러 가지가 있으며, 전문적인 논문은 근대에야 출현하게 되었다. 그러므로 평점은 의심할 바 없이 고대소설 비평의 주체가 된다. 평점이라는 비평 형식의 독특함으로 말미암아, 소설평점의 이론 사상은 서사 이론을 주요 내용으로 삼고 있고, 정절 구조와 유관한 서사 법칙이나 인물 형상의 창조 방법 등이 이 이론 사상 중에서 가장 중요한 부분을 이루고 있다. 이러한 현상으로 말미암아 고대 서사문학 이론이 장족의 발전을 하였고, 마찬가지로 고대 문학이론 자체의 사상적인 골격 역시 풍부하고 완전하게 되었다. 소설평점 가운데 드러난 '이단' 사상 역시 중국 고대사상사에서 소홀히 볼 수 없는 이론적인 유산이다. 중국 고대 통속소설은 일정 정도 전체적인 이데올로기에서 벗어나 있으며, 민간적인 분위기가 농후한 문학 형태이다. 이것이 사회적으로 광범위하게 전파되고 독자들에게 널리 사랑받을 수 있었기에 통속소설의 창작 역시 정통 규범과 완전하게 일치하지 않는 민간 사상을 비교적 많이 받아들였다. 명청시기에는 관에서 부단히 엄금하고 사회적으로도 '음탕함을 가르치고(誨淫)', '도적질을 가르친다(誨盜)'고 배척했던 것은 바로 통속소설과 정통 사상이 서로 상충했다는 사실을 보여주는 명확한 표징이다. 아울러 소설평점은 통속소설의 이러한 사상 내용에 대해 기본적으로는 찬동하는 태도를 드러내 보여주었고, 개인적인 정감 사상에 근거해 발전하고 확대되었다. 이로부터 소설평점은 사상적 가치가 풍부한 이론적 함의로 충만했는데, 특히 문인 평점이 더욱 그러했다.

통속소설의 문인 평점은 리줘우(李卓吾)에게서 비롯되었으며, 리줘우야말로 명 중엽 후기의 '이단' 사상의 대표적인 인물이다. 그는 도학에 대해서는 맹렬하게 비판하고, 인정과 인욕에 대해서는 대담하게 긍정함으로써 사회적으로 큰 파문을 일으켰다. 그의 '동심설(童心說)'과 '옷을 입고 밥을 먹는 것이 인간의 윤리이고 사물의 이치'라고 하는 이론 사상은 명말의 지식계에 심각한 영향을 주었고, 통속소설의 평점에도 깊은 영향을 주어, 반 도학으로 나아가고 진실한 성정을 제창하는 것이 소설평점의 일상적인 주제가 되게 했다. 소설평점 속에서 애정을 긍정하고 가송하는 것 역시 전통적인 윤리 사상과 서로 어긋나는 함의로, 특히 이와 같은 사상이 탁월하게 드러나 있는 『홍루몽』이라고 소설에 대한 평점은 새로운 의미가 담긴 사상적 함의를 더욱 풍부하게 나타내고 있다.

우리는 또 도광 연간의 천치타이(陳其泰)의 먀오위(妙玉)에 대한 평술을 볼 수 있다. 천 씨는 다음과 같이 생각했다. "먀오위는 속세의 인연을 끊을 수 없었던 게 아니고, 바오위를 보고는 자기도 모르게 마음이 한번 움직였을 따름이다. 만약 움직이지 않았다면, 필시 마른 나무나 죽어버린 재인 셈이라 먀오위가 되지 않았을 것이다(妙玉非不能斷塵緣也, 見寶玉則不覺心爲一動耳. 若竟不動, 須是枯木死灰, 不成其爲妙玉矣)."(87회 회평) 나아가 그는 다음과 같이 분석했다. "치정과 같은 것은 여자의 본색이라. 만약 먀오위가 화광동진[18]하여 사람들이 그를 좋게 봐준다면, 진실로 먀오위가 되지

18] 본래는 『노자(老子)』에 나오는 구절로, 자기의 지혜와 덕을 밖으로 드러내지

않았을 것이다. 그러니 바오위를 보고도 무덤덤하게 감정이 일지 않는다면, [그것이] 어찌 지혜롭고 아름다운 여자의 천성이란 말인가?(若癡情, 則女子之本色也, 倘妙玉和光同塵, 人人見好, 固不成其爲妙玉, 然使見寶玉而漠然忘情, 又豈慧美女子之天性乎?)" 이 평론의 감정은 진실하고 절실하며 솔직 대담해서 전통적인 윤리 관념과는 그 흥취가 크게 다르다 할 만하다. 그 말미의 결론은 더욱 정채롭고 대담하다. "『홍루몽』은 정서(情書)다. 무정한 사람이 하필 이 책을 썼겠는가. 만약 먀오위의 육근(六根)[19]이 청정하다면, 이미 부처와 보살의 경지에 도달한 것이니 부처와 보살의 눈으로 먀오위를 보게 되면, 『홍루몽』이라는 책은 짓지 않아도 된다(『紅樓夢』, 情書也. 無情之人, 何必寫書. 倘妙玉六根淸淨, 則以到佛菩薩地位, 必以佛菩

않고 속인과 어울려 지내면서 참된 자아를 보여준다는 뜻이다. "아는 사람은 말하지 않고, 말하는 사람은 알지 못한다. 그 이목구비를 막고 그 문을 닫아서, 날카로운 기운을 꺾고, 혼란함을 풀고, '지혜의 빛을 늦추고[和其光]', '속세의 티끌과 함께 하니[同其塵]', 이것을 현동(玄同)이라고 말한다. 그러므로 친해질 수도 없고, 소원해지지도 않는다. 이롭게 하지도 않으며, 해롭게도 하지 못한다. 귀하게도 할 수 없으며, 천하게 할 수도 없다. 그러므로 천하에 귀한 것이 된다(知者不言 言者不知 塞其兌 閉其門 挫其銳 解其紛 和其光 同其塵 是謂玄同 故不可得而親 不可得而疏 不可得而利 不可得而害 不可得而貴 不可得而賤 故爲天下貴)."(『노자』 제56장) 곧 글자 그대로의 뜻은 '빛을 부드럽게 하여 속세의 티끌에 같이한다'는 것으로, 자기의 지덕(智德)과 재기(才氣)를 감추고 세속을 따름을 이르는 말이다. 또는 부처가 중생을 구제하기 위하여 그 본색을 숨기고 인간계(人間界)에 나타남을 이르는 말을 가리키기도 한다. [옮긴이 주]

19] 안식(眼識), 이식(耳識), 비식(鼻識), 설식(舌識), 신식(身識), 의식(意識)인 육식(六識)이 육경(六境 : 오관과 생각)을 인식하는 경우 그 소의(所依)가 되는 여섯 가지 뿌리. 곧 죄의 근본이 되는 눈, 코, 귀, 혀, 몸, 뜻을 통틀어 일컫는다. [옮긴이 주]

薩視妙玉, 則『紅樓夢』之書, 可以不作矣.)"(112회 평어)

당연하게도 소설평점은 중국의 소설이론의 생성에도 일정하게 부정적인 영향을 주었다. 우리는 어렵지 않게 소설평점을 주체로 하는 중국 소설비평이 실제로 '감상'을 중심으로 한 비평 전통을 형성하고 있다는 사실을 보게 된다. 이것은 전체적으로 소설에 대한 이론적 개괄과 이론적 틀거리에 의지한 것이 아니고 작품의 실제와 결합함으로써 작품의 사상과 예술적 함의를 천명하는 것을 목적으로 삼은 것이다. 동시에 이렇듯 '감상'을 중심으로 한 비평 방식과 전통은 또 소설평점의 작품에 대한 의존성을 전제로 한 것으로, 이론적인 천명은 구체적으로 작품에 대해 분석하고 비평하는 가운데 완성된다. 이에 우리는 중국의 소설비평사에서 늘상 이런 현상을 보게 되는데, 소설평점의 이론적 함축과 이론적 품위는 왕왕 비평대상의 사상 예술적 수준에 의해 제한을 받고, 평점의 질과 평점 받는 작품 사이에서는 '물이 불어 배를 띄우는(水漲船高)' 관계가 형성되기에, 소설비평사에서 중대한 이론적 문제는 거의 대부분 『삼국연의』나 『수호전』, 『금병매』, 『홍루몽』와 『유림외사』 등 명저의 평점에서만 제기되었던 것이다. 그리고 대량의 소설평점 문자가 작품으로부터 벗어나게 되면 실제적인 가치를 잃게 된다. 중국의 소설이론 비평의 이러한 특징은 좋은 점으로 말하자면, 이론과 실제 작품의 접근과 이론 비평의 창작 현실에 대한 직접적인 훈도로 나타난다. 다만 고질적인 병폐 역시 분명하게 드러나는데, '형이상학'적인 몇몇 이론 명제가 이따금 심화된 계발을 어렵게 하고 소설의 기교와 관련된 문제에 대한 기술이 비교적 많다는 것이다. 이것은 이런 비평 형태가 소설이론의 구축에 대해 제약하고 있는 것이라 말하지 않을 수 없다[20].

이상의 소설평점에 대한 간단한 정리와 분석 중에서 우리는 다음과 같은 사실을 분명하게 볼 수 있다. 소설평점은 사실 복잡한 조합체이기에 종합적인 각도에서 소설평점을 비추어보아야만 비로소 소설평점의 본래의 상태에 접근할 수 있고, 그로부터 그 가치를 제대로 평가할 수 있다. 당연하게도 소설평점 역시 장점과 단점이 엇섞여 있고, 수준이 고르지 않은 방대한 영역으로, 평점의 질 역시 들쑥날쑥하다. 아속(雅俗)이라는 두 가지 문화의 경계에 있는 독특한 영역으로서, 소설평점은 자못 복잡한 창작자들, 이를테면 서상(書商)이나 문인, 관료 및 문인과 상인을 겸하는 문화 상인들을 포괄하고 있는데, 진성탄이나 마오 씨 부자, 장주포 등과 같이 필생의 노력으로 심혈을 기울이는 평점가들은 오히려 소수이다. 그런 까닭에 대다수의 평점은 사상적으로 범용하고 진부하고, 대충대충 만들어졌고, 심지어 거짓으로 위조하는 현상마저도 다수 존재한다는 것 역시 피할 수 없는 사실이다. 그럼에도 고대에 일찍이 자못 영향력을 갖고 있는 문화현상으로서 소설평점의 가치는 낮게 평가할 수 없다.

20] 천훙(陳洪), 『중국소설이론사』 「서론」, 안후이문예출판사(安徽文藝出版社), 1992.

상편 연원과 변천

1. 소설평점의 연원

중국 고대의 문학평점은 그 원류가 길고 멀어, 시간으로 말하자면, 대체로 당대에 그 발단이 엿보이고, 남송대에는 자못 흥성했으며, 원과 명, 청 삼대를 거쳐 청말에 이르러 역사의 무대에서 퇴출되었다. 문학 형식으로 말하자면, 중국의 고대문학 가운데 거의 모든 중요한 문체, 이를테면, 시, 사, 곡, 부, 문, 소설, 희곡 등에 평점이 출현했다. 더욱 심한 것은 중국 고대의 중요한 작가와 그 작품은 거의 모두가 평점가의 비점을 거쳤는데, 어떤 것은 한 번 비(批)한 것을 다시 비한 것도 있다는 사실이다. 『시경』, 『초사』, 『사기』, 『한서』, 리바이(李白), 두푸(杜甫), 쑤스(蘇軾), 신치지(辛棄疾), 『수호전』, 『삼국연의』, 『서상기』, 『모란정』과 같이 중국문학사의 유명 인사가 지은 거작들은 그 자체의 전파사에서 모두 평점가의 심각한 흔적을 남겼다. 그렇다면 이런 류의 문학비평 방식은 어떻게 태어난 것인가? 일종의 비평 형식으로서 '평점'은 중국 고대에 연속적으로 장구하게 이어왔으며, 하나의 단어로서 '평점'이라는 말은 이미 흔히 쓰이는 관용어가 되었다. 우리는 소설평점에 대한 연구와 해석을 '평점'이라는 단어의 뜻풀이로부터 시작할 것이다.

1) '평점'에 대한 뜻풀이

하나의 비평 형식으로서 평점은 그 자체로 발전해 오는 가운데 획일적인 용어를 사용하지 않았다. 송대 이래로 이러한 비평 형식은 대량의 명칭을 갖고 있었는데, 그 가운데 주요한 것으로는 '비평(批評)', '평림(評林)', '평석(評釋)', '평품(評品)', '평정(評定)', '평정(評訂)', '평(評)', '비점(批點)', '평열(評閱)', '비(批)', '평차(評次)', '평교(評校)', '평점(評點)', '평론(評論)', '열평(閱評)', '비열(批閱)', '점평(點評)', '품제(品題)', '참평(參評)', '비교(批校)', '가평(加評)', '점열(點閱)', '평선(評選)', '비선(批選)', '평초(評鈔)' 등이 있다. 이런 용어들은 혹은 제목에 쓰이거나, 혹은 제서(題署)에서 설명되고 있다. 그 함의는 대략 비슷하지만, 구체적인 사용과 사용되는 시간에 있어서는 일정한 차이가 있다. 이에 그 가운데 긴요한 것을 골라서 풀어보겠다.

중국 고대문학 평점 가운데 가장 상용되는 것은 '평점'과 '비점', '비평' 이렇게 세 가지 용어이지만, 아마도 '비점'이라는 단어가 가장 먼저 사용되었을 것이다. 이것은 남송의 고문 선본 중에서 비교적 보편적으로 운용되었는데, 이를테면 『신편제유비점고금문장(新編諸儒批點古今文章)』[류장쑨(劉將孫) 편]과 『비점분격류의구해론학승척(批點分格類意句解論學繩尺)』[웨이텐잉(魏天應) 편] 등이 그것이다. 남송 이후의 문학 평점 중에도 '비점'이라는 단어는 보편적으로 운용되어 상용 빈도에 있어서는 심지어 '평점'이라는 단어를 넘어서기까지 했다. 문학 평점 중의 몇 가지 다른 용어들은 기본적으로는 모두 '비점'이라는 단어에서 나왔는데, 이를테면, '비말(批抹)', '미비(眉批)', '방비(旁批)', '협비(夾批)', '총비(總批)' 등이 그러하다. '비'는 곧 '평론'을 가리키고, '점(點)'은 곧 '권점(圈點)'이다. '비' 자는 어원으로 볼 때 중의적인 항목들을 갖고 있는데, 그 가운데 '평론'이라는 항목의 나중에 나온 의미가 '비점'의 '비'와 상관 있는 것말고도 '비각도관(批卻導窾)'의 '비'와 '비풍말월(批風抹月)'의 '비'나 혹은 '비점'이라는 단어의 내원 역시 상관이 있다.

'비각도관'이라는 말은『장자』「양생주」에 "큰 틈새를 가르고 비어있는 곳을 따르면(批大卻, 導大窾)"이라는 대목에 나오는데, 주에서는 "경계지어진 곳이 있어 그곳을 가르면 분리된다(有際之處, 因而批之令離)"고 하였다.[1] 곧 뼈마디가 맞물리는 곳을 가르면 다른 부분은 그에 따라 분해된다는 것이다. '비풍말월'은 문인의 집이 가난해 손님을 대접할 게 없다는 것을 비유하는 우스개 말이다. 쑤스(蘇軾)의「화하장관륙언차운(和何長官六言次韻)」의 제5에는

1] 이 말은 유명한 '포정해우(庖丁解牛)'의 비유에 나온다. 전문은 다음과 같다. "백정은 칼을 놓고 대답하였다. "제가 좋아하는 것은 도로써 재주보다 앞서는 것입니다. 제가 처음 소를 잡을 때에는 눈에 보이는 것이 모두 소였으나, 3년이 지나매 이미 소의 모습은 눈에 보이지 않게 되었습니다. 지금에 이르러서는 저는 정신으로 소를 대하지 눈으로는 보지 않습니다. 눈의 작용이 멎게 되니 정신의 자연스러운 작용만 있게 되어, 저는 천리에 의해 큰 틈새를 가르고 비어있는 곳을 따라 칼을 놀리고 움직여 소의 본래의 구조 그대로를 따라갈 뿐입니다. 그 기술의 미묘함에 아직 한번도 힘줄이나 질긴 근육을 건드린 일이 없사온데, 하물며 큰 뼈야 더 말할 게 없습니다(庖丁釋刀對曰, 臣之所好者道也, 進乎技矣, 始臣之解牛之時, 所見无非全牛者. 三年之後, 未嘗見全牛也. 方今之時, 臣以神遇而不以目視, 官知之而神欲行. 依乎天理, 批大卻 導大窾因其固然,枝經肯綮之未嘗微礙, 而況大軱乎!)" [옮긴이 주]

"가난한 집은 어떻게 손님을 대접하는가? 다만 달을 가늘게 자르고 바람을 얇게 자르는 것만 알 뿐이다(貧家何以娛客, 但知抹月批風)"라는 구절이 있다. '말(抹)'은 '가늘게 자르고(細切)', '비(批)'는 '얇게 자른다(薄切)'는 것을 의미한다. 이것으로 '비' 자가 역대로 동작이 정밀하고 세밀한 것을 의미한다는 것을 알 수 있다. 문학의 비점은 단어와 구절의 정밀하고 세밀한 곳의 분석을 중시했으니, '비점'의 내원이 이것과 관련이 있는 지도 모른다. 그러므로 '총비(總批)'는 왕왕 거시적인 안목에서 평석(評析)한 것이었고, 세밀한 곳에 대한 분석은 '미비', '협비', '방비'라는 명칭은 있을지언정, '미평(眉評)'이라는 말은 없었다. '평점'이라는 단어는 이미 이런 류의 문학비평 형식에서는 통용어가 되어 버렸지만, 이 용어가 보편적으로 사용된 것은 오히려 '비점'보다는 늦다.

송원 시기의 문학평점 저작들에서는 '평점'이라는 명명이 매우 드물게 사용되었다. 명대에 들어선 뒤에는 '평점'이라는 단어의 사용이 눈에 많이 띄었는데, 이를테면 『제명가평점장자집주(諸名家評點莊子輯注)』[루푸(盧復) 집(輯), 명 간본]나 『평점순자(評點荀子)』[쑨쾅(孫鑛) 평, 명 만력 간본] 등의 서명에서 쓰였고, 구체적인 평론 중에서도 늘상 보였다. 이를테면, "보통 평점은 초학자가 책을 보는 데 편리한 점이 있는데, 세련된 문체는 아니다(時常評點, 以便初學觀覽, 非大方體)."[명 천방쥔(陳邦俊), 『광해사(廣諧史)』「범례」] "책은 평점을 숭상하는데, 이것으로 작자의 생각과 통하고, 보는 이의 마음을 열어준다(書尙評點, 以能通作者之意, 開覽者之心也.)"[『충의수호전서』「발범(發凡)」, 명 만력 연간 위안우야(袁無涯) 각본] 총체적으로 말해서 '평점'이라는 단어는 아직까지는 이런 비평 형식에서 가장 넓게 사용된 용어는 아니었고, 청대에 들어서야 이 용어가 진정 보편적으로 운용되었던 것이다. '비평'이라는 단어 역시 문학 평점 중에서 가장 높은 빈도로 운용되었던 용어 가운데 하나이다. 총괄하자면, '비점', '평점'과 '비평'은 고대의 문학 평점 중에서 가장 자주 볼 수 있는 세 가지 단어로, 이 삼자 사이에는 명확한 경계선이 있었던 것은 아니고, 옛사람들은 비교적 자유롭게 사용했다.

문학 평점 가운데 비교적 특수한 용어는 '평림(評林)'으로, 문학 평점에 대한 특수한 호칭으로서 '평림'이라는 단어는 명대에만 출현한다. 특히 명대 만력 이후의 문학 평본 중에 비교적 보편적으로 사용되었다. 이를테면, 『사기평림(史記評林)』[링즈룽(凌稚隆) 집, 명 만력 간본], 『신각주석초당시여평림(新刻注釋草堂詩餘評林)』[리팅지(李廷機) 집, 명 만력 간본], 『노자평림(老子評林)』[웡정춘(翁正春) 집평, 명 간본], 『경본증보교정전상충의수호지전평림(京本增補校正全像忠義水滸志傳評林)』[위샹더우(余象斗) 평, 명 만력 간본], 『삼국지전평림(三國志傳評林)』[위샹더우(余象斗) 평, 명 만력 간본], 『당시선맥회통평림(唐詩選脈會通評林)』[저우팅(周挺), 명 숭정 간본] 등이 그것이다. '평림'은 곧 집평(集評)을 뜻한다. 이를테면 만력 초년 링즈룽(凌稚隆) 집 『사기평림(史記評林)』이 그러하다. 쉬중싱(徐中行)의 「각『사기평림』서(刻『史記評林』序)」에서는 다음과 같이 말했다. "우싱(吳興)의 링즈룽이 『평림』을 편찬한 것은 무엇 때문인가? 쓰마쳰이 『사기』를 완성한 것도 반드시 가업에서 이유를 찾아야 한다.[2] 링 씨 집안은 역사학으로 뛰어난 바, [그 아비인] 링웨옌 때부터 대략 갖춰졌지만, 큰형인 링즈저가

2] 그러니 링즈룽이 『평림』을 편찬한 이유 역시 가업에서 찾아야 한다는 뜻. [옮긴이 주]

채록한 것까지 추가되다 보니, 취지가 달라 결론이 같지 아니 하였다. 링즈룽은 그 범례에 따라 선친의 뜻을 완성했는바, 숲처럼 모아 쓰마첸 뒤에 첨부했다.(凌以棟之爲評林何謂哉?……推本乎世業, 凌氏以史學顯著, 自季墨有概矣, 加以伯子稚哲所錄, 殊致而未同歸, 以棟按其義以成先志, 集之若林而附于司馬之後.)"[3] 그래서 이른바 '평림'은 평어를 "숲처럼 모았다(集之若林)"는 것, 곧 '집평'을 말한다. 일종의 집평 형식으로서 '평림'은 주로 시문 평선에서 보인다. 통속소설 평본 중에는 '평림'이라 명명한 것은 위샹더우 평본에서만 보이는데, 위 씨 역시 '평림'의 이름만을 취했을 뿐 실제로는 집평이 아니다[자세한 것은 이 책의 하편 「소설평점 형태의 분석」을 볼 것]. 희곡 평점은 이와 반대로, 실제로는 집평이지만, '평림'이라는 이름을 쓰지 않은 것이 있다. 이를테면, 치펑관(起鳳館)의 명 만력 38년 간본 『원본출상북서상기(元本出相北西廂記)』에는 왕펑저우(王鳳州), 리줘우(李卓吾) 평이라 제(題)하였고, 우청(烏程) 민 씨(閔氏) 명 천계 간본 『서상회진전(西廂會眞傳)』에는 선징(沈璟), 탕셴쭈(湯顯祖) 평, 후이진탕(滙錦堂) 명 숭정 간본 『삼선생합평원본북서상(三先生合評元本北西廂)』에는 탕셴쭈, 리줘우, 쉬웨이(徐謂) 등으로 제(題)했다.

'평석'과 '평품', '평정', '평교', '평열', '평론' 등의 용어에는 일반적으로 특수한 함의는 없고, '참평', '가평' 등은 원평(原評) 본의 기초 위에 덧붙여진 평점을 가리킨다.

3] 이 인용문은 뒤에 〈하편 형식과 유형〉의 '3) 소설평점 형태의 분해(分解) 그 첫 번째: '평림(評林)'과 '집평(集評)' 부분에서 다시 나온다. 자세한 설명과 주석은 뒷부분에서 다시 상세하게 할 것이다. [옮긴이 주]

옛사람들의 평점이라는 비평 형식에 대한 직접적인 해석은 많이 보이지 않는데, '평점'의 명목과 실질, 의미의 한계 문제에 대해서는 특히 논의한 것이 없다. 평점에 대한 몇 가지 단편적인 해석을 덧붙인 것은 대부분 문학 평점의 실천가 손에서 나왔기에, 경험을 이야기한 것이 많고, 집중적으로 논의한 것은 문학 평점의 유래와 기능, 방법 등의 문제이다. 오히려 사람들이 '평점'으로 자못 많은 경계를 정하게 했다. 그들의 '평점'에 대한 이해와 해석이 연구의 필요에서 나왔다는 사실은 자기의 연구 대상에 의해 그 범위가 획정되었다는 사실을 의미한다. 요즘 들어 평점이 점점 더 연구자들의 중시를 받게 됨에 따라 '평점'의 해석이 점점 많아지고 있으며, 다른 의미도 끊임없이 출현하고 있다. 여기서 대략적으로 정리하고 변증(辨證)하여 이러한 기초 위에서 이 책에서 말하는 '평점'의 의미를 확정하고자 한다.

요즘 사람들의 '평점'에 대한 이해는 대부분 전통적인 관념을 갖고 있는데, 곧 '평점'은 특수한 문학비평 방식으로 그 가운데 '평'은 문학작품과 한데 얽혀 있는 비평 글이고, '점'은 곧 권점이다. 다만 몇몇 연구자들은 '평점'에 새로운 개념 규정을 했으니, 그 가운데 비교적 대표적인 것으로 다음의 몇 가지 의견이 있다.

한 가지 의견은 "평점에는 협의와 광의의 구분이 있는데, 협의의 평점은 비점이 결합된 형식을 가리키며, 작품을 벗어난 평론은 포함되지 않는다는 것이고, 광의의 평점은 개방적인 개념으로 무릇 작가와 작품의 평론이 모두 평점학의 범주에 들어온다"는 것이다. 그러므로 '평점'의 "상용어는 '비'와 '평'의 구분이 있고, '비'는 곧 '평'이지만, 형식상으로는 반드시 '비(批)' 되는 작품과 결합을 해야만 하기에, 원작을 떠나면 '비'할 길이 없게 되고, '평'은 형식상 원작을 벗어날 수 있게 된다."[4] 이런 의견은 문학평점을 협의와 광의 두 가지 함의로 나누고, 단어의 쓰임에서도 '비'와 '평'을 나누어 겉으로는 '평점'에 대한 함의를 정밀하게 구분짓는 듯하나 실제로는 문학평점의 실제 함의를 혼란케 만들어 평점이라는 특수한 문학비평 형식을 무제한적으로 확대하고 있다. 이런 의견에 의하면 이른바 '평점'은 실제로는 일반적인 문학비평과 다를 게 없게 된다. 이런 구분은 문학비평으로서 평점이 갖고 있는 일종의 형식적인 특수성을 "뽑아내 버리게" 된다. 이렇게 하면 이른바 평점의 역사 연구는 어느 정도 문학비평사 연구를 대체할 수 있게 되므로, 이런 관념은 확실히 불합리하다.

또 다른 의견은 문학평점에 대한 연구를 반성하고, 평점에 대한 연구를 지적해 내어 "우리가 과거에 항용 그 비평적 일면을 강조했기에, 이것을 문학에 대해 비평과 평가를 진행하는 형식으로, [또는] 자신의 문학관념을 표출하는 일종의 방식으로 여기는 것"이다. 이런 연구는 "불완전한 것"으로 여겨지고 있다. 이런 의견은 문학평점이라는 개념의 어순을 뒤바꾸어 기왕의 '문학평점'을 '평점문학'으로 대체하고 있다. 그렇다면 '평점문학'이란 무엇인가? 연구자들은 이렇게 그 경계를 규정했다. "평점문학은 일종의 비평과 문학작품의 결합으로부터 형성되고 동시에 병존하는 특수한 현상으로, 비평과 문학의 이중적인 함의를 갖는다. 이것은 이미 비평 방식인 동시에 문학 형식이기도 하다. 문학 형식과 밀접하게 연관되고 함께 결합한 문학비평 방식이기도 하고, 또 비평 성분을 포함하고 있으면서

4] 주스잉(朱世英) 등, 『중국산문학통론(中國散文學通論)』, 안후이교육출판사(安徽教育出版社), 1995.

비평 형식과 한 몸으로 이어져 있는 문학형식이다. 통상적으로 말하자면, 문학비평과 문학작품은 모두 문학 영역에 속해 있기는 하지만, 오히려 서로 다른 속성과 서로 다른 텍스트를 갖고 있다. 그래서 평점문학은 문학비평과 문학작품의 이중적인 속성을 겸하고 있는 특수한 문학형태이다." 아울러 '평점문학'이라는 개념 속에서 '평점'과 '문학'이라는 두 가지 단어 사이의 관계는 "어느 한쪽으로 치우친 관계도 아니고, 동사와 목적어의 관계도 아닌 일종의 병렬 관계이며," "비평방식과 문학형식이 서로 결합된 이중적인 함의를 갖고 있다."[5] '평점문학'으로 '문학평점'을 대신하는 것은 사실상 단어를 조정하는 문제에 머물지 않고 평점이라는 형식의 성질에 대해서도 그 한계를 규정한 것이다. 우리는 이렇게 한계를 규정한 것에 대해서도 동의할 수 없다. 왜냐하면 중국문학에는 '평점문학'이라는 '특수한 문학형태'가 존재하지 않기 때문이다. 그리고 이른바 '평점문학'은 실제로는 '평점을 갖고 있는 문학작품'일 따름이므로, 여기에는 시사(詩詞)와 산문, 희곡, 소설 등 여러 문체가 포괄된다. 중국문학비평에서 이중적인 속성을 겸하는 문학비평이 있는데, 이것은 평점이 아니고 문학형식으로 창작사상을 표현해내는 비평 문장일 따름이다. 이를테면 루지(陸機)의 「문부(文賦)」와 두푸(杜甫)의 「희위륙절기(戲爲六絕句)」 등이 그러하다. 그러므로 평점과 작품 자체를 하나로 연결하면, 한편으로는 양자의 성질이 혼란스러워지고, 다른 한편으로는 평점에 대한 깊이 있는 연구에도 불리하게 된다.

5] 쑨친안(孫琴安), 『중국평점문학사(中國評點文學史)』, 상하이사회과학출판사(上海社會科學出版社), 1999.

평점이라는 형식에 대해 '글자만 보고 대충 의미를 생각해내는(望文生義)' 식의 해석과 추론을 내놓은 또 한 가지의 의견이 있다. 이것은 이른바 "'평점'의 '평'은 '평의(評議)'이고, '점'은 '하나의 말로 독파한다(一語點破)'는 의미이다. 이때의 '파'는 '만 권의 책을 독파한다(讀書破萬卷)'의 '파'이고, 선가의 말인 '오파(悟破)'의 '파'이다. 중국의 시론과 문론에는 이제껏 선(禪)으로 시를 따지고(議), 선으로 문장을 따지는(議) 논법이 있어왔다. 곧 '하나의 점으로 깨뜨린다(一點卽破)'는 것에는 '한 차례 죽비로 갈파하면 제호를 따르는 듯하다(一棒喝破如灌醐醍[6])'는 의미가 담겨 있는 것이다. 평점의 '점'은 바로 이러한 '점파(點破)'를 거쳐 '오묘한 깨닫게 된다(妙悟)'는 것을 의미하며, 선가의 논법이 소설 영역에 차용된 것이다."[바이둔(白盾), 「중국소설의 평점 양식을 논함(說中國小說的評點樣式)」, 『예담(藝談)』, 1985년 제3기] 이렇게 한계를 규정하는 것은 단지 한 사람의 말일 따름이라 말할 수 있으며, 일리가 없는 것은 아니지만, 이에 상응하는 문헌적 근거는 결여되어 있는데, 그것은 중국문학평점의 역사에서 '점'의 의미 규정이 권점으로만 고정되어 있기 때문이다.

이 책에서는 '평점'에 대해 아래와 같이 그 한계를 규정한다.

첫째, 평점은 중국의 고대문학비평의 중요한 형식으로, '화(話)'나

6] 원문의 '호제(醐醍)'는 흔히 '제호(醍醐)'라고 한다. 우유를 정제하면 유(乳), 낙(酪), 생수, 숙수, 제호의 5가지 단계의 제품이 나오는데, 이 중 제호의 맛이 가장 좋다. 제호는 제호상미(醍醐上味)의 준말로 불교에서 비교할 수 없이 좋은 맛, 곧 가장 숭고한 부처의 경지를 의미하는 말로 쓰인다. 산스크리트어로는 만다(manda)라고 한다. 천태종에서는 불성 또는 진실한 가르침에 비유하여 오시(五時)의 하나인 법화열반시를 뜻하기도 한다. (『두산백과』 참조) [옮긴이 주]

'품(品)' 등과 함께 고대 문학비평의 형식 체계를 구성한다. 이러한 비평 형식에는 그 독특함이 있는데, 그 가운데 가장 중요한 것은 비평 문장과 비평의 대상인 작품이 하나로 융합되어 있다는 것이다. 그러므로 작품과 한 몸으로 연결되어 있어야만 평점으로 일컬을 수 있으며 그 형식에는 서발(序跋), 독법, 미비, 방비, 협비, 총비와 권점이 포함된다.

둘째, 바로 평점과 비평의 대상인 작품이 하나로 융합되어 있기에, 평점을 포함하고 있는 문학 작품은 독특한 텍스트 형식을 이루게 된다. 이러한 텍스트는 일반적으로 '평본(評本)'이라 칭한다. '평본'은 문학작품의 전파 과정 속에서 특수한 텍스트 형태를 이루게 되는 것이지, '문학 형태'는 아니다. 이러한 텍스트 형태는 중국문학비평사의 연구와 중국문학전파사의 연구에서 중요한 가치를 지닌다.

셋째, 전체적으로 문학비평의 범주에 속하는 평점은 문학작품에 대한 평가와 판단, 분석이다. 다만 고대 문학비평사에서 평점은 희곡과 통속소설과 같은 속문학 영역에서는 문학비평의 울타리를 벗어나 작품 자체에 대한 수정과 윤색에 개입한다. 이것은 하나의 특수한 예이지만, 소홀히 보아서는 안 되는 현상이기도 하다.

2) 소설평점 형식의 원류

통속소설평점이 명대 만력 연간에 싹을 틔워 명말청초에 흥성한 것은 중국의 전통적인 평점 형식이 소설 영역에까지 확장된 것인데, 고대의 문학 평점 형식은 중국의 전통적인 학술 방법을 기초로 삼고 있다. 전체적으로 말하자면, 소설평점이 형식적으로 성숙할 수 있었던 것은 다음의 세 가지 측면의 요소에 기인한다. 그것은 곧 주석과 역사서의 체례와 문학의 선평(選評)이다.

비평의 대상인 작품과 하나로 연결된 평점 방식은 전적에 대한 주석에 그 뿌리를 내리고 있다. 중국 고대에 가장 먼저 주석을 한 전적은 유가의 경전, 곧 『역경』, 『서경』, 『시경』, 『춘추』, 『예』, 『악』이다. '경'은 중국 고대에 매우 높은 지위에 놓여 있었기에 이른바 "[경이라고 하는 것은] 항구적인 지극한 도이고, 불멸의 위대한 가르침이다(恒久之至道, 不刊之鴻教也)."[류세(劉勰), 『문심조룡』「종경(宗經)」] 그러므로 중국 고대의 주석은 경을 주석하는 것으로부터 시작하고, 경학 역시 고대에 가장 빛나는 학문이 되었으며, 계통적인 방법과 술어를 형성하게 되었던 것이다. 청대 구옌우(顧炎武)는 다음과 같이 말했다. "옛 유가 선비들이 경전을 해석한 책을 일러 혹은 전(傳)이라 하고, 혹은 전(箋)이라 하며, 혹은 해(解)라고도 하고, 혹은 학(學)이라고도 하나, 지금은 모두 주(注)라 통칭한다.……후대의 유가 선비들이 따지고 풀이한 책의 이름을 정의(正義)라 하였으나, 지금은 통칭해서 소(疏)라 일컫는다.(先儒釋經之書, 或曰傳, 或曰箋, 或曰解, 或曰學, 今通謂之注.……其後儒辨釋之書, 名曰正義, 今通謂之疏.)"[구옌우, 『일지록(日知錄)』 18권 「십삼경주소(十三經注疏)」] 그러나 사실상 명칭은 여기에 그치지 않고, '장구(章句)', '음의(音義)', '교(校)', '증(證)', '정(訂)', '전(詮)', '고(詁)', '훈(訓)' 등이 있다.

경에 대한 주석은 서한 시기에 정식으로 개시되었다. 『한서』「예문지」의 기록에 의하면, 서한 시기 경에 대한 주석은 이미 일정한 규모를 갖추고 있었다. 유가의 전적들이 점차 국가의 법정 경전으로 자리 잡아 감에 따라, 한편으로는 '경'의 영역이 끊임없이 확대되었고, 동시에 경에 대한 주석 역시 전통적인 현학(顯學)[7]이 되었다. 수천 년간 이어온 중국 고대의 역사에서 『사고전서총목제요』에 실린 경학 관련 저작만 해도 1천 7백여 종에 이르는데, 여기에는 미처 수록되지 않았거나 없어진 저작 및 『사고전서』 이후에 나온 경학 관련 저작들은 포함되지 않았다.[8] 이른바 '경에 대한 주석'은 경전의 '텍스트'에 대한 주석이다. 하지만 경전의 단어에 대한 해석에 그치지 않고, 단어의 뜻, 구절의 뜻을 포괄하고, 의리(義理)를 드러내고 있으며, 텍스트의 주지(主旨)도 드러내고 있다. 이것은 『춘추』 삼전(三傳)에도 이미 드러나 있는데, 이를테면 『좌전』의 경우 역사적 사실의 서술에 중점을 두고 있고, 『공양전』과 『곡량전』의 경우는 미언대의를 탐구하는 데 그 뜻을 두고 있다. 이것은 후대의 경에 대한 주석의 연원으로 볼 수 있다. 그리고 『모시』에는 이런 체례가 이미 기본적으로 완비되어 있다. 마오헝(毛亨)의 『시』전(傳)에는 단어에 대한 해석과 구절에 대한 해석, 그리고 이를 통해 시가의 주지(主旨)를 천명하고 있다. 비록 구체적인 해석 중에는 견강부회한 점이 많이 있으나, 해석 방법과 체례는 이미 완전한 형태를 취하고 있다.

동한 이후에는 조정이 제창하고 이끄는 데 따라 경전의 주석도 왕성하게 발전했다. 주석의 범위는 확대되어, '육경' 이외에도 『논어』와 『맹자』, 『초사』, 『국어』, 『전국책』 등의 주석본이 앞뒤로 나타났

7] 세상에 이름 높은 학문이나 학파. 또는 유명한 학자. [옮긴이 주]
8] 참고로 둥훙리(董洪利)의 『고적의 해석(古籍的闡釋)』(遼寧教育出版社, 1995)을 볼 것.

다. 경전을 주석하는 가운데 파벌끼리의 논쟁 역시 경학의 발전을 이끌었다. 고문파의 경전 주석은 명물훈고(名物訓詁)를 중시해 언어 문자를 해석하는 것을 근본으로 삼아, 기를 바탕으로 의리를 분석해 후대 주석의 으뜸이 되었다. 그러나 금문파의 경전 주석은 '미언대의'를 추구해 경전의 해석을 빌어 그 정치 사상과 철학 이론을 드러냈으며, 이러한 경전 주석의 이념과 방식 역시 후대에 중시되었다.

위진 이래로는 경전 주석을 기초로 발전해온 전적의 주석이 신속하게 진전되어, 경전 주석 이외에도 자(子), 사(史), 집(集)이라고 하는 삼대 부문의 전적이 모두 주석의 범위에 포함되었다. 페이쑹즈(裵松之)의 『삼국지』 주석과 리다오위안(酈道元)의 『수경(水經)』 주석, 리산(李善) 등의 『문선』 주석 등은 모두 당대와 후대에 매우 큰 영향을 주었다. 경전 주석으로 자신의 사상을 표현하고 철학 유파를 이룬 이들도 없지 않았으니, 위진 시기 노장(老莊)에 근거해 유가로 들어가 현리(玄理)를 천명하고 현학(玄學)을 형성한 뒤로 초당(初唐)에는 경전을 의심하는 기풍을 연 것에서 비롯되어 송대에 이르면 경을 의심하고 경전을 개작하는 데로 발전해 직접 경전의 문장에서 의리를 추구하는 '성리학'을 형성했다. 그리고는 캉유웨이(康有爲)가 『맹자미(孟子微)』와 『중용주(中庸注)』를 짓고 유가의 경전을 해석하는 것으로부터 착수해 변법유신을 선양하기에 이르렀다.

후대의 평점 형식에 대한 주석의 영향은 주로 체례(體例)에 있었으며, 특히 주석의 문장과 본문이 하나로 일체가 된 것은 후대 소설평점의 직접적인 근원이 되었다. 이 형식의 가장 이른 근원은 경전에 대한 주석이다. '경전과 주석이 일체가 되는' 형식은 텍스트에 평점이 덧붙여지는 직접적인 시발점이 되었다. 이를테면 한대

자오치(趙岐)가 주석한 『맹자』는 매 장의 말미에서 그 요지를 개괄하였다. 서한 이후에는 경학가들마다 전주(傳注)를 경문(經文) 아래 덧붙였는데, 어떤 이는 전주를 전체 경문의 뒤에 붙였고, 어떤 이는 전주를 각각의 편과 각각의 장 뒤에 붙였다. 그리고 정쉬안(鄭玄)의 『모시전(毛詩箋)』과 『예기주(禮記注)』는 아예 전주와 경문을 구절마다 덧붙여놓았다. 이렇게 경에 주를 덧붙이는 방식은 근본적으로 독자의 열독과 이해를 위한 것이었다. 이에 주문(注文)과 본문의 일체는 점차 후대의 주석의 체례상의 정해진 체제가 되었다. 그리고 소설평점 중의 협비와 방비와 평주 등은 곧 이에 근거한 것이다.

역사 저작의 체례가 소설평점에 대해 주었던 영향 역시 매우 크다. 이러한 영향은 주로 사학 저작의 '논찬(論讚)'에서 온 것이다. '논찬'은 역사 저작의 독특한 평론 방식으로 역사학자가 역사적인 현상과 역사적인 인물에 대해 직접 평술하는 것으로, 중국의 고대사학사에서는 이미 일상적인 형식을 이루고 있었다. 이런 방식이 가장 먼저 나타난 것은 『좌전』이다. 『좌전』은 『춘추좌씨전』의 약칭으로, 형식적으로는 『춘추경』의 전(傳)이다. 이것은 『춘추』를 벼리로 삼고 널리 역사적인 사실을 채집하여 편정(編訂)을 가한 편년체 역사 저작이다. 『좌전』에서는 작자가 역사적 사실을 상세히 기록했을 뿐 아니라 옛사람의 역사적 사실에 대한 평가를 기록하되, 일반적으로 "군자왈(君子曰)"이라 칭했다. 쓰마쳰의 『사기』는 이런 형식이 분명하게 발전한 것인데, 『사기』의 매 편의 말미에는 모두 "태사공왈(太史公曰)"이라는 평어가 있어, 매 편에 나오는 인물과 사건에 대한 작자의 생각을 펼쳐 보이고 있으며, 이러한 형식은 점차 정해진 체제가 되었다. 이를테면 반구(班固)가 지은 『한서』는

『사기』의 체례를 본떠 매 편의 말미에는 "찬왈(贊曰)"이라는 것이 덧붙여졌다. 판예(范曄)가 지은 『후한서』에는 "찬왈" 말고도 "논왈(論曰)"이라는 것이 더해졌는데, "찬왈"은 변문으로 쓰고, "논왈"은 산문으로 썼다. 천서우(陳壽)의 『삼국지』 역시 그러한데, "평왈"은 역사적 사실과 역사적 인물에 대한 평가로, 이후의 역사서들은 대부분 이러한 체례를 답습했다. 여기서 지적할 만한 사실은 한말 쉰웨(荀悅)가 지은 『전한기(前漢記)』이다. 이 책은 작자가 황제의 뜻을 받들어 반구의 『한서』를 축약해 서술한 것으로, "문장은 간략하나 사실은 상세하다(詞約事詳)"는 칭찬을 받았다. 전서(全書) 20만 자 가운데 직접 "쉰웨 왈(荀悅曰)"이라 서명이 된 30여 칙(則)의 작자의 평론이 있는데, 글자 수는 1만여 자에 달하며 역사적 사실과 역사 인물에 대한 작자의 인식이 드러나고 있어 후대에 대한 영향이 자못 컸다. 판예는 그 "논변이 대부분 아름답다(論辯多美)"고 평했다[『후한서』 「쉰웨 전(荀悅傳)」]. 류즈지(劉知幾)는 그가 "의리"를 깊이 있게 이해했다고 말했다[『사통』 「논찬(論讚)」]. 당 태종은 그의 "의론이 깊고 넓어, 통치의 요체와 군신간의 의리를 다했다.(議論深博, 極爲治之體, 盡君臣之義.)"[『구당서』 『리다량 전(李大亮傳)』] 이것으로 그 영향이 얼마나 컸는지 알 수 있다. 『좌전』 이래로 형성되어 온 이러한 역사 저작의 전통은 중국의 고대 사학에 매우 큰 영향을 주었는데, 『좌전』과 『한기(漢記)』 등 편년체 사서의 사론은 사건을 논하는 데 편중했고, 『사기』와 『한서』 등 기전체 사서의 사론은 사람을 논하는 데 치중했다. 동시에 이런 전통은 또 중국 고대의 사론을 더욱 풍부하게 만들어 고대 사학 중의 중요한 유산이 되었다.[9]

중국 고대의 역사 저작의 체례가 갖고 있는 이러한 전통은 후대

문학평점에 매우 큰 영향을 끼쳤다. 특히 사서(史書) 가운데 문학가의 전기에 대한 편말의 논찬은 자못 가치 있는 문학평론으로 볼 수 있다. 이를테면, 『사기』의 취위안(屈原), 쟈이(賈誼), 쓰마샹루(司馬相如) 등에 대한 평론은 중국문학비평사에서 흔히 볼 수 없는 뛰어난 논의인데, 선웨(沈約)의 『송서』 「셰링윈 전(謝靈運傳)」의 편말 평론과 마찬가지로 모두 문학사에 광범위한 영향을 미친 비평 문장이다. 소설평점으로 말하자면, 역사 저작의 편말 논찬은 사실을 논한 것이든, 사람을 논한 것이든, 모두 소설평점의 회말총평(回末總評)의 직접적인 연원으로, 특히 역사연의소설의 평점에서 이러한 영향이 더욱 두드러지게 나타난다. 명 만력 연간의 역사소설평점에는 여전히 '논왈(論曰)'이라는 형식이 직접적으로 남아 있는데, 이를테면 완취안러우(萬卷樓) 본 『삼국지통속연의』에는 '논왈'이라 제(題)하였고, 『정파주첩전통속연의(征播奏捷傳通俗演義)』에는 '쉬안전쯔 논왈(玄眞子論曰)'이라 제하였고, 『열국전편십이조전(列國前編十二朝傳)』에는 '단론(斷論)'이라 제하는 등 모두 역사 저작의 체례의 흔적을 분명하게 갖고 있다. 아울러 역사 저작의 논찬이 사실의 이치를 논평한 사고의 갈피 역시 소설평점에 깊은 영향을 주었다. 차이위안팡(蔡元放)의 『동주열국지』 평점에서는 "다만 그 사리의 옳고 그름을 평한 것일 따름(只是評其事理之是否)"이라고 말했다.

소설평점의 형식은 당연하게도 평점이라는 비평 형태의 내부 발전에 도움이 되었다. 중국 고대에 문학 선평의 원류는 그 유래가

9] 참고로 장즈저(張志哲)의 『중국사적개론(中國史籍概論)』, 쟝쑤고적출판사(江蘇古籍出版社, 1988)을 볼 것.

깊고 멀지만, 평론과 텍스트가 하나로 된 것을 말하자면, 『모시(毛詩)』와 동한 왕이(王逸)의 『초사장구(楚辭章句)』가 그 발단을 열었으며, 특히 『모시』와 『초사장구』 중의 매 편마다의 소서(小序)는 모두 후대 문학 선평의 기원으로 볼 수 있다. 『모시』의 소서가 대부분 경으로 자신의 생각이 옳다는 것을 증명한(以經立義)[10] 흔적이라고 말한다면, 문학비평과는 서로 많은 차이가 있게 되는데, 그렇게 되면 『초사장구』의 소서가 순수한 문학비평이 된다. 이를테면, 「구가 서(九歌序)」에서는 다음과 같이 말했다.

> 『구가』라는 것은 취위안이 지은 것이다. 옛날 초나라 난잉이라는 마을은 위안 수와 샹 수의 사이에 있으면서 그 풍속이 귀신을 믿고 제사드리는 것을 좋아했는데, 제사를 드릴 때는 반드시 노래와 음악을 짓고 북을 두드리며 춤을 춤으로써 여러 신들을 즐겁게 했다. 취위안이 귀양을 가 그 지역을 떠돌 때 가슴속에는 쓰라린 우울이 가득차고 근심 걱정으로 꽉 막혔는데, 밖으로 나아가 속인들이 제사 드리는 예와 가무의 음악을 보니, 그 말이 비루하기에, 『구가』의 곡을 지어 위로는 신을 섬기는 공경함을 베풀고, 아래로는 자신의 맺인 원망을 드러내 보여 거기에 풍간의 뜻을 기탁하였다(『九歌』者, 屈原之所作也. 昔楚國南郢之邑, 沅湘之間, 其俗信鬼而好祠, 其祠必作歌樂, 鼓舞以樂諸神. 屈原放逐, 竄伏其域, 懷憂苦毒, 愁思沸鬱, 出見俗人祭祀之禮, 歌舞之樂, 其詞鄙陋, 因爲作『九歌』之曲. 上陳事神之敬, 下見己之冤結, 託之以諷諫).

10] 원문의 '以經立義'는 '依經立義'라고 하는 게 맞다. 의미는 경전을 빌어 자신의 생각이 옳다는 것을 증명한다는 것이다. [옮긴이 주]

이런 언급은 의심할 바 없이 극히 높은 문학비평 가치를 갖고 있는데, 직접적으로 당 이후 시가 평점의 선구가 되었다.

진정한 의미에서의 문학 평점은 남송대에 시작되었는데, 특히 고문 평점은 체제나 기능상 후대의 문학 평점의 기본적인 틀을 마련하였다. 뤼쭈첸(呂祖謙)의 『고문관건(古文關鍵)』과 러우팡(樓昉)의 『숭문고결(崇文古訣)』, 전더슈(眞德秀)의 『문장정종(文章正宗)』, 셰팡더(謝枋得)의 『문장궤범(文章軌範)』, 류천웡(劉辰翁)의 『반마이동평(班馬異同評)』 등은 모두 일정한 대표성을 띠고 있다. 송 이래로 평점은 줄곧 시문 영역에서 비교적 큰 발전을 이루었다. 명 중엽 이후에는 이러한 풍조가 다시 불이 붙어 탕순즈(唐順之)와 마오쿤(茅坤)은 당송팔대가에 대해 평점했고, 양선(楊愼)은 『풍(風)』, 『아(雅)』에 대해 선평(選評)했으며, 중싱(鍾惺)과 탄위안춘(譚元春)은 『고시귀(古詩歸)』와 『당시귀(唐詩歸)』를 편찬했다. 이와 동시에 평점 역시 점차 소설 희곡 등 통속문학 영역으로 확장되었다.

'소설'의 평점으로 명 중엽 이전의 문학평점사에서 언급할 만한 것은 양대(梁代) 샤오치(蕭綺)가 '기록(錄)'한 진 왕자(王嘉)의 『습유기(拾遺記)』와 류천웡이 평점한 류이칭(劉義慶)의 『세설신어』이다. 『습유기』는 지괴소설로 샤오치의 「서」에 의하면, 그가 수집해서 엮고 바로잡아 이루었다고 했다. 전서는 모두 10권으로 매 권에는 약간의 신화 전설이 포함되어 있다. 부분적인 본문 뒤에는 샤오치가 일단의 언론을 더해 '기록해 말하다(錄曰)'라고 제(題)하였다. 다만 내용은 번잡해 문학비평으로 보기는 어렵다. 하지만 이것은 비교적 이른 시기에 평론성의 문장을 '소설'의 텍스트에 덧붙인 것이다. 류천웡의 『세설신어』 평점은 이미 문학비평의 함의를 분명하게 띠고 있는데, 비록 소량의 미비이기는 하지만, 두 세 마디의 평설(評

說) 중에는 이미 인물의 정신 상태나 언어 특성에 주의를 기울이고 있어 실제로 고대 소설평점의 비조라 할 만하다.

3) 소설평점 탄생의 기본 조건

소설평점의 탄생에는 다음과 같은 두 가지 기본 조건이 있다.

하나는 소설창작과 전파의 상대적인 번성이다. 가정(嘉靖) 원년(1522년)에 『삼국연의』가 장기간 초본(抄本)의 형태로 전해오던 형식을 끝내고 공개적으로 출판된 뒤, 통속소설의 창작과 유포는 새로운 역사시기로 접어들었다. 그 뒤로 오래지 않아 똑같이 명초에 나온 『수호전』 등이 출간되었다. '초본'에서 벗어나 간행되었다는 것은 고대 소설의 전파에 있어서 획기적인 의의가 있다. 이것은 소설의 영향을 확대했을 뿐 아니라 동시에 소설 창작의 발전에도 긍정적인 패러다임을 제공했다. 가정 원년에서 만력 48년(1620년)에 이르는 근 백 년 동안 통속소설의 창작은 점차 흥성해 오다가 평온한 발전기를 맞았다. 현존하는 자료에 근거해 알 수 있는 것은 이 시기에 통속소설이 모두 5, 60 종이 출판되었다는 사실이다. 이것은 비록 그리 큰 숫자는 아니지만, 통속소설의 초창기임을 감안하면, 이미 가볍게 볼 수 없는 현상이다. 이 시기에 고대 통속소설의 네 가지 기본적인 유형, 곧 '역사연의소설(歷史演義小說)', '영웅전기소설(英雄傳奇小說)', '신마소설(神魔小說)', 그리고 '세정소설(世情小說)'이 모두 완비되었다. 곧 각각의 유형을 대표하는 불후의 작품들인 『삼국연의』, 『수호전』, 『금병매』와 『서유기』가 나타난 것이다. 사람들로부터 '사대기서(四大奇書)'라 불렸던 이 네 작품은 당시와 그 이후에도 심각한 영향을 끼쳤다. 우리는 이 소설들이 세상에 나옴으로써 소설의 발전과 독자의 소설에 대한 수용에 얼마나 중요한 영향을 주었고, 이것이 의심할 바 없이 소설평점이 일어나는 데에도 견실한 기초가 되었다는 사실을 어렵지 않게 생각해볼 수 있다.

특히 주의할 것은 이 시기의 소설 창작자로 소수의 문인 이외에도 비교적 많은 서점 주인들이 참여했다는 사실이다. 이러한 현상으로 인해 한편으로는 소설의 창작과 전파가 촉진되었고, 동시에 소설의 창작은 매우 큰 수준에서 상업화로 발전해 나갔다. 그러므로 이 백 년 간의 소설사에서 우리는 이렇듯 생각해 볼 만한 몇 가지 현상을 어렵지 않게 지켜볼 수 있다. 곧 이 백 년 간의 소설 창작 중에서 '사대기서'는 독립적인 것으로 특기할 만하고, 나머지 창작 성취는 그다지 볼만한 게 없다. 그리고 통속소설의 네 가지 기본 유형 가운데 이미 있는 제재를 창작의 원천으로 삼은 연의소설과 신마소설이 가장 발달했고, 상대적으로 개별 작품의 창조적인 성격이 비교적 강한 영웅전기와 세정소설의 창작은 비교적 적막했다고 말할 수 있다. 영웅전기의 경우는 『수호전』이 "서점가에서 잇달아서" 끊임없이 간행되었던 것을 제외하고는 유사한 것으로 『양가장통속연의(楊家將通俗演義)』, 『위사오바오췌충전전(于少保萃忠全傳)』 등 몇 부의 역사적인 함의가 비교적 강한 작품이 있었고, 세정소설의 경우는 『여의군전(如意君傳)』과 『수탑야사(繡榻野史)』 등 전적으로 외설적인 내용을 드러내고 있는 소설을 제외하면 『금병매』가 거의 독보적이다. 이런 현상이 형성됨으로 해서 우리는 이 시기 소설 창작의 상업적인 특징으로 되돌아가지 않을 수 없는데, 이것은 당시 소설 창작의 기본적인 특성이자, 평점이 소설 전파의 상업적 수단으로 일어나게 된 중요한 전제가 된다.

다음으로 소설평점이 만력 연간에 싹튼 것과 이 시기 문인들이 통속소설에 대해 점차 주목하게 된 것은 서로 밀접한 연관이 있다. 하나의 비평 형태가 싹트고 발전하는 데에는 문인들의 참여가 아주 큰 역할을 하게 된다. 만약 이런 비평 형태가 시종 민간의 상태에 머물러 있게 되면, 진정으로 예술이론비평의 전당에 오르기 어려운 것이다. 그렇다면 가정에서 만력에 이르는 시기에 소설평점의 문인 참여에는 어떤 외부 환경적 요소가 작용했는가?

가정 이래로 통속소설이 문인들 사이에서 점차 유행했는데, 읽고 감상하는 동안 사람들의 소설에 대한 인식이 명백하게 제고되었으니, 그 가운데 한 사람의 두드러진 언행은 소설의 지위를 고취하기에 충분했다. 위안훙다오(袁宏道)는 다음과 같이 말했다. "나는 어린 시절에는 해학적인 문장을 잘 지었고, 『골계전』에 깊이 탐닉하였다. 뒤에 『수호전』을 읽었는데 문장이 더욱 기발하고 변화무쌍하였다. 『육경』은 지극한 문장이 아니고, 쓰마첸은 그보다 더 못하다.(少年工諧謔, 頗溺『滑稽傳』. 後來讀『水滸』, 文字益奇變. 六經非至文, 馬遷失組練[11])."[위안훙다오, 「청이생설수호(聽李生說水滸)」, 『위안훙다오 집(袁宏道集)』「해탈집(解脫集)」] 그리고 리줘우(李卓吾)는 『수호전』을 '고금의 지극한 문장'이라 칭해 사람들이 더욱 잘 알게 되었다. 이러한 소설의 지위에 대한 고취로 말미암아 의심할 바

11] 원문의 마천(馬遷)은 쓰마첸(司馬遷)이다. 조련(組練)은 "갑옷과 투구(組甲被練)"의 약칭이다. 고대에 군인들이 입었던 갑옷과 투구인데, 무장한 군대를 가리키는 뜻으로 그 의미가 확장되었다. 여기에서 "실조련(失組練)"은 서로 비교해보았을 때, 뛰어나지 못하다는 뜻이다. [옮긴이 주]

없이 문인들이 관념적으로나 심리적으로 아무런 장애 없이 소설평점에 참여할 수 있었다. 일종의 서사문학으로서 소설은 그 독특한 서사 방법이 가정 이래로 문인들의 주의를 끌기 시작했다. 정사의 서사법과 비교하는 가운데, 사람들은 점차 우수한 소설의 경우 서사 방법에 있어 차용해 쓸 만큼 훌륭한 부분이 적지 않게 있다는 사실을 인식하게 되었다. 가정 때의 리카이셴(李開先)은 『일소산(一笑散)』 「시조(時調)」에서 다음과 같이 서술했다.

『수호전』에는 억울함이 매우 상세하게 서술되어 있으되, 혈맥이 관통하는 것이 『사기』 이래로는 이 책뿐이다. 또 고래로 한 가지 사건으로 이십 책이나 되는 분량을 엮은 것이 없었으니, 만약 이 책이 간사한 도적들이 거짓과 위선을 행하는 것을 병폐로 여긴다면, 이는 서사의 방법과 역사를 배우는 묘미를 모르는 것이다.(『水滸傳』委屈詳盡, 血脈貫通, 『史記』而下, 便是此書. 且古來更無有一事而二十冊者, 倘以奸盜詐僞病之, 不知序事之法, 學史之妙者也).

후잉링(胡應麟) 역시 다음과 같이 말했다.

하지만 이 책 속에 담긴 의미는 창졸간에 엿볼 수 있는 것이 아니어서 세상 사람들은 단지 그 묘사의 곡진함만을 알 뿐이다. 108인을 안배함에 있어서는 인물의 비중에 따라 경중을 달리하여 묘사한 것이 조금도 어긋남이 없고, 중간에 포폄褒貶의 대조나 두둔하고 칭송하는 면에 있어서는 실로 언어의 겉으로 드러난 뜻을 뛰어넘는 바가 있다.(第此書中間用意, 非倉卒可窺, 世但知其形容曲盡而已.至其排比一百八人, 分量重輕, 纖毫不爽, 而中間抑揚映帶, 回護咏嘆之工, 眞有超出語言之外者.)[후잉린, 『소실산방필총(少室山房筆叢)』 41권 「장악위담(莊岳委談)」]

[여기서] 소설의 서사 법칙과 인물 형상을 빚어내는 데 주의한 것은 하나의 독특한 예술품으로서의 소설을 인식하는 발단이 되었고, 사람들이 소설을 예술적으로 감상하는 하나의 전제가 되었는데, 이런 인식으로 말미암아 문인들은 소설에 대해 예술 평점을 할 수 있는 실마리를 찾게 되었다. 당연하게도 문인들은 소설을 선택적으로 받아들였다. 그들은 소설을 즐길 때 소설의 문학적 함의말고도 소설을 감상하는 가운데 [작품이] 자신의 감정과 부합할 것을 요구했다. 위안훙다오는 『금병매』가 "구름과 안개가 지면에 가득한 것이 메이청의 「칠발」보다 훨씬 낫다(雲霞滿紙, 勝于枚乘「七發」多矣)" 고 찬미했다.[위안훙다오, 「둥쓰바이에게 보낸 편지(與董思白書)」, 『위안훙다오 집(袁宏道集)』「금범집(錦帆集)」] 그가 「칠발」을 취해서 비교 대상으로 삼아 『금병매』가 「칠발」보다 훨씬 낫다고 칭찬한 것을 가만히 되새겨 보면, 위안훙다오는 「칠발」같은 작품이 사회와 인생에 대해 투철하게 비판하고 풍자했던 것처럼 『금병매』에서도 그런 정신을 읽어냈다는 것을 알 수 있다. 그리고 리줘우(李卓吾)가 『수호전』을 읽고 평점을 가한 것 역시 그가 『수호전』의 정감의 핵심 가운데서 모종의 심리와 정감이 들어맞는 것을 간취했기 때문이다. 이렇듯 문인이 어떤 의도를 갖고 소설을 선택함으로써 문인과 민중의 소설 감상은 서로 다른 길을 걸어갔고, 동시에 이것은 중국 소설평점이 상업 평점과 문인 평점이라는 두 가지 방향으로 나뉘게 된 중요한 요인이 되었다.

이와 별개로 소설평점의 탄생은 소설 '시장'의 형성과 밀접하게 연관되어 있었다. 심지어 명 중엽과 말기의 소설평점의 탄생과 발전은 소설이 상업화된 시장을 형성함으로써 나타난 필연적인 결과라고까지 말할 수 있다.

2. 소설평점의 변천

무엇보다 다음의 사실을 설명해야 할 것이다. 그것은 곧 중국 고대소설이 문언소설과 통속소설이라는 두 가지 커다란 부문을 형성한 이래로, 소설평점이라고 하는 것이 비록 문언소설인 『세설신어』에 대한 류천웡(劉辰翁)의 평점을 그 시조로 하고 있고, 청대[대표적인 문언소설집인] 『요재지이(聊齋志異)』에도 역시 몇 가지 평점이 있긴 하지만, 주로 통속소설에 대해 말하고 있다는 사실이다. 하지만 다른 한편으로 보자면 명청 양대의 문언소설은 이미 전체적으로 통속소설과 겨룰 힘이 없었고, 그 수량과 질에 있어서도 모두 통속소설에 훨씬 못 미쳤다. 동시에 소설평점은 명 만력 연간에 그 싹을 틔웠을 즈음에 이미 명백하게 상업적인 의미를 갖고 있으면서, 어느 정도 통속소설의 유포 과정에서 일종의 '판매를 촉진하는' 수단이 되었다고 볼 수 있다. 그래서 어떤 종류의 소설 부문이 가장 많은 독자를 보유하고 있는가 하는 것이 일정 정도 소설평점의 존재 근거를 이루기도 했다. 이에 의거하면, 통속소설이 평점자의 광범위한 주목을 끌 수 있었던 것 역시 너무도 당연한 일이었다. 다른 방면에서도 이것은 마찬가지로 소설평점이 어떻게 문언소설이 되살아난 명초에 움트지 않고 통속소설이 점차 흥기한 만력 시기에 나타났는가 하는 점을 증명해주고 있다. 소설평점은 경학과 역사 주석 등의 주석학 전통을 계승했고, 또 시문평점의 영향하에 명 만력 연간에 싹이 텄다. 이것은 중국 고대에 3백여 년의 역사를 이어왔으며 금세기 초에 이르러서는 소설 비평의 영역을 벗어나 고대 소설의 전파와 창작에 모두 중요한 영향을 주었다. 고대 소설평점의 발전 역사를 종으로 바라보자면, 대체로 네 개의 시기를 획분할 수 있다. 명 만력 연간은 소설평점이 싹을 틔운 단계이고, 명말청초는 소설평점이 가장 번성한 단계이며, 청 중엽 이후는 소설평점의 '열기'가 하강기에 접어들었지만 여전히 평온하게 발전했던 단계이고, 청말은 소설평점의 여파(餘波)로 평점의 함의에 있어 '전변'의 태세를 드러냈던 단계이다.

1) 만력 소설평점의 대세

우리가 만력 연간의 소설평점을 하나의 단계로 삼아 서술하는 것은 다음과 같은 고려에 바탕한 것이다. 만력 시기는 중국 고대의 소설평점의 기원으로 소설평점의 발전에 자못 심각한 영향을 주었다. 소설평점이 후대의 소설 이론비평과 소설의 유포에 중요한 작용을 일으키게 된 까닭은 만력 시기의 소설평점이 문인 참여와 평점의 상업화에 의해 결정되었기 때문이다. 만력 시기의 소설평점은 또 상대적으로 완전한 단계였다. 한편으로 평점은 만력 시기부터 소설 영역에 인입되어 자못 흥성한 국면을 형성했는데, 이것은 고대 통속소설의 발전과 기본적으로 보조를 맞춘 것이다. 만약 만력 시기가 통속소설이 흥성하게 된 시점이라고 말한다면 이 시기는 마찬가지로 소설평점이 터를 잡은 단계이기도 하다. 동시에 만력 연간은 또 소설평점의 형태가 틀을 갖춘 시기였다. 그리하여 소설평점의 형태적인 특성과 종지(宗旨), 목적 등의 방면에서 모두 점차적으로 안정을 찾아갔다.

정확하게 말하자면 소설평점은 만력 연간에 싹을 틔웠다고 했지만, 실제로는 만력 20년(1592년)경에 시작되었는데, 그렇기 때문에 이른바 만력 연간의 소설평점은 단지 27~8년의 역사밖에 갖고 있지 않다. 그러나 오히려 이렇듯 짧은 이십여 년의 시간 동안 소설평점이 흥성했던 것이다. 완전한 통계는 아니지만, 이 시기에 출판된 소설 평본은 대략 20종으로 가정 이래 출판된 소설의 삼분의 일이 조금 넘는다.

만력 20년(1592년)경은 중국 소설평점 역사상 자못 중요한 시기였다. 바로 이 시기에 중국소설사와 소설평점사에서 중요한 위치를 점하고 있는 두 명의 인물이 소설 방면의 활동을 개시했다. 그들은 바로 유명한 문인인 리줘우(李卓吾)와 유명한 서방(書坊) 주인인 위샹더우(余象斗)이다.[위안샤오슈(袁小修), 『유거시록(游居柿錄)』 9권과 위샹더우, 『신침주장원운창휘집백대가평주사기품수(新鋟朱狀元芸窓滙輯百大家評注史記品粹)』「자서」]. 이 두 중요 인물은 동시에 소설평점 활동을 개시했는데, 우리에게 중국 소설평점의 두 가지 기본 특성을 보여주고 있다. 곧 서방(書坊) 주인이 주체가 된 소설평점의 상업성과 문인이 주체가 된 소설평점의 자기만족성이다. 소설평점은 바로 이러한 두 가지 주요한 추세에 따라 발전한 것이다.

현재 남아 있는 자료를 갖고 이야기하자면, 만력 연간의 소설평점으로 가장 이른 시기에 나온 작품은 만력 19년(1591년)에 간행된 완췐러우(萬卷樓) 간본『삼국지통속연의』이다. 이 책의 표지에 있는「지어(識語)」에서 말한 바에 의하면, 이 책에서는 권점과 음주(音注), 석의(釋義)[12], 고증과 보주(補注) 등 다섯 가지 항목의

12] 석의(釋義)는 우리말로 '뜻 풀이' 정도로 번역할 수 있다. 20세기 이후 우리와 마찬가지로 서구 학문의 세례를 받은 중국의 경우에도 이것은 서구의

작업을 교정했다고 한다. 그 형식은 모두 쌍행의 협주(夾注)로 이루어졌는데, 본문 중 표식이 있는 비주(批注) 형식으로는 '석의(釋義)', '보유(補遺)', '고증(考證)', '음석(音釋)', '논왈(論曰)', '보주(補注)', '단론(斷論)' 등 몇 가지가 있다. 이 가운데 앞의 네 가지는 비교적 단순한 주석이지만 뒤의 네 가지는 이미 평론적인 성질이 풍부했는데, 이를테면 "주거량이 보왕에서 둔전을 불태우다(諸葛亮博望燒屯)"라는 대목에서 쉬수(徐庶)는 쿵밍(孔明)에 대해서 다음과 같이 평했다. "내가 반딧불이라면, 그는 휘엉청 밝은 달과 같이 밝으니 내 어찌 그에 비할 수 있으리오(某乃螢火之光, 他如皓月之明, 庶安能比哉!)" 이에 대한 보주에서는 "이것은 쉬수가 군사들을 미혹하게 만든 계책이다(此是徐庶惑軍之計也)"라 했다. 그러므로 이 책은 비록 '평점'이라는 글자를 드러내놓고 쓰지는 않았지만, 실제로는 이미 평점의 성격을 갖고 있어, 소설 간본이 주본(注本)에서 평본으로 나아가는 과도기적인 작품으로 볼 수 있다.

일 년이 지난 뒤 위샹더우는 『신각안감전상비평삼국지전(新刻按鑒全像批評三國志傳)』을 간행하면서 처음으로 '비평'이라는 글자를 드러내 놓고 썼다. 또 '전상(全像)'과 병렬로 내세웠는데, '전상'과 '비평'은 만력 이래 소설 간행의 두 가지 중요한 구성 성분이었으며, 그 목적은 소설의 유포에 더 유리했기 때문이었다. 전서의 본문 페이지는 종으로 상평(上評), 중도(中圖), 하문(下文)의 세 칸으로

'hermeneutics, 解釋學'를 염두에 둔 용어로 볼 수 있다. 그러므로 여기서도 '해석'이라 번역해도 무방할 것이나, 이렇게 할 경우 다른 용어들 역시 마찬가지 수준에서 손을 보아야 할 것이므로, 잠정적으로 '석의'라 번역하고자 한다. [옮긴이 주]

나뉘었는데, 이것은 위 씨가 간행한 소설의 특수한 형태로 이른바 '평림(評林)'의 체재였다.

2년 뒤 위 씨는 다시 『수호지전평림(水滸志傳評林)』을 간행했다. 이 책의 외부 형태는 앞의 책과 똑같았으니, 아래의 세 가지 기본적인 특색을 만들어냈다. 우선 위 씨는 원서를 고의로 삭제하고 고쳤는데, 주로 본문 가운데 잘못된 부분과 '읽기에 불편한' 내용이었다. 다음으로 위 씨는 원서의 상단에 평어를 첨가해 『수호전』에 대한 감상평을 했다. 마지막으로 위 씨는 원서 가운데 "운이 맞지 않는 시사"를 삭제했는데, 다만 독자가 읽기 편하도록 그것을 상층부에 그대로 두고 특별히 표시를 해두었다. 이것으로 위샹더우의 '평림'이 '고치고' '평한 것'을 하나로 융합한 것임을 알 수 있는데, 이러한 구성은 고대 소설평점의 중요한 전통이 되었다. 이것은 중국소설사에서 평점이 고대 소설 창작의 발전 과정에 어느 정도 개입하고 또 영향을 주었다는 사실을 설명해 주는 것이다. 그리고 이러한 개입으로 인해 소설 평본은 소설 비평 저작이 되었을 뿐 아니라, 동시에 소설이라고 하는 장르가 발전하는 가운데 판본으로서의 가치가 생기게 했다. 위 씨의 『수호지전평림』은 이론 비평이라는 입장에서 보아도 자못 특색이 있다. 이 책의 평점은 모두 미비로 윗칸에 위치하는데, 매 칙의 비문에는 모두 "쑹장을 평함(評宋江)", "리쿠이를 평함(評李逵)", "시 구절을 평함(評詩句)" 등과 같은 표제가 달려 있어 매 회의 국부적인 내용을 장악하고 그것을 드러내 밝힌 뒤 평하고 판단을 내렸다.

완줸러우(萬卷樓) 본 『삼국지전통속연의』에서 솽펑탕(雙峰堂) 본 『수호지진평림』에 이르는 동안 소설평점은 차근차근히 주석에서 평론으로 넘어갔다. 다만 위샹더우는 결국 서방(書坊)주인의 신분으로 소설평점에 종사했기에, 자신의 예술적 소양과 상업성의 제약을 받았다. 따라서 그의 평점 이론의 품위는 상대적으로 낮았다. 소설평점은 그 자체의 이론 생명을 펼쳐나가면서 발전해야 했기에 비교적 높은 자질을 갖춘 문인의 참여가 기대되었다. 이때 리줘우가 『수호전』에 심취해 비점을 가한 것은 소설평점의 발전에 중요한 계기가 되었다. 리줘우 평점 『수호전』은 하나의 과정이었다. 그가 처음으로 이 책을 접한 것은 대략 만력 16년(1588년)이었다. "『수호전』이라는 책이 있다는 말을 듣고, 별생각 없이 그것을 얻고자 하여 다행히도 그것을 기증 받았는데, 비록 원본은 아니었지만 그래도 괜찮았다(聞有『水滸傳』, 無念欲之, 幸寄與之, 雖非原本亦可.)"[리줘우, 『리원링 집(李溫陵集)』 4권 「복초약후(復焦弱侯)」] 4년 뒤 위안샤오슈(袁小修)가 리줘우를 방문했을 때, "바야흐로 승려인 창즈에게 명해 이 책을 필사하라 명하여, 글자에 따라 비점을 하고 있었다(正命僧常志抄寫此書, 逐字批點)."[위안중도(袁中道), 『유거시록(游居柿錄)』 9권] 또 4년 뒤에도 리줘우는 여전히 『수호전』의 감상평을 쓰는 데 빠져 있었는데, "『수호전』의 비점도 사람을 무척 상쾌하게 만들지만, 『서상기』와 『비파기』의 가필과 수정 작업은 더한층 오묘합니다[13](『水滸傳』批點得甚快活人, 『西廂』, 『琵琶』涂抹改竄得更妙.)"[리줘우, 『속분서(續焚書)』 1권 「여초약후(與焦弱侯)」]라고 하였다. 한 편의 작품을 두고 몇 년 동안 계속해서 평점을 가한 것으로 그의 평점이 어떤 공명심이나 이익을 도모해서가 아니고 자기만족의 차원에서 행한 예술 감상 활동이었다는 것을 알 수 있다. 이것이야말로 문인들이 통속소설을 평점한 최초의

13] 번역문은 김혜경 역 『속분서』(한길사, 2007년), 144쪽을 참고했음. [옮긴이 주]

동기였다. 리줘우는 만력 30년에 옥에서 자결했는데, 그가 평점한 작품은 생전에는 출간되지 못했다. 이것은 이후의 소설평점 역사에서 최대의 의문으로 남았다.

초기의 소설평점자로서 리줘우와 위샹더우는 소설평점에 문인 참여와 서방 주인의 통제라고 하는 두 가지 기본적인 틀을 확립했다. 동시에 그들은 평점 대상을 골라 선택하는 데에도 비교적 특색이 있었다. 곧 『삼국연의』와 『수호전』이라고 하는 이미 오래 전부터 전해오면서 지명도가 상당히 있는 작품을 평점했다는 것인데, 새롭게 창작된 소설로 평점을 확장하지는 않았다. 이러한 현상이 만들어지게 된 까닭은 문인의 측면에서는 그들이 작품을 선택할 때의 까탈스러움을 드러내 보여주는 것이고, 서방 주인의 측면에서는 여전히 상업성을 고려했기 때문이라고 말할 수 있다. 하지만 이 당시는 결국 소설평점이 시작되던 시기였기에, 모종의 시험적인 성질을 띠고 있어 그들로서는 소설의 전파에 유리한 지 여부는 아직까지는 고려의 대상이 아니었다. 그런 까닭에 이미 사회적으로 영향력이 있고 판로가 괜찮은 작품을 선택해 평점으로 삼는 것이 상대적으로 비교적 안전했던 것이다. 그 뒤 소설평점이 광범위하게 유포되고 사회가 그것을 점차 받아들임으로써, 소설평점은 이러한 국면의 전환을 이루어냈다.

만력 30년경에서 만력 48년에 이르는 동안 『삼국연의』가 계속적으로 간행되고 리줘우 평본 『수호전』이 공개적으로 출판된 것 이외에 이 10여 년 동안 출판된 소설 평본은 거의 대부분이 새롭게 창작된 소설들이었다. 완전한 통계는 아니지만, 이 시기에 새롭게 창작된 소설의 평본은 『삼교개미귀정연의(三教開迷歸正演義)』, 『정파주첩전통속연의(征播奏捷傳通俗演義)』, 『양한개국중흥전지(兩

漢開國中興傳志)』,『열국전편십이조전(列國前編十二朝傳)』,『동서양진지전(東西兩晉志傳)』,『춘추열국지전(春秋列國志傳)』,『수당양조사전(隋唐兩朝史傳)』,『편벽열국지(片壁列國志)』,『전한지전(全漢志傳)』,『수탑야사(繡榻野史)』 등 10여 종에 이른다. 그 가운데『삼교개미귀정연의』와『수탑야사』를 제외하면 나머지는 모두 역사연의소설이다. 그리고 평점자의 신분 역시 여전히 서방 주인 위주다. 특히 주의해 볼 만한 것은 평점이 이미 사회에서 일정한 영향을 미치고 있었기에, 유명인사의 이름을 도용한 평점 역시 나돌기 시작했다는 것이다. 이를테면『춘추열국지전』은 천지루(陳繼儒)의 이름을 도용했고,『수탑야사』는 리줘우를 도용했으며,『편벽열국지』 역시 "리줘우 선생 평열(李卓吾先生評閱)"이라 서(署)했지만, 실제로는 아무런 평어도 없었다. 이러한 풍조가 성행했다는 것은 이 시기의 소설평점이 여전히 서방 주인의 손안에 장악되어 있었다는 사실을 말해준다. 상술한 원인으로 말미암아 그리고 평점의 소설 자체에 대해 그다지 높은 예술적 가치를 갖고 있기 않았기에, 이 시기의 소설평점은 '룽위탕(容與堂)'과 '위안우야(袁無涯) 본'『수호전』을 제외하고는 모든 평점 이론의 성취가 높지 않았고, 평점의 주요 내용은 여전히 '주석'에 머물러 있었다. 이를테면,『열국전편십이조전』은 매 회 말에 각각 '석의(釋疑)', '지고(地考)', '평단(評斷)', '부기(附記)', '답변(答辯)' 등의 명목이 나열되어 있었다. 이런 비주(批注) 문장은 수량은 비록 많았지만, 문학비평과는 거의 무관한 것들이었다.

2) '룽위탕 본(容本)'과 '위안우야 본(袁本)『수호전』평점

만력 연간의 가장 가치 있는 소설 평본은 만력 38년(1610년)과 39년경에 각각 간행된 '룽위탕(容與堂) 본'과 '위안우야(袁無涯) 본'『수호전』이라 해야 마땅할 것이다. 이때는 리줘우(李卓吾)가 옥에서 자결한 지 이미 8, 9년의 시간이 흘렀기에 진위를 따지기 어렵다. 명말에서 지금까지 이에 대해서는 논란이 분분하고 의견이 일치되지 않았으며, 특히 근 10년 이래 탐색이 더욱 심화되었다. 다만 한 가지 흥미로운 현상은 사람들 가운데 어떤 이는 '룽위탕 본'이 진짜라 하고, 어떤 이는 '위안우야 본'이 진짜라 주장하는데, 그들이 제기한 이유는 모두 근거가 있기는 하지만 동시에 상대방을 압도할 만큼 철저하지는 못하다는 것이다. 이러한 현상을 조성한 근본 원인은 현존하는 재료가 이미 기본적으로는 다 드러났음에도 이 문제를 철저하게 해결할 방법이 없다는 데 있다. 그래서 이런 상황에 직면해 우리는 다음과 같은 '가설'을 제기해도 무방할 것이다. 곧 리줘우는 만력 24년경에『수호전』평점을 완성했고, 그 뒤에는 친구들 사이에 돌려보았다. 리줘우가 죽은 뒤에는 점차 넓게 유포되었는데, 혹은 전본(全本)이, 혹은 부분적으로 혹은 직접 평점 문장으로 흘러다녔다. 그러므로 만력 38년 이전에 리줘우의『수호전』평점은 이미 밖에서 나돌았을 것이고, 이에 서방 주인들이 그의 명성을 빌어 그가 평점한 것을 바탕으로 문인들을 청해다 모방하고, 더하고 고치고, 확충하고, 정형화해서 완전한『수호전』평점 본을 만들어낸 것이다. '룽위탕 본'은 혹은 예저우(葉晝)가 한 것이라 하고 '위안우야 본'은 혹은 위안우야나 펑멍룽(馮夢龍)이 한 것이라 한다. 그래서 이러한 가설의 결론은 '룽위탕 본'이나 '위안우야 본'

모두 리줘우의 진짜 평본은 아니지만, 동시에 모두 리줘우의 『수호전』 평본을 기초로 했다는 것이다. 그러므로 어느 정도는 그 가운데 리줘우의 정신과 혈맥이 남아 있다고 말할 수 있다.

소설평점사의 각도에서 말하자면, '룽위탕 본'과 '위안우야 본'은 사실상 진짜 리 씨의 손에 의해 나온 것인지 여부에 따라 그 가치가 폄하될 수 있는 성질의 것이 아니며, 만력 시기 소설평점의 쌍벽으로 보는 것 역시 지나친 것은 아니라고 볼 수 있다. 두 판본이 이렇듯 확고한 지위를 얻게 된 것은 다음의 세 가지 측면에 기인한 것이다.

우선 만력 연간의 소설평점은 서방 주인의 통제 하에 상업성과 공리성이라고 하는 길을 따라 그 주도적인 실마리가 발전해왔다. 리줘우가 소설평점의 행렬에 가입한 뒤 이러한 틀거리가 깨졌는데, 다만 리 씨에게는 그가 한 것이라 믿을 만한 평본이 세상에 전하는 것이 없어 여전히 사람들이 전체적으로 리줘우 평점의 정신 풍모를 볼 수 있는 방법이 없었다. '룽위탕 본'과 '위안우야 본'은 리 씨의 평점을 기초로 모방하고 발전시켜 확장한 것으로, 이로부터 참신한 면모가 소설평점사에 나타났던 것이다. 이것은 주체의 창조성과 감정이 투입된 비평 정신을 강화한 것으로 소설평점의 새로운 길을 연 것이라 말할 수 있다. 후대의 진성탄(金聖嘆)과 마오쭝강(毛宗崗), 장주포(張竹坡) 등 평점의 대가들은 모두 이에 바탕해 소설평점을 발전시켰고, 이로부터 소설평점의 성가가 장대해졌던 것이다.

다음으로 '룽위탕 본'과 '위안우야 본'은 실제로 소설평점 형태의 틀을 잡았다. 일종의 독특한 비평 형식으로서 소설평점은 그 자체의 형태적인 특징을 갖고 있는데, 이러한 형태적인 특징은 또 그 자체의 발전 과정 속에서 점차적으로 형성된 것이다. '룽위탕 본'과 '위안우야 본'이 틀을 잡은 소설평점의 기본 형태는 다음과 같다. 첫머리(開

首)에는 서(序)가 있다. 서의 뒤에는 전편을 총괄하는 문장 몇 편이 있는데, 이를테면 '룽위탕 본'에는 "사미승 화이린(小沙彌懷林)"이라 서(署)한 문장 네 편이 있고, '위안우야 본'에는 양딩젠(楊定見)의 「인(引)」과 위안우야의 「발범」이 있다. 본문 부분에는 미비(眉批)와 협비(夾批), 총비(總批)가 있는데, 이러한 형태는 후대 소설평점의 정해진 틀이다.

셋째 '룽위탕 본'과 '위안우야 본'은 고대 소설평점의 비평 함의상의 변화를 완성했다. 만력 연간의 소설평점은 일반적으로 문장을 훈고하고 역사적인 사실을 소증(疏證)하는 것을 벗어나지 못했고, 소설에 대해 예술적이고 정감 있는 감상 평을 한 것은 그렇게 많이 보이지 않는다. 그런데 '룽위탕 본'과 '위안우야 본'은 이러한 틀을 근본적으로 뒤바꿔 놓았다. 전체적인 경향으로 말하자면, '룽위탕 본'의 이론 비평적 가치는 '위안우야 본'보다 높은데, 왕왕 유리한 입장에 서서 가치 있는 이론적 견해를 내놓기도 했다. 그렇기에 '룽위탕 본'은 소설에 대한 구체적인 감상과 분석에서 자못 공력을 드러내 보이고 있다. 특히 주의할 만한 것은 '위안우야 본'이 소설평점사상 비교적 이른 시기에 팔고문법을 차용해 소설문법을 귀납한 비평 저작이라는 사실이다. 여기에서 제기한 '서사양제(叙事養題)'와 '역법(逆法)', '이법(離法)' 등은 큰 가치는 없지만, 소설평점사에서 문법을 총결한 하나의 단초가 된다고 볼 수 있다.

소설평점의 탄생은 그 최초의 동기가 소설의 유포를 촉진하기 위한 것이었기에, 분명하게 상업적인 목적을 띠고 있었다. 이것은 중국의 고대소설과, 특히 통속소설 특유의 예술 상품적 성질과 관련이 있다. 그러므로 소설평점은 서방 주인의 통제 하에 항상 주석으로 소통하고 인도하는 것을 그 주체로 삼았고, 그 목적 역시 주로 독자, 특히 하층 독자의 열독을 돕는 데 있었다. 이것이 만력 연간 소설평점의 주류였다. 문인들이 참여함에 따라 소설평점은 이론 비평적 차원에서 분명하게 향상되었다. 다만 최초에 문인들이 소설평점에 종사했던 것은 오히려 소설을 읽는 과정에서 마음으로 느낀 바를 기록하고 감정적으로 공감하는 바였기에 다른 사람들의 열독을 인도한다든가 방법을 전수하려는 뜻은 없었다. 이것은 소설평점이 성숙하고 발전하는 계기가 되었다. 문인들이 소설을 읽는 과정에서 자기 감상적인 차원에서 마음으로 느낀 바와 상업적이고 공리적인 차원에서 열독을 인도하는 것이 결합되었을 때, 소설평점은 최종적으로 공공적인 성격을 띤 문학비평 사업이 될 수 있었다. 만력 연간의 소설평점 중에서 이러한 결합은 리줘우 평점 『수호전』이 '룽위탕 본'과 '위안우야 본' 『수호전』 평점으로 공개적으로 출판됨으로써 완성될 수 있었다.

소설평점의 맹아 시기로서 만력의 소설평점은 그 이론 비평적인 성취는 그다지 두드러지지 않지만, 후대에 대한 영향은 오히려 매우 심각했는데, 특히 리줘우 등 저명한 문인들의 참여는 소설평점의 발전에 대해 더욱 큰 호소력과 영향력을 갖고 있었다. 만력 이후에 소설평점은 한 걸음 더 나아가 장대한 기세로 발전해 하나의 비평 형태로서 점차 중국 소설비평의 주도적인 위치를 차지하게 되었다. 그리고 이러한 지위를 다진 것은 의심할 바 없이 만력 연간의 소설평점이었다.

3) 명말청초의 소설평점

이른바 명말청초는 이 책에서는 주로 명 천계(天啓), 숭정(崇禎)과 청 순치(順治), 강희(康熙) 사이의 백 년 간을 가리킨다. 이 백 년은 고대 소설평점이 가장 번성했던 시기였다. 이 시기에 소설평점은 수량도 방대할 뿐만 아니라 소설이 전파되는 데 매우 중요한 역할을 수행했으며, 아울러 평점의 질 역시 크게 제고되었다. 그러므로 소설평점사에서 질적으로 가치 있는 평점 저작들 대부분이 이 시기에 완성되어 공개적으로 출판되었다.

명말청초의 소설평점은 만력 시기에 싹을 틔운 소설평점을 계승해 그 장대한 발전의 기세를 드러냈는데, 이것은 소설평점이 맹아기에서 번성기로 나아간 백 년이었다. 동시에 소설평점 역시 이 시기에 그 황금기를 보냈다. 이 시기의 평점이 번성했던 데에는 다음과 같은 몇 가지 표지가 있다.

우선 명말청초는 중국의 고대소설이 비교적 크게 발전했던 시기였다. 그리고 이 시기의 소설평점은 곧 이러한 소설 창작의 배경에 의탁해서 공동으로 고대 소설의 전파에 개입하고 소설 예술의 발전을 추동했던 것이다.

명말청초에 새롭게 창작된 소설은 '사대기서'와 같이 뛰어나고 영향력 있는 작품들은 없었지만, 소설 창작의 숫자만큼은 방대했고, 종류 또한 빠짐없이 갖추어져 있었고, 오랫동안 전파되었다. 역사연의소설, 신마소설 등 전통적인 소설 형식은 진일보한 모습으로 계승되었고, 재자가인소설이 주체가 된 인정소설 역시 매우 큰 발전을 이루었다. 그 밖에도 '삼언이박(三言二拍)'을 대표로 하는 화본소설은 소설이 전파되는 가운데 강렬한 반향을 일으켰고, 고대 문언소설의 압권이라 할 수 있는 『요재지이』 역시 강희 연간에 작품이 나왔다. 더욱 주의할 만한 것은 중국 소설의 전파사에서 가장 영향력 있고, 가장 광범위하게 유포되었던 명대의 '사대기서' 역시 바로 이 시기에 최종적으로 틀을 갖추어 청대에 유행한 정규의 소설 독본이 되었다는 사실이다. 이렇듯 소설 창작이 번성했던 것과 궤를 같이 해 이 시기의 소설평점의 수량도 대폭 증가해 [이때 나타낸 소설 평본은 대략 백여 종이 넘었으며, 이는 대체로 명청소설 평본의 절반 정도에 해당한대[이 통계는 대략적인 숫자이며, 필자가 『고본소설집성(古本小說集成)』(1~5)과 『중국통속소설서목(中國通俗小說書目)』 및 몇 가지 산견하는 소설 평본의 통계를 정리해 얻은 것이다]. 또 평점의 질 역시 근본적으로 제고되었다. 여기에는 진성탄(金聖嘆)이 평한 『수호전』에서 장주포(張竹坡)가 평한 『금병매』까지 중국 소설평점사에서 중요한 평본이 모두 포함된다.

다음으로 명말청초의 소설평점은 만력 시기의 전통을 이어받아 소설평점의 상업성과 문인적인 성격이 보조를 발맞추어 발전했고, 또 양자가 합류하는 추세로 점차 나아갔다.

소설평점이 만력시기의 시험기를 거치면서, 특히 '룽위탕 본'과 '위안우야 본' 『수호전』이 사회적으로 비교적 큰 반향을 일으킨 뒤, 소설을 간행하는 이와 소설 독자들의 보편적인 인정을 받아 평점은 일종의 상업 수단으로서 이미 소설의 전파 과정에 완전히 진입했다. 이런 소설평점의 상업성은 대체로 두 가지 측면에서 표현되었다. 하나는 이 시기 소설평점이 서방 주인들의 상업적인 고려의 영향을 비교적 강하게 받았다는 것이다. 그런 까닭에 대다수의 평점자들은 평점의 대상에 대해서는 의식적으로나 어떤 목적을 갖고 선택하는 경우가 비교적 적었고, 소설 작품 자체의 사상적 예술 가치는 대량의 소설 평본 중에서는 아직까지는 중요한 선택 근거나 평가 기준이 되지 못했다. 이 시기의 소설 창작은 옥석이 가려지지 않은 채 양극으로 나뉜 상태를 드러내고 있었다. '사대기서'가 진일보한 개조와 정형화의 과정을 거침으로써 고대소설은 정점에 달했고, 펑멍룽(馮夢龍)의 '삼언' 역시 비교적 높은 사상 예술적 수준에 도달했다. 하지만 대다수의 소설 작품은 오히려 평범한 수준에 머물렀다. 이런 작품들에 대해 소설평점은 아직 완전하게 비평의 책무를 이행하지 못했고, 하나같이 평점으로 이들 소설의 전파만을 노렸다. 명말청초의 소설평점 중에는 이런 류의 평본이 가장 많았는데, 이로써 소설평점의 상업성이 분명하게 드러났다.

둘째로는 소설평점의 상업 수단이 갈수록 풍부해져 유명 인사의 이름을 도용하는 일이 잇달았다. 이를테면 리줘우(李卓吾) 평점이라 서(署)한 것으로 명말에만 『무목정충전(武穆精忠傳)』, 『서유기』, 『삼국연의』, 『상정공안(詳情公案)』, 『영웅보(英雄譜)』 등 몇 가지가 있었고, 청대에도 『후삼국석주연의(後三國石珠演義)』, 『혼당후전(混唐後傳)』 등이 있었다. 이 밖에도 중싱(鍾惺)과 펑멍룽, 진성탄 등으로 서한 것 역시 몇 가지가 있었다. 어떤 평본은 여러 명의 유명 인사들을 한 가지 책에 모아 놓았는데, 이를테면 앞서의 청대에 나온 두 권의 소설이 그것으로 전자의 경우 "성탄외서(聖嘆外書)", "리줘우 선생 비평(李卓吾先生批評)"이라 서했고, 후자의 경우는 '줘우 평열(卓吾評閱)', "징링 중보징 정(竟陵鍾伯敬定)"이라 서하고, 권수(卷首)의 서(序) 역시 "징링 중보징 제(竟陵鍾伯敬題)"라 서했다. 그러나 이 서는 실제로는 『수당연의』의 추런훠(褚人獲)의 서와 같은 것으로 몇 글자만 바꾼 것이다. 그리고 몇 가지 정당한 상업 수단 역시 끝없이 평점의 영역에 들어왔는데, 이를테면 "계열 평본

(系列評本)", "집평(集評)" 등의 수단 역시 소설평점 중에서 광범하게 사용되었다. 이것은 소설평점이 점차 성숙해가고 규범화되면서 소설의 유통에 중요한 전파 작용을 했다는 사실을 설명해준다.

소설평점의 문인적인 성격 역시 이 시기에 분명하게 증강되었다. 많은 문인들이 소설평점의 행렬에 참여함으로써 만력 시기에 주로 서방(書坊)의 손아귀에 좌지우지되었던 틀이 크게 바뀌었고, 소설평점의 이론적인 성격과 사상성 역시 명확하게 제고되었다. 동시에 평점자 역시 점차 소설평점을 입신을 위한 하나의 사업이나 감정 표현의 제재로 여겼다. 이것은 소설평점이 번영을 향해 한 걸음 더 나아가고 그 사상과 이론의 품위를 제고하는 중요한 요인이 되었다. 이 시기의 소설평점은 리줘우의 소설평점의 전통을 계승해 평점으로 자신의 사상 감정을 표출했다. 이것은 진성탄의 『수호전』 평점 중에서 충분히 체현되었다. 그는 자신의 현실에 대한 감개와 정치적인 이상, 그리고 우환의식을 붓끝에 실어 평점이 그의 감정 표현을 담아내는 그릇이 되게 하였다. 진성탄이 비(批)한 『수호전』이 광범위하게 유포됨에 따라 이러한 비평적 함의를 수많은 평점자가 자기 것으로 받아들였는데, 마오 씨 부자와 장주포 등의 평점 작품이 그를 계승해 빛을 발했다. 장주포는 자신의 평점 동기에 대해 이야기할 때, 다음과 같은 사실을 분명하게 지적했다. 곧 그는 "최근에는 빈곤과 슬픔으로 마음이 짓눌리고 "염량세태"에 부대끼다가(邇來爲窮愁所逼, 炎涼所激)" 본래 자신이 한 권을 책을 짓고자 했으나, "앞뒤로 이야기 줄거리를 꾸며내는 것이 몹시 힘이 들었기에(前後結構, 甚費經營)", 『금병매』를 평점함으로써, "마음속에 쌓인 회포를 풀어버릴 수 있고(可以排遣悶懷)", 또 "나는 내 자신의 『금병매』를 지은 것이다. 내 어찌 다른 사람과 『금병매』를 비평할 겨를이 있겠는가(我自做我之『金瓶梅』, 我何暇與人批『金瓶梅』也哉!)"라고 천명했다[「주포 한화(竹坡閑話)」]. 명말청초 소설평점의 이러한 특색은 이 시기 평점에 비교적 높은 사상 이론적 가치를 체현할 수 있게 만들었다. 더욱 주의할 만한 것은 이들 문인 평점가들이 비록 리줘우의 평점 전통을 계승하긴 했지만, 일률적으로 개별적인 감정의 서사에 깊이 빠져들지는 않았다는 사실이다. 그들의 평점은 그 붓끝이 대부분 작품의 감정상의 함의와 작품의 예술적 기교를 드러내는 데 향하고 있었다. 그로 인해 일종의 독서 지도(導讀) 작용을 일으켰던 것이다. 따라서 이들 소설평점 가운데 감정의 동일시와 예술의 감상은 소설평점에 종사하는 두 가지 커다란 기본적인 동기가 되었다. 이에 소설평점의 상업적인 전파 또한 더한층 높은 경지로 향상되었고, 그런 의미에서 소설평점의 문인적인 성격과 상업적인 성격이 융합되었다.

셋째, 이 시기 소설평점의 번영은 소설평점의 전체 가치가 제고되는 가운데 체현되었다. 소설평점 가치의 삼대 측면은 '전파'와 '이론', '텍스트'인데, 이 시기의 소설평점 중에는 이전에 일찍이 없었던 성취를 이루어낸 것이 있었다.

'전파 가치'로 말하자면, 평점본이 대량으로 증가하고, 평점의 질이 큰 폭으로 제고됨에 따라 고대소설의 전파가 촉진되었다. 이 시기 소설평점자의 작품에 대한 수정과 증보 역시 소설의 사상 예술적 가치를 제고했는데, 명대 '사대기서'가 평점자에 의해 광범위하게 수정된 것 이외에도 기타 몇몇 소설 역시 그 정도는 다르지만 증보와 수정을 거쳤다. 이를테면 숭정 4년(1631년) 런루이탕(人瑞堂)에서 간행한 『수 양제 염사(隋煬帝艷史)』와 숭정 6년(1633년) 졘샤오커(劍嘯閣)에서 간행한 『수사유문(隋史遺文)』에서 강희 연간 쓰쉐탕(四雪堂)에서 간행한 추런훠(褚人獲) 개편 자평(改編自評)본 『수당연의』에 이르기까지 이런 제재의 작품들이 부단한 수정을 거치면서 사상적으로나 예술적으로 모두 일정하게 향상되었는데, 후대에 『수당연의』는 같은 제재가 가장 유행했던 독본이 되었다.

이 시기 평점의 이론적 가치는 특히 고대 소설평점사에서 최고봉에 이르렀다. 평멍룽의 '삼언' 평본은 '일서일미(一序一眉)'의 형태를 갖추고 있었는데, 그 가운데 미비(眉批)는 아주 간략했지만 세 편의 서언(序言)은 자못 가치 있는 소설 논문이었다. 진성탄이 비(批)한 『수호전』의 전기소설(傳奇小說) 비평과 마오 씨가 비한 『삼국연의』의 역사소설 비평, 그리고 장주포가 비한 『금병매』의 인정소설 비평은 모두 같은 유형의 소설 비평 가운데 대표적인 작품들인 동시에 소설 이론의 보편성을 체현하고 있으며, 이론적 함의 역시 심각하고 풍부하다. 『서유증도서(西遊證道書)』의 평점은 비록 『서유기』의 주지(主旨)를 천명하는 것을 주요한 임무로 삼아 이론적으로는 상술한 세 소설에 비할 바는 아니나, 역시 가치 있는 이론 사상을 몇 가지 드러내 보여주고 있다. 이것은 중보징(鍾伯敬)이라 서(署)한 『수호전』, 『삼국연의』 평점과 두쥔쥔(杜浚濬)이 비평한 리위(李漁)의 소설 『무성희(無聲戲)』와 『십이루(十二樓)』 평점, 그리고 '관화탕 비평(貫華堂批評)'이라 탁명(托名)한 『금운교(金雲翹)』 평점, 『여선외사(女仙外史)』의 평점 가운데 류팅지(劉廷璣)의 '품제(品題)', 추런훠(褚人獲)의 『수당연의』 평점 등은 모두 중시할 만한 이론과 사상이 풍부하게 있는 평점 작품들이다.

4) '사대기서'의 평점

명말청초의 소설평점 가운데 가장 뛰어난 것은 의심할 바 없이 '사대기서'의 평점이다. 이것은 '사대기서'가 중국소설사에서 가장 널리 출판되고 평점이 가장 활발하게 이루어졌던 시기로, 복잡하게 잇달아 나오던 '사대기서' 간본(刊本)의 텍스트가 틀을 잡아가던 시기이기도 했다. 동시에 『서유기』를 제외하고 『수호전』과 『삼국연의』, 『금병매』 모두 이 시기에 각자의 평점의 전 과정이 완료되었고, 진성탄(金聖嘆)과 마오 씨(毛氏) 부자, 장주포(張竹坡) 삼가의 평본이 강희제 이후의 통행본이 되어 널리 유행했다. 당연하게도 『금병매』의 경우 이후에도 원룽(文龍)의 비본(批本)이 있기는 하지만, 이것은 간행되지 않은 채 문인이 스스로 감상하기 위해 만든 평본으로 근년에야 발견되었다. 『수호전』의 경우는 옌난상성(燕南尙生)의 『신평수호전(新評水滸傳)』이 있지만 그 영향은 그리 크지 않아 진성탄이 비한 『수호전』과 경쟁이 되지 않았다.

'사대기서'라는 명칭은 비교적 이른 것으로는 리위(李漁)가 강희 18년(1679년)에 『삼국연의』에 쓴 서문에 나타난다.

> 예전에 왕스전(王世貞) 선생이 우주에 '사대기서'가 있다면서, 『사기』와 『장자』, 『수호전』, 『서상기』를 들었다. 펑멍룽에게도 '사대기서'라는 명칭이 있었는데, 『삼국연의』와 『수호전』, 『서유기』, 『금병매』가 그것이다. 두 사람의 논지는 서로 다른데, 나는 책의 기이함은 그 부류를 좇아야 한다고 생각한다. 『수호전』은 소설가로 경사와는 같지 않고, 『서상기』는 사곡이니 소설과도 다르다. 이제 이러한 부류로 그 기이함을 안배한다면, 펑멍룽의 설이 옳은 듯하다.(昔弇州先生有宇宙四大奇書之目, 曰『史記』也, 『南華』也, 『水滸』也, 『西廂』也. 馮夢龍亦有四大奇書之目, 曰『三國』也, 『水滸』也, 『西遊』也, 『金瓶梅』也. 兩人之論各異. 愚謂書之奇, 當從其類. 『水滸』在小說家, 如經史不類. 『西廂』系詞曲, 與小說又不類. 今將從其類以配其奇, 則馮說爲近

是.)[리위(李漁), 「고본삼국지서(古本三國志序)」, 『성산별집(聲山別集)』 본]

이 네 권의 소설이 당시에 이미 명성을 누렸던 것은 그 자체가 갖고 있는 사상과 예술적 품격과 밀접하게 연관이 있지만, 평점자가 광범하게 주목하고 힘을 다해 고취한 것 역시 결정적인 작용을 일으켰다. 바로 이 백 년간의 평점이 '사대기서' 텍스트의 함의와 전파가 새로운 단계로 도약할 수 있게 만들었다. 이 시기의 '사대기서' 평점 상황은 대체로 다음과 같다.

『삼국연의』는 평본이 7종이 있는데, 순서대로 보자면 다음과 같다. 『리줘우선생비평삼국지(李卓吾先生批評三國志)』[명말 젠양(建陽) 우관밍(吳觀明) 간본, 예저우(葉晝) 평점], 『리줘우 선생 평 신간 삼국지(李卓吾先生評新刊三國志)』[명말 바오한러우(寶翰樓) 간본, 무명씨 평점], 『중보징 선생 비평 삼국지(鍾伯敬先生批評三國志)』(명 천계 간본), 『신준교정경본대자음석권점삼국지연의(新鐫校正京本大字音釋圈點三國志演義)』[명 천계 숭정 연간 젠양 바오산탕(寶善堂) 간본, 무명씨 평점], 『회상삼국지(繪像三國志)』[청초 이샹탕(遺香堂) 간본, 무명씨 평점], 『사대기서 제일종 삼국연의(四大奇書第一種三國演義)』[청 강희 18년 쭈이겅탕(醉耕堂) 간본 마오씨 부자 평점], 『리리웡 비열 삼국지(李笠翁批閱三國志)』(청 순치 14년 간본).

『수호전』은 주로 3종의 평본이 있는데, 각각 『중보징선생 비평 충의수호전(鍾伯敬先生批評忠義水滸傳)』[명말 쓰즈관(四知館) 간본], 『관화탕 제오재자서 수호전(貫華堂第五才子書水滸傳)』(명 숭정 14년 관화당 간본), 『쭈이겅탕 간 왕스윈 평론 오재자 수호전(醉耕堂刊王仕雲評論五才子水滸傳)』(청 순치 14년 간본)이다.

『금병매』 평본으로는 『신각수상비평금병매(新刻繡像批評金瓶梅)』[14]와 『제일기서금병매(第一奇書金瓶梅)』(청 강희 연간 간본, 장주포 평점)가 있다.

『서유기』 평본으로는 『리줘우선생 비평 서유기(李卓吾先生批評西遊記)』[명말 간본, 예저우(葉晝) 평점]와 『서유증도서(西遊證道書)』[청초 간본, 왕샹쉬(汪象旭), 황저우싱(黃周星) 평점]가 있다.

상술한 평본 가운데 '사대기서'는 각각 그 나름의 평점 시리즈를 형성하고 있는데, 소설평점사의 각도에서 보자면, 비교적 많은 공통성을 띠고 있으며, 이러한 '공통성'은 다음의 몇 가지로 개괄된다.

우선 '사대기서'의 평점은 모두 정도는 다르지만 소설 텍스트에 대해 수정했고, 아울러 각자의 평점 계열 중에서 점차 정형화된 소설 텍스트를 형성해 나갔다. 이것 역시 두 가지 형식이 있다. 하나는 수정한 텍스트와 평점 문장이 함께 완전한 전체를 구성해 이후의 통행본을 이룬 것으로 『수호전』의 진성탄(金聖嘆) 비본(批本)과 『삼국연의』의 마오 씨 부자 비본, 『금병매』의 장주포(張竹坡) 비본이 그러하다. 다른 하나는 수정한 텍스트가 후대 독자와 평점가의 인정을 받았지만, 그 평점 문장은 소설 텍스트와 함께 널리 유전되지 못한 것으로, 이를테면 『금병매』의 리위(李漁) 평본과 『서유증도서(西遊證道書)』[15]가 그것이다. 소설 텍스트를 수정하는

14] 이 책의 간행 연대에 관해서는 여러 설이 있는데, 쑨카이디(孫楷第)와 정전둬(鄭振鐸) 선생은 명 숭정 연간에 간행되었다 하고, 류후이(劉輝) 선생은 청초이되 순치 15년보다 앞서지는 않고 평점자는 리위(李漁)라 여기고 있다. 각각 쑨카이디의 『중국통속소설서목』과 정전둬의 「『금병매사화』를 논함」, 류후이의 「『신각수상비평금병매』를 논함」을 참고할 것.

15] 『서유증도서』 이후의 다수의 평점 번은 기본적으로 이 책의 텍스트를 답습하

것은 명말청초 소설평점의 비교적 보편적인 현상으로 특히 '사대기서'의 평점 중에 더욱 강렬하게 표현되어 있다. 이러한 현상은 고대소설의 발전에 중요한 영향을 끼쳤다. 소설의 유전에 대해 말하자면, '사대기서'의 텍스트 수정은 일종의 문인화의 개조(改造)로, 이로 인해 소설 텍스트가 더욱 정교해졌고, 이렇게 해서 통속소설의 유통 영역이 확대되었으며, 문인과 보통의 독자가 공동으로 사랑하는 소설 텍스트가 만들어지게 되었다. 소설의 창작에 대해 말하자면, 개정한 '사대기서'는 고대소설사에서 모종의 텍스트의 '모델'이 되어 이로부터 이후의 소설 창작이 영향을 받았다.

다음으로, '사대기서'의 평점은 소설평점사에서 앞선 것을 계승하고 후대를 열어주는 작용을 했다. 통속소설의 문인 평점은 리줘우(李卓吾)에게서 그 발단을 찾을 수 있는데, '룽위탕 본'과 '위안우야 본'의 『수호전』 평본 중에서 소설평점의 문인적인 성격과 상업적인 전파가 결합된 것은 이후 소설평점의 중요한 특성이 되었다. '사대기서'의 평점은 바로 이러한 평점의 전통을 계승함으로써 이러한 '결합'이 새로운 단계로 나아갈 수 있도록 했다. 평점의 형태로 말하자면, 진성탄이 확립한 종합형의 평점 형태, 곧 '독법', '미비', '협비', '총비' 등으로 구성된 평점 형태가 소설평점의 문인적인 성격과 상업적인 독서 지도(導讀)적인 성격이 서로 결합한 비평 형식을 가장 잘 체현하고 있는 것으로, 이러한 형식은 마오 씨 부자와

고 있으면서 각자의 평설(評說)과 비주(批注)를 하고 있는데, 이를테면 가경 연간에 간행된 류이밍(劉一明)의 『서유원지(西遊原旨)』와 도광 연간에 간행된 장한장(張含章)의 『통이서유정지(通易西游正旨)』, 광서 연간에 간행된 한징쯔(含晶子)의 『서유기평주(西遊記評注)』 등이다.

장주포 등의 진일보한 발전을 거쳐 소설평점사상 가장 격식이 갖춰진 형태가 되었다. 동시에 '사대기서'의 평점은 근본적으로 통속소설을 '소도(小道)'로 보는 전통적인 관념을 포기하고 소설을 『장자』와 『사기』 등과 같은 우수한 문화 전적과 같은 수준에서 논했다. 이것을 전제로 그들은 작품의 감정상의 함의를 탐구하고 작품의 형식 기교를 꼼꼼히 따졌다. 이렇게 함으로써 소설을 비점(批點)하는 일은 가치 있고 일정한 문화적 품위가 있는 작업이 되었다. 청 중엽 이후의 『서유기』와 『홍루몽』, 『유림외사』와 『요재지이』 등과 같은 소설의 평점은 이런 틀에 따라 앞으로 발전해 나간 것들이다.

명말청초 '사대기서'의 평점 중에서 특히 진성탄이 비한 『수호전』과 마오 씨 부자가 비한 『삼국연의』, 장주포가 비한 『금병매』가 가장 뛰어났는데, 각각에 대해서는 아래와 같이 소개하도록 하겠다.

『제오재자서수호전』은 관화탕(貫華堂) 간본으로 1권은 「서(序) 일」과 「서(序) 이」, 「서(序) 삼」이고, 2권은 「송사단(宋史斷)」이며, 3권은 「독제오재자서법(讀第五才子書法)」이고, 4권은 「관화탕 소장 고본 수호전 앞에 스스로 서 한 편이 있는데, 지금 그것을 기록했다(貫華堂所藏古本水滸傳前自有序一篇, 今錄之」이며, 5권 이하가 [소설] 본문이다. 평자는 작품에 대해서도 자못 많이 수정했다. 이 책이 만들어지고 간행된 연대는 일반적으로 진성탄의 「서 삼」의 말미에 서명된 시간에 근거하면 숭정 14년으로 확정할 수 있다. 그러나 진 씨는 같은 편의 서에서 그가 『수호전』을 비점한 것은 일정한 시간 동안이라 했다. "오호! 사람은 [나이] 열 살에, 이목이 점차 떠져, 동쪽에 뜬 해처럼, 광명이 발휘된다. [그러니] 이와 같은 책을 내가 금지하여 너에게 보여주지 않으려 한다 한들 그게 가능하겠는가? 이제는 서로 금할 수 없다는 사실을 알고 있으니, 오히려 [내가 앞장서서] 예전에 비평과 주석을 가한 것을 내어 드러내놓고 네 손에 건네주겠다.(嗟乎！人生十歲, 耳目漸吐, 如日在東, 光明發揮.如此書, 吾卽欲禁汝不見, 亦豈可得?今知不可相禁, 而反出其旧所批釋, 脫然授之于手也.)" 이것은 『수호전』의 비점이 곧 그가 "예전에 비평과 주석을 가한 것"이라는 사실을 설명해 주고 있는데, 해당 문장에서는 또 그가 열두 살 때 이미 "예전에 비평과 주석을 한 것"이라는 사실을 술회하고 있다. 이 말은 당연히 믿기 어렵다. 하지만 그가 비교적 긴 시간에 걸쳐 『수호전』을 비점한 것은 사실이다.

이 책이 가장 이른 시기에 간행된 것은 숭정 14년 관화탕 간본이다. '관화탕'은 진성탄의 가까운 벗인 한주(韓住)의 당호이다. 진성탄은 그때 당시 34세였다. 진성탄(1608~1661년)은 우 현(吳縣) 사람으로, 원래 이름이 차이(采)이고, 자는 뤄차이(若采)이며, 뒤에 런루이(人瑞)로 개명하고 호를 성탄(聖嘆)이라 했다. 청 순치 18년에 한 시기를 뒤흔들었던 강남(江南) 땅의 '곡묘안(哭廟案)'에 연루되어 청 조정에 의해 피살되었으니 당년 54세였다. 진성탄은 어려서 우 현의 제생(諸生)이 되고 박사제자원(博士弟子員)에 보임되었다가 "세시(歲試)에서 지은 글이 괴탄하고 불경하다" 하여 "퇴출"되었다[무명씨의 『신축기문(辛丑紀聞)』]. 뒤에 벼슬길에 나아갈 뜻을 접고 벗들과 담론하는 것 말고는 "오로지 관화탕에 들어앉아 독서하고 저술하는 것을 업으로 삼았다."[랴오옌(廖燕), 「진성탄 선생전(金聖嘆先生傳)」]

진 씨는 평생 지은 저서가 풍부했고, 내용은 광범위했으니, 문학비평만을 놓고 본다면 후대 사람들에게 10종의 저작(미완의 원고를 포함해)을 남겼다. 그것은 『관화탕 제오재자서 수호전(貫華堂第五才子書水滸傳)』, 『관화탕 제육재자서 서상기(貫華堂第六才子書西

廂記)』, 『관화탕 선비 당재자시(貫華堂選批唐才子詩)』, 『창징탕 두시해(唱經堂杜詩解)』, 『창징탕 석소아(唱經堂釋小雅)』, 『창징탕 고시해(唱經堂古詩解)』, 『창징탕 비 어우양융수 사 십삼수(唱經堂批歐陽永叔詞十三首)』, 『천하 재자 필독서(天下才子必讀書)』, 『좌전석(左傳釋)』, 『서 이소경 유인(序離騷經有引)』으로, 시와 문장, 사, 소설, 희곡 등 5대 문체를 아우른다. 이렇듯 광범위한 비평 행위는 중국문학비평사에서 자못 드물게 보이는 것이다.

상술한 10종의 비평 저작들은 실제로는 양대 계열을 이루고 있는데, '육재자서'가 그 비평의 커다란 하나의 계열을 이루고 있고, 『천하 재자 필독서(天下才子必讀書)』, 『관화탕 선비 당재자시(貫華堂選批唐才子詩)』 등과 같은 '육재자서' 이외의 비평이 또 하나의 계열을 이루고 있다. '육재자서'는 진성탄 문학비평의 주체로(비록 전부가 완성된 것은 『수호전』과 『서상기』에 불과하지만) 진성탄 문학비평의 특색을 가장 잘 체현하고 있으면서, 비평자 개인의 감정과 의취(意趣), 그리고 인생의 이상을 융합한 것이다. 이를테면 『서상기』의 비평에 대해 진성탄은 스스로 "누군가 내게 물었다. 『서상기』는 어떻게 하다가 간행하고 비(批)한 것인지요? 나는 [그 질문에] 사뭇 감회가 어려 조용히 일어나 그에게 대답했다. '아! 나 역시 그렇게 한 까닭을 모르오. 다만 내 마음이 스스로 어찌할 수 없어 그리한 것이라오(或問于聖嘆曰: 『西廂記』何爲而刻之批之也? 聖嘆悄然動容, 起立而對之曰: 嗟乎! 我亦不知其然, 然而于我心則不能自已也.)"[『관화탕 제육재자서 서상기(貫華堂第六才子書西廂記)』「서일(序一)」]라 말했다. 진성탄의 친척 형뻘 되는 진창(金昌) 역시 「서제사재자서(敍第四才子書)」에서 다음과 같이 평가했다. "내가 일찍이 두푸(杜甫)의 시를 반복해 보다가 당 이래로 지금까지 살펴보면, 두푸가 지을 수 없었던 시가 없었고, 진성탄이 비(批)할 수 없었던 내용이 없었다는 사실을 알게 되었다.……그래서 핵심을 파내고 골수를 발라내었기에 절묘한 뜻을 넓고 깊게 밝혔을 뿐만 아니라, 허위를 제거하고 바른 것을 보존하였기에 천기의 간절하고 진지함을 얻을 수 있었다. 대개 두푸는 충과 효를 아는 선비라, 충효의 마음으로 그의 작품을 읽지 않으면, 망연히 길을 잃어 그의 깊은 뜻을 해석할 수 없을 것이다.(余嘗反復杜少陵詩, 而知有唐迄今, 非少陵不能作, 非唱經不能批也.……乃其所爲批者, 非但剜心抉髓, 悉妙意之宏深, 正復袪僞存眞, 得天機之剴之. 蓋少陵忠孝士也, 匪以忠孝之心逆之, 茫然不歷其藩翰.)" 이것으로 이것이 자신의 정감을 융합한 문학비평이라는 사실을 알 수 있다.

그러나 다른 계열의 비평은 '교과서' 식에 가깝다. 이를테면 『천하재자 필독서(天下才子必讀書)』는 "아들과 조카들에 훌륭한 문장을 짓게 하기 위해" 지은 것이다. 『관화탕 선비 당재자시(貫華堂選批唐才子詩)』 역시 그러하다. 진성탄은 다음과 같이 말했다. "순치 17년 2월 8일, 내 아들인 융이 칠언 율시에 대해 대충 이야기해달라고 보채 거절할 수 없어 그 청을 받아들였다. 그해 여름 4월 보름까지 앞뒤로 모두 해서 이야기해준 시가 만 육백 수 정도 되었다(順治十七年二月八之日, 我子雍强欲余粗說唐詩七言律體, 余不能辭. 旣受其請矣, 至夏四月望之日, 前後通計所說過詩可得萬六百首.)"[『관화탕 선비 당재자시(貫華堂選批唐才子詩)』「서(序)」] 진성탄의 문학비평의 가치는 주로 '육재자서' 계열에 표현되어 있다.

진성탄이 비(批)한 『수호전』의 사상 경향은 텍스트에 대한 수정과 구체적인 평술이라는 두 가지 측면에 표현되어 있는데, 주로 평술에 나타나 있다. 함의상으로는 주로 '도적질(盜)'에 대한 인식을 들 수 있는데, 곧 『수호전』의 기본 정절을 어떻게 볼 것인가에 관한 문제이다. 이 문제에 대해 진성탄은 분명히 모순을 드러내고 있다. 그는 한편으로는 '도적질'의 행위 자체에 대해서는 명확하게 반대하고 있다. 「서 이(序二)」에서 그는 이 책을 평점하는 것이 '당대의 근심(當世之憂)', 곧 천하가 분란에 빠져 기치를 들고 이곳저곳에서 봉기가 일어나는 것을 우려했기 때문으로, 그가 『수호전』을 평점하고 수정한 것은 곧 "이전 사람들의 이미 죽어버린 마음을 주살하고(誅前人既死之心)", "후대 사람들이 아직 그렇게 되지 않은 뒤끝을 방비하기(防後人未然之後)" 위함이라는 사실을 드러냈다. 하지만 구체적인 평술 중에는, 특히 『수호전』 인물에 대한 평가에서는 오히려 그렇지 않았다. 흥미로운 현상은 진성탄이 『수호전』을 평점하는 가운데 가장 찬미했던 인물은 공교롭게도 반란 의식이 가장 강력했던 리쿠이(李逵), 루다(魯達), 우쑹(武松), 롼샤오치(阮小七) 등과 같은 인물들이었고, 가장 미워했던 것은 오히려 힘을 다해 초안(招安)[16]하고자 했던 쑹장(宋江)이었다. 이러한 모순은 진성탄이 비한 『수호전』 전체를 관통하고 있다. 그렇다면 그는 어떻게 이러한 모순 속에서 평점의 사상 일치를 추구했는가? 진성탄은 대체로 두 가지 방식을 채용했다. 인물에 대한 평판 속에서 진성탄은 인물 행위의 정치적인 가치판단을 개개의 인물과 인물 개성의 도덕적인 가치 판단과 분리했다. 정치적인 가치에서 출발해 진성탄은 『수호전』 인물의 반란 행위를 반대했지만, 도덕적인 가치로부터는 인물의 '진짜와 가짜(眞假)'가 인물의 고하를 평가하고 판단하는 준칙이 되었던 것이다. 전자는 전체를 통괄하는 것이고,

---

16] 조정의 투항을 받아들이는 것. [옮긴이 주]

후자는 구체적인 것으로, 그런 까닭에 『수호전』 평점 중에서는 비록 작품 전체의 함의에 대한 부정이 있기는 하지만, 일단 구체적인 평술에 들어가면 충심에서 우러나온 찬미가 평점 문장 속에 관통하고 있다는 게 분명하게 드러난다. “도적질을 하게 된” 기인(起因)에 대해서 진성탄은 “반란은 위에서 비롯된 것(亂自上作)”이라는 사실을 드러내 보여주고, 그들이 “부득이하게 녹림에 이른 것(不得已而至于綠林)”이라는 사실을 강조함으로써, 이에 대해 대량의 평술과 분석을 통해 가오츄(高俅)와 같은 무리가 량산보(梁山泊) 영웅들에 가한 박해를 두드러지게 했다. 총결하자면, 진성탄이 이른바 ‘도적질(盜)’에 대해 갖고 있는 인식에는 모순적인 태도가 담겨 있다. 그는 천하가 청명한 상태를 소망하면서 천하의 도가 분란에 빠진 것을 걱정했기에, ‘반란’이라는 행위 자체는 반대했지만, 사람들을 핍박해 ‘도적질을 하게’ 만든 사회적 환경은 깊이 증오했고, 그럼으로써 이것을 그들이 책임을 벗어나는 빌미로 삼았다. 그리고 구체적인 평술 가운데 그는 『수호전』의 영웅들에 대해 솔직하고 진지하게 그들 개개인의 성격을 찬미했다.

진성탄이 비(批)한 『수호전』의 가치는 다방면에 이른다. 그가 『수호전』 텍스트를 개정하고, 『수호전』의 예술 수법과 창작 경험을 총결하고, 대량의 이론적 관점을 제출한 것은 모두 새로운 의미와 가치를 풍부하게 갖고 있다. 이에 대해서는 당시의 여러 제현들의 논술이 자못 많으나 재삼 거론할 필요는 없을 것이다. 여기서는 소설평점사의 각도에서 진성탄이 비한 『수호전』의 가치에 대해서 다음과 같이 서술할 것이다.

우선 평점 형태로 말하자면, 진성탄 비 『수호전』이 확립한 평점 형태, 곧 ‘서(序)’나 ‘독법’, ‘미비’, ‘협비’, ‘총비(總批)’ 등이 구성하고 있는 평점 형태가 소설평점의 문인적인 성격과 독서 지도(導讀)적인 성격을 가장 잘 체현하고 있는 비평 형식이다. 이러한 종합적인 성격의 평점 형태는 진성탄이 비한『수호전』이 터를 잡고 이후에 마오 씨 부자와 장주포 등을 거쳐 진일보하게 발전해 소설평점사상 가장 완전한 형태를 이루어냈다.

다음으로 소설평점의 함의상, 진성탄이 비한『수호전』은 실제로 고대 소설 비평의 새로운 틀을 열었다. 간단하게 말해서, 문학적인 각도에서 소설의 인물 형상과 정절 구조를 평가하고 판단하며, 문장학의 각도에서 소설의 문장을 짓고 포국을 정하며 단어와 구절을 만들어내는 것을 분석했다. 그러므로 진성탄이 비한『수호전』의 중요한 함의는 '인물 성격'을 평가하고 판단하며 '구조와 장법'을 분석하는 데 있다.

그다음으로 진성탄이 비한『수호전』은 그 구체적인 평점 가운데 이치를 분석하고 의론하며 평술하는 것이 하나로 융합되어 소설 텍스트의 구체적인 평술을 중시했던 동시에 다시 구체적인 평술의 기초 위에 이론 사상을 다듬고 개괄하는 데 주의를 기울였다. 진성탄이 비한『수호전』의 이론 사상은 바로 이 지점에서 그 풍부함을 얻었는데, 이를테면 소설과 역사서를 비교하는 가운데『사기』의 "글로써 사건을 운용해가는 것(以文運事)"과『수호전』의 "글로써 인하여 사건이 일어나는 것(因文生事)"이 다르다는 것을 제기하면서 소설은 "글로써 인하여 사건이 일어나기에", 그 창작이 "오직 붓 가는 대로 따라가 긴 것을 짧게 하고 짧은 것을 길게 하는 것은 모두 나에게 달려 있게 된다(只是順着筆性去, 削高補低都繇我.)" 이것은 소설 예술의 허구적인 특성을 명백하게 긍정한 것으로 이로부터 소설 창작 중에 [현상은 근원적이고 부차적인 조건들에 의해 만들어진다는 것을 의미하는] "인연생법(因緣生法)"이니 "격물(格物)"이니 "동심(動心)"이니 하는 등 일계열의 소설의 창작 관념과 이론적인 사상이 탐구되었다.

진성탄은 자신이 비한 『수호전』에서 의론에 뛰어났으니, 소설의 구체적인 정절과 사회 현실과 역사적 함의가 결합되어 '어느 하나를 구실 삼아 또 다른 것이 생겨나고(借題生發)', '비분을 풀어내며(抒發悲憤)', '당시의 폐해를 지적해 질책하는(指摘時弊)' 등 그와 같은 류가 이루 헤아릴 수 없을 정도이다. 이것은 평점자가 소설 비평 중에 [자신의] 감정을 그 안에 융합해 그것을 인생 사업의 중요한 요인으로 삼았던 것이며, 동시에 독자가 진성탄이 비한 『수호전』에 빠져들 수밖에 없는 하나의 주요한 원인이 되었다. 이와는 별도로 진성탄 비 『수호전』은 비평적 사유와 문장의 풍격 상에서도 그 나름의 특색이 있었으니, 그 가운데 가장 두드러진 것이 평점의 과정 중에 평자의 주체적인 감정이 충만하고 또 그것이 작품 속에 투입되었으며, 평론의 언어가 생동하고 융통성이 있으며 뛰어나게 아름답다는 것이다.

조정과 정국(政局)에 대한 비판과 탐관오리에 대한 공격할 때 진성탄은 감정을 듬뿍 담아 강렬한 사회 참여의식과 사회적인 책임감을 드러냈다. 아울러 『수호전』의 영웅에 대해서, 특히 성격이 솔직한 인물들에 대해서는 그 찬미의 감정이 언표 상에 넘쳐났으니, 이를테면, 루다(魯達)를 평하며, "루다가 다른 사람을 위해 힘을 쓴 것을 묘사하니 한 줄기 뜨거운 피가 솟구쳐 오른다. 사람들이 이것을 읽으면 세상을 헛살면서 다른 사람을 위해 힘을 쓴 적이 없다는 사실에 깊은 부끄러움이 일어난다(寫魯達爲人出力, 一片熱血直噴出來, 令人讀之深愧虛生世上, 不曾爲人出力.)"고 하였다. 진성탄 비 『수호전』의 평점 언어 역시 개성이 강해 혹은 먹을 흩뿌리듯 듬뿍 묻혀내(潑墨如注) 시원시원하니 거침이 없고, 혹은 해학이 넘치고 가볍지만 붓끝에 날카로움을 담아내고 있으니(詼諧佻達, 筆含機鋒), 이것은 고대 소설평점사상 그 짝을 찾기 어려운 것이다. 특히 대량의 묘사와 서술의 필법을 채용해 평점 문장에 생기와 활력이 넘치게 만들었다. 당연하게도 진성탄 비 『수호전』의 상술한 특색들은 각각 장점과 폐단을 갖고 있다. 그가 가득한 주관적인 감정의 발휘와 구실을 만들어 평론을 한 것 역시 후대의 소설평점에 소극적인 영향을 초래해 사람들로부터 질책을 받았다.

진성탄 비 『수호전』의 영향은 매우 커서, 이후의 소설평점은 그 영향을 받지 않은 것이 거의 없을 정도이다. 마오 씨 부자의 『삼국연의』 평점과 장주포의 『금병매』 평점, 즈옌자이(脂硯齋) 등의 『홍루몽』 평점은 그 체제와 사상 면에서 모두 진성탄 비 『수호전』과 일맥상통한다. 그리고 '성탄외서(聖嘆外書)'는 특히 후대의 소설 평본들 가운데 유행해서, 서상들이 자신들의 소설을 판매할 때 그것을 촉진하는 수단이 되었다. 동시에 진성탄 비 『수호전』이 세상에 알려진 뒤에는 청대의 『수호전』 간본은 진성탄 비본이 주류를 이루어 기본적으로 『수호전』 유통 시장을 점거했다.

『사대기서제일종(四大奇書第一種)』 쭈이겅탕(醉耕堂) 간본의 표지 상란(上欄)에는 "성산별집(聲山別集)"으로 새겨져 있고, 하란(下欄)의 우상귀에는 "고본삼국지(古本三國志)"라 새겨져 있고 왼쪽에는 "사대기서제일종"이라 새겨져 있으며, 첫머리에 리위(李漁)의 서(序)가 있고, 말미에는 "강희 세차 기미 12월, 리위 리윙 씨가 우산의 청위안에서 제하다(康熙歲次己未十有二月, 李漁笠翁氏題

于吳山之層園)"이라 서(署)했다. 각 권마다에는 "룽위안 마오쭝강 쉬스 씨 평, 우먼 항융녠 쯔닝 씨 평정(蘢園毛宗崗序始氏評, 吳門杭永年資能氏評定)"이라 제하였다. 앞에는 독법이 있고 본문 중에는 회전총평(回前總評)과 쌍행소자(雙行小字)의 협비가 있다.

마오 비본(批本) 『삼국지연의』의 평자는 역대로 제(題)와 서(署)가 일치하지 않는다. 이를테면, 쭈이겅탕(醉耕堂) 본 표지에는 "성산별집"이라 새겨져 있고, 본문에는 "룽위안 마오쭝강 쉬스 씨 평, 우먼 항융녠 쯔닝 씨 평정(蘢園毛宗崗序始氏評, 吳門杭永年資能氏評定)"이라 제하였고, 건륭 34년 스더탕(世德堂) 본 비혈(扉頁)[17]에는 "마오성산[18] 평 삼국지(毛聲山評三國志)"라 제하였으며, 청 다쿠이탕(大魁堂) 비혈 상란에는 "진성탄 외서(金聖嘆外書)"라 제하고, 오른쪽에는 "마오성산 평 삼국지(毛聲山評三國志)"라 제하였으며, 동치 2년 쥐성탕(聚盛堂) 본 비혈에는 "마오성산 비점 삼국지(毛聲山批點三國志)"라 제한 것 등이 그러하다. 마오성산, 마오쭝강, 진성탄, 항융녠 네 사람을 언급한 것 가운데, 진성탄은 서방(書坊)에서 가탁한 것으로, 청 각본 『제일재자서』의 "진성탄 서(金聖嘆序)" 역시 학계에서는 이미 쭈이겅탕 간본 리위의 서를 삭제하고 개정해서 만든 것으로 결론이 내려졌다.[19] 항융녠이라는 사람은 일반적으로 마오성산의 학생으로 추측되는데, 일찍이 『삼국지연의』의 비점에

17] 속표지를 가리킴. [옮긴이 주]

18] 마오쭝강의 아비인 마오룬(毛綸, 1610~?)은 자가 더인(德音)이고, 성산(聲山)은 그의 호이다. [옮긴이 주]

19] 자세한 것은 천샹화(陳翔華)의 「마오쭝강의 일생과 『삼국지연의』 마오 평 본의 진성탄 서 문제(毛宗崗的生平與『三國志演義』毛評本的金聖嘆序問題)」(『문헌(文獻)』, 1989년 제3기)를 볼 것.

참여했고, 뒤에 몰래 자기 것으로 하고자 했다가 마오성산의 질책을 받아 평본 간행이 중도에 취소되었다. 마오성산이 세상을 뜬 뒤, 마오쭝강이 간행을 주재하자, 절충을 보아 간본의 비혈에 "항융녠"의 이름을 새겨 넣었다. 이 문제에 대해서는 황린(黃霖)의 「마오쭝강 비평 삼국연의・전언」(齊魯書社, 1991년)과 천훙(陳洪)의 『중국소설이론사』(安徽文藝出版社, 1992년)에 모두 고증이 있다. 그러므로 이 책은 마오성산과 마오쭝강, 그리고 항융녠 세 사람이 공동으로 완성했으나, 마오 씨 부자가 주역을 맡은 것이다. 이에 대해 마오성산은 「제칠재자서총론(第七才子書總論)」에 다음과 같이 기록했다.

> "뤄관중 선생이 『통속삼국지』 모두 120권을 지었는데, 그 사실의 기록이 오묘하여 쓰마쳰에게 뒤지지 않는다. 오히려 시골 훈장에 의해 개악된 것을 내가 깊이 애석해 하였다. 작년에 그 원본을 얻어 볼 수 있어 그로 인해 교정을 했는데, 나의 우둔함과 고루함을 생각지 않고 힘써 절을 나누고 풀이하고는 매 권의 앞에 또 총평 몇 단락을 새겨 넣었다. 또 후배들에게도 미약한 논의나마 첨부하도록 해 함께 이 책이 만들어질 수 있도록 도와주었다. 책이 이미 만들어졌을 즈음에 난징에 있는 친한 벗이 보고 칭찬을 하며 간행하고자 했는데, 뜻하지 않게 스승을 배신한 무리가 있어 몰래 이 책을 자기 것으로 하려고 해 이 책을 간행하는 일이 중도에 허공에 떠버려 매우 한스럽게 여겼다. 이제 『비파기』를 먼저 내놓고 『삼국연의』는 나중에 출간할 것이다(羅貫中先生作『通俗三國志』, 共一百二十卷, 其紀事之妙, 不讓史遷. 却被村學究改壞, 余甚惜之. 前歲得讀其原本, 因爲校正, 復不揣愚陋, 爲之務分節解. 而每卷之前, 又刻綴以總評數段, 且許兒輩亦得參附末論, 共贊其成. 書卽成, 有白門[20]快友, 見而稱善, 將取以付梓. 不意忽遭背師之徒, 欲

20] 여기서 '바이먼(白門)'은 난징의 별명이다. 남북조시대에는 난징을 젠캉(建康)이라 불렀는데, 그 정남 쪽에 있는 문을 쉬안더먼(宣陽門)이라 하고

竊冒此書爲己有, 遂使刻事中擱, 殊爲可恨. 今特先以『琵琶』呈教, 其『三國』一書, 容當嗣出.)"

마오 씨 부자의 일생에 대해서는 현재로서는 아는 것이 많지 않다. 푸윈커쯔(浮雲客子)의 「제칠재자서서(第七才子書序)」와 추런훠(褚人獲)의 『견호집(堅弧集)』 등의 기록에 의하면 마오성산은 본명이 룬(綸)이고, 자는 더인(德音)이며, 쟝쑤(江蘇) 창저우[長洲; 지금의 쑤저우(蘇州)] 사람이다. 50여 세에 실명하여 "이에 호를 성산으로 바꾸고 쭤츄밍(左丘明)을 본받아 책을 짓는 것으로 스스로 위안 삼았다."(푸윈커쯔의 「제칠재자서서」) 그의 평점은 극히 고생스러운 상황에서 완성된 것이다.

"근년 들어 병든 눈이 멀어, 빗장 걸고 마른 나무토막처럼 앉아 소일거리가 없었다. 예전처럼 『비파기』를 취해 아들에게 읽어달라 하여 그것을 듣는 것으로 즐거움을 삼았다. 즐기는 사이에 또 문득 들었던 생각을 동호인들에게 공개하고자 했다. 이에 흥이 나는 대로 거칠게나마 평을 하고 순서를 매겨 내가 말을 하면 아들이 손으로 받아 적었다(比年以來, 病目自廢, 掩關枯坐, 无以爲娛, 則仍取『琵琶記』, 命兒輩誦之, 而後听之以爲娛. 自娛之余, 又輒思出以公同好. 由是乘興粗爲評次. 我口說之, 兒輩手錄之.)"[「제칠재자서총론(第七才子書總論)」]

『견호보집(堅瓠補集)』에는 그가 60세 때 왕샤오인(汪嘯尹)을 위해 지은 축수시(祝壽詩)가 실려 있는데, 그 가운데 다음과 같은 대목이 있다. "기아와 추위 두 낱말에 찌든 한 고루한 서생, 하릴없이

속칭 '바이먼(白門)'이라 부른 데서 유래한다. [옮긴이 주]

만권 장서를 한탄하노라. 세상 사람들 장쓰예[21]를 몰라보니, 그 누가 호의로 주머니 열어 보화를 선사할꼬(兩字飢寒一腐儒, 空將萬卷付嗟吁. 世人不識張司業, 若個纏綿解贈珠.)", "오랜 병마와 가난에 늙도록 벼슬도 못하니, 하늘도 사람도 정의도 날 저버렸구나! 가난 길에 그저 남은 몇 방울의 눈물, 두 눈동자 안보여도 절로 흩뿌리누나.(久病長貧老布衣, 天乎人也是耶非! 止餘幾點窮途淚, 盲盡雙眸還自揮.)" 이것은 그 생활의 진실한 면모를 그려낸 것이라 할 만하다.

마오쭝강(1632~1709년 이후)은 자가 쉬스(序始)이고, 호는 졔안(孑庵)으로 마오룬의 아들이다. 문재(文才)가 있어 일찍이 훈장 노릇을 하며 학생들을 가르쳤다. 추런훠(褚人獲)와 유퉁(尤侗), 진성탄(金聖嘆), 쟝찬(蔣燦), 쟝밍(蔣明), 쟝즈쿠이(蔣之逵), 쟝선(蔣深) 등과 교유하며 아비를 도와 『삼국연의』, 『비파기』를 평점한 외에도 필기 『졔안잡록(孑庵雜錄)』 및 약간의 시문이 남아 있다. 만년에는 그의 제자 쟝선이 소장한 『치원공무진주권병유촉수적합장책(雉園公戊辰硃卷幷遺囑手迹合裝冊)』의 제발(題跋) 문중에서

21] 장쓰예(張司業)는 당대의 시인 장지(張籍, 766?~830년?)를 가리킨다. 장지는 자가 원창(文昌)이며, 허저우(和州) 우쟝(烏江) 사람이다. 일찍이 진사에 급제하여 국자감조교, 수부낭중(水部郎中), 국자사업(國子司業) 등을 역임하였다. 그래서 세칭 '장쓰예(張司業)' 또는 '장수이부(張水部)'라고 하였다. 『신당서(新唐書)』에 그를 "성격이 급하고 곧았으며, …시는 악부시를 잘 지었는데 경구가 많다(性狷直,……爲詩長于樂府, 多警句.)"라고 하였다. 또, 바이쥐이(白居易)는 시 「독장적고악부(讀張籍古樂府)」에서 "장군은 어떤 사람인가? 글을 업으로 한 지 삼십 년이 되었다네. 특히 악부시에 뛰어나니, 오늘날 그와 같은 사람이 적다네.(張君何爲者? 業文三十春. 尤工樂府詩, 擧代少其倫.)"라고 하여 신악부시 운동의 정신에 부합됨을 역설하였다.(네이버 검색 참조) [옮긴이 주]

다음과 같이 말했다. "나는 불초해서 헛되이 아버지의 책을 읽고 늙도록 아무런 성취도 없었다.(予不肖, 空讀父書, 迄于老而無成)" 이것으로 그가 평생 우울하게 뜻을 이루지 못했음을 알 수 있다[자세한 것은 천샹화(陳翔華)의 「마오쭝강의 일생과 『삼국지연의』 마오 평 본의 진성탄 서 문제(毛宗崗的生平與『三國志演義』毛評本的金聖嘆序問題)」, 『문헌(文獻)』, 1989년 제3기를 볼 것]

마오 씨 부자가 평점한 『삼국지통속연의』는 작품이 "시골 훈장에 의해 개악된 것"에 느낀 바 있어, "모두 고본에 의거해" "속본"에 대해 교정과 삭제 개정을 진행하는 한편 평점을 가한 것이다. 그들이 말하는 '속본'이란 "리줘우 선생 비열(批閱)이라 가탁한" 본으로, 일반적으로는 예저우(葉晝)가 가탁한 것으로 여기는 『리줘우 선생 비평 삼국지(李卓吾先生批評三國志)』다. 마오 씨 부자가 보기에 '속본'은 문장이나 정절, 회목, 시사(詩詞) 등의 방면에서 모두 적지 않은 문제가 있었다. 그렇기에 "고본에 의거해 개정했던 것"이다. 아울러 평론 중에서도 "류베이(劉備)를 거스르고 주거량(諸葛亮)을 매도하는 말이 많았기에", 이것 역시 "모두 삭제하고 새로운 평으로 바로잡았다."(「범례」) 마오 씨의 이른바 '고본'이라는 것은 사실 가탁한 것이었기에 "리줘우 평본"에 대한 삭제 개정은 순전히 그것과 별도로 고쳐 쓴 것으로 비교적 높은 텍스트 가치를 갖고 있으면서 그들의 사상 정감과 예술 취미를 체현하고 있다.

마오 씨가 비평하고 개정한 『삼국연의』의 가장 분명한 특성은 "류베이를 옹호하고 차오차오(曹操)에 반대하는(擁劉反曹)" 정통적인 관념을 진일보하게 강화한 것으로 그 「독법」의 첫머리에서는 다음과 같이 말했다.

『삼국지』를 읽는 사람이라면 마땅히 정통(正統)과 정통이 아닌 왕의 통치(閏運), 나라를 찬탈한 것(僭國)의 차이를 알아야 할 것이다. 정통을 이룬 자는 누구인가? 촉한(蜀漢; 221~263년)이다. 나라를 찬탈한 자는 누구인가? 오(吳)나라(222~280년)와 위(魏)나라(220~265년)이다. 정통이 아닌 왕의 통치는 누구인가? 진(晉)나라(265~317년)이다.……천서우(陳壽; 233~297년)의 『삼국지』는 이 점을 고려하지 않았다. 나는 주시(朱熹)의 『통감강목(通鑑綱目)』에 맞추어 『삼국연의』에다가 이 점을 덧붙여 바로잡았을 뿐이다.(讀三國志者, 當知有正統、閏運、僭國之別. 正統者何? 蜀漢是也. 僭國者何? 吳、魏是也. 閏運者何? 晉是也.……陳壽之『志』未及辨此, 余故折衷于紫陽『綱目』, 而特于演義中附正之.)

이런 관념에 바탕해 마오 씨는 『삼국연의』에 대해서 비교적 많은 첨삭을 가했고, 정절의 배치와 사료의 운용, 인물 형상의 소조에서 개별적인 용사[用詞; 이를테면, 원작에서 차오차오를 '차오 공(曹公)'이라 칭한 것을 대부분 바꾸어버린 것]에 이르기까지 마오 씨는 모두 이러한 관념과 정신에 따라 개조했다. 가장 전형적인 예는 제1회 중에서 류베이와 차오차오의 형상을 고쳐 쓴 것이다. 이를테면, 류비의 경우는 다음과 같다.

그 사람됨은 평생 독서를 별로 좋아하지 않았으되, 개와 말을 좋아하고, 음악을 애호했으며, 옷을 잘 차려입고, 말수가 적었으며, 아랫사람을 예로 대하되, 기쁨과 노여움을 드러내지 않았다.(那人平生不甚樂讀書, 喜犬馬, 愛音樂, 美衣服. 少言語, 禮于下人, 喜怒不形于色.) (리줘우 평본)

그 사람됨은 독서를 별로 좋아하지 않았고, 성품은 너그럽고 온화했으며, 말수가 적고, 기쁨과 노여움을 겉으로 드러내지 않았으되, 평소 큰 뜻이 있어 천하의 호걸과 교유하는 것만을 좋아했다.(那人不甚好讀書; 性寬和, 寡言語, 喜怒不形於色; 素有大志, 專好結交天下豪傑.) (마오 비본)

차오차오의 경우는 다음과 같다.

영웅 한 명이 앞으로 뛰쳐나왔는데, 신장은 칠 척이고, 가느다란 눈매에 긴 수염을 하고 담이 보통 사람을 뛰어넘었고, 지모가 출중해 제 환공과 진 문공이 나라를 바로잡고 떠받칠 재주가 없음을 비웃고, 자오가오와 왕망이 종횡가의 계책이 부족했음을 논하였으며, 용병술은 쑨쯔(孫子)와 우치(吳起)와 방불하고, 가슴 속에는 『육도』와 『삼략』을 깊이 암송하고 있었다.(爲首閃出一個好英雄, 身長七尺, 細眼長髯, 胆量過人, 机謀出衆, 笑齊桓, 晋文无匡扶之才, 論趙高、王莽少縱横之策, 用兵仿佛孫、吳, 胸內熟諳韜略) (리줘우 평본)

[한 장수가] 앞으로 나서는데, 신장은 칠 척이고 가느다란 눈매에 긴 수염을 하고 있었다.(爲首閃出一將, 身長七尺, 細眼長髯.) (마오 비본)

수정하는 중에 평자의 주관적인 의도가 이미 충분히 드러나 있지만, 작자는 여전히 만족하지 못하고 회전비어(回前批語) 중 다시 다음과 같이 말하고 있다.

여러 가지로 바쁜 가운데 갑자기 류베이와 차오차오 두 사람의 전기로 들어가니, 하나는 어려서부터 됨됨이가 컸고, 하나는 어려서부터 됨됨이가 간사했다. 하나는 중산정왕의 후예이고, 하나는 중상시의 양손이니, 그 출신의 높고 낮음이 이미 판별된 것이다.(百忙中忽入劉, 曹二小傳, 一則自幼便大, 一則自幼便奸. 一則中山靖王之後, 一則中常寺之養孫, 低昂已判矣.)

이러한 평가와 개정은 마오 비본 『삼국연의』 중 거의 전편에 걸쳐 나타난다. 이 문제에 대해 학계에서는 장기간 자못 많은 논쟁이 있었는데, 혹자는 마오 씨가 청 왕조의 정통적인 지위를 옹호하는 각도에서 작품에 표현된 사상 경향을 질책한 것이라 하고, 혹자는 '화이(華夷)를 구별하는' 각도에서 그가 남명을 위해 정통적인 지위를 다툰 것이라 여겨 그 말하는 바의 각도가 같지 않지만, 모두 마오 씨 비본에 명확한 정치적 경향과 민족 의식이 드러나 있다고 여기고 있다. 이러한 두 가지 관점은 사실 그 정치적 색채를 과도하게 강화한 것이다. 이렇듯 마오 비본 중의 정치적 경향이 분명하게 드러난 것은 확실하지만, 그렇다고 과도하게 명과 청 왕조가 바뀌는 각도에서 논의를 펼쳐나갈 필요는 없다. "류베이를 옹호하고 차오차오를 반대하는" 정통적인 관념이 실제로 체현하고 있는 것은 전통적인 유가 사상으로, 특히 일종의 이상적인 정치와 정치 인물의 이상적인 인격에 대한 작자의 동일시를 드러내고 있다. 곧 류베이가 대표하는 인애(仁愛) 형상을 찬미하고 차오차오를 전형으로 삼는 잔인하고 포악한 형상을 비판하는 까닭에 그의 평가와 개정이 정치와 인격의 이중적인 표준을 체현했던 것이다.

이와는 별도로 마오 비본의 텍스트적 가치는 평자의 『삼국지연의』 텍스트에 대한 예술적 가공에 체현되어 있는데, 특히 문장의 수정과 회목의 정리, 시문(詩文)을 바꾸고, 고사와 정절을 첨삭하는 등에 자못 많은 공력을 들였다. 이렇게 해서 작품의 언어와 정절의 서술이 더욱 유창하고 간결해졌으며, 인물 성격 역시 더욱 선명해졌다. 총괄하자면, 마오 씨 부자의 수정을 통해 작품의 예술성이 크게 제고되었던 것이다.

마오 씨 비본은 이론 비평의 방면에서 직접적으로 진성탄 평점 『수호전』의 전통을 계승했는데, 특히 평점의 외재적인 형식과 평점의 필법에서 확실히 "성탄의 저술 의도를 모방해 그렇게 했다(仿聖嘆筆意爲之)." 하지만 비평의 대상이 달랐기 때문에, 이론적인 관념에서도 새로운 견해를 비교적 많이 내놓았다. 이를테면 소설의 허구와 사실(史實)의 관계 문제가 그러하다. 역사연의 소설로서 『삼국연의』는 기타 소설과 다른 창작 법칙과 특성을 갖고 있는데, 곧 역사적 사실과의 관계 문제이다. 일반적으로는 마오 비본이 '실록'의 준칙에 기울어 있으면서 작품이 "제왕의 일을 실제로 서술하여 진실되고 고찰이 가능하다"는 특성을 긍정하고 있지만, 자세히 분석해 보면 사실은 완전히 그런 것은 아니다.

우선 마오 비본에서는 『삼국연의』와 『수호전』을 다음과 같이 비교했다.

> "『삼국연의』를 읽는 것이 『수호전』을 읽는 것보다 낫다. 『수호전』의 글이 가지는 진실함은 비록 『서유기'"의 환상보다는 조금 낫지만, 무에서 유를 만들고, 멋대로 사건이 일어났다 없어졌다 하니, 그 솜씨가 『삼국』보다 까다롭지 않다. 그러니 [『수호전』은] 이미 정해져 있는 일을 서술하되 그 내용을 마음대로 바꾸는 일이 허용되지 않으므로 문장을 부리는 솜씨가 아주 어려운 경지에 이르게 된 『삼국지』만 못하다는 것이다.(讀『三國』勝讀『水滸傳』. 『水滸』文字之眞, 雖較勝『西遊』之幻, 然無中生有、任意起滅, 其匠心不難, 終不若『三國』敍一定之事, 無容改易而卒能匠心之爲難也.)"(「독법」)

이것으로 마오 씨가 긍정한 것이 사실은 이른바 '실록'의 문제가 아니라, '예술 장인의 마음(匠心)'이라는 각도에서, 곧 『삼국연의』야말로 역사적 사실의 제약 하에 써 내려간 절묘한 문장이었다는 것이었음을 알 수 있다. 그렇기에 그것을 창작하는 일은 확실히 『수호전』보다 어렵다는 것이다. 이러한 관점은 마오룬(毛綸) 역시 「제칠재자서총론(第七才子書總論)」에서 분명하게 표출한 바 있다.

"『수호전』의 제목은 『삼국지』에 미치지 못한다.……『수호전』에 묘사된 것은 갈대 우거진 호수에 도적들이 모여든 사건으로, 『송사』 중의 일단에 불과하며 허구에 기대어 멋대로 만들어낸 것이다. 기왕에 허구에 기대 멋대로 만들어냈으니 그 사이사이의 곡절과 변환은 모두 작자가 일시에 교묘하게 생각해낸 것일 따름이다(『水滸』題目不及『三國志』,……『水滸』所寫萑苻嘯聚之事, 不過宋史中一語, 憑空捏造出來. 旣是憑空捏造, 則其間之曲折變幻, 都是作者一時之巧思耳.)"

그러므로 마오 비본 가운데 비자(批者)가 『삼국연의』를 절묘하다고 여겼던 것은 그 관건이 삼국 시기 역사 사건 자체의 절묘함에 있는 것이고, "이런 천연의 절묘한 사건이 있어 천연의 절묘한 문장을 이루어냈던 것이다(有此天然妙事, 湊成天然妙文.)". "천연 그대로 이러한 파란이 있고, 천연 그대로 이러한 층차와 곡절이 있어 절세의 절묘한 문장을 이루어냈던 것이다(天然有此等波瀾, 天然有此等層折, 以成絶世妙文.)"

다음으로 마오 비본은 한편으로는 『삼국연의』가 "천연의 절묘한 사건"으로 "천연의 절묘한 문장"을 써 내려간 것임을 긍정하는 동시에, 『삼국연의』를 "본래 임의로 첨삭이 가능한" 패관(稗官)과 대비시키면서, 이것은 절대 『삼국연의』와 같은 "절세의 절묘한 문장"을 써낼 수 없다는 사실을 지적했다. 이를테면, 제2회의 총평에서 다음과 같이 말했다.

"세 나라의 장수가 일어나기 전에 세 어릿광대가 그들을 위한 미끼가 되어야 한다. 세 어릿광대가 이미 없어진 뒤에는 다시 여러 어릿광대가 그들을 위한 여파 노릇을 해야 한다. 종래의 실제 사실은 단도직입적이고 솔직하지 않은 것이 없었다. 어찌할 거나, 요즘 패관을 짓는 이들은 본래 멋대로 첨삭이 가능하지만 오히려 단도직입적이고 솔직한가?(三大國將興, 先有三小丑爲之作引, 三小丑旣滅, 又有衆小丑爲之餘波. 從來實事, 未嘗徑遂率直, 奈何今之作稗官者, 本可任意添設, 而反徑遂率直耶?)"

이것으로 평자가 사실은 '허구'를 반대한 것이 아니라, 다만 그러한 '허구'로 "절세의 절묘한 문장"을 써낼 수 없었던 작자들을 나무란 것임을 어렵지 않게 간파할 수 있다.

또 그다음으로 작품을 구체적으로 비하고 개정하는 가운데 평자 역시 "후대 사람이 날조한 사건"들을 삭제하긴 했으되, 인물 성격을 표현하는 데 유리하지만 오히려 역사적인 사실에는 위배되는 내용, 이를테면 관위(關羽)의 "단도부회(單刀赴會)"[22]나 "천리독행(千里獨行)"[23], "의석화용도(義釋華容道)"[24] 등과 같은 것들에 대해서는

22] 칼 한 자루를 들고 모임에 나간다는 뜻이다. 츠비 대전(赤壁大戰) 이후 류베이(劉備)가 징저우(荊州)를 차지하자 쑨취안(孫權) 진영에서는 루쑤(魯肅)가 징저우의 반환을 요구하기 위해 계책을 세우고 루커우(陸口)의 린쟝팅(臨江亭)에서 연회를 열고 관위를 청한 뒤 좋은 말로 그를 설득하되 만약 관위가 따르지 않으면 도부수(刀斧手)에게 명해 그를 죽이려 했다. 관위는 초청장을 받고 관핑(關平)과 마량(馬良) 등의 저지에도 불구하고 청룡도 한 자루만 들고 연회에 나가는 고사에서 유래한 말이다. (제66회) [옮긴이 주]

23] 『삼국지연의』 제28회의 회목은 '차이양(蔡陽)을 참수하고 형제간에 의심을 풀었으며, 고성(古城)에 모여서 군신간의 의리를 다졌다'이다. '천리독행'은 관위가 차오차오와 이별하고 류베이를 찾아갈 때, 다섯 관문을 통과하면서 여섯 장수를 참살하고 고성[지금의 하남성 쵀산 현(確山縣) 북쪽]에 당도하기까지의 과정을 가리킨다. [옮긴이 주]

24] 『삼국연의』 제50회의 고사로, 츠비 대전(赤壁大戰)에서 대패한 차오차오가 패잔병들을 이끌고 패주하다 화룽다오(華容道)에 이르러 그곳에 매복하고 있던 관위를 만나는데, 차오차오가 지난날 자신이 관위를 후하게 대했던 옛정을 보아 살려달라고 애원하자 관위가 길을 열어 차오차오를 풀어준

찬미했다. 이것으로 평자가 허구적인 내용을 첨삭하는 표준이 주로 예술적 가치의 높고 낮음에 있었음을 알 수 있다.

『삼국연의』의 정절 구조에 대한 비평에서도 마오 비본은 가치 있는 견해를 많이 내놓았다. 이를테면, 명확하게 '결구(結構)'라는 개념으로 『삼국연의』를 비평하면서, 『삼국연의』의 구조는 '하늘이 만들고 땅이 늘어놓은 것(天造地設)'이고, 소설의 결구 예술은 "하늘과 땅 옛날과 현재의 자연스러운 글 가운데" 문득 깨달아 나온 것이라 여겼다(94회 회평). "하나의 실마리로 관통해(一線貫穿)" 작품의 결구 특색을 분석함으로써, 『삼국연의』가 "두서는 번다하지만, 하나의 실마리로 꿰뚫어(頭緒繁多, 而如一線穿却)" 예술 결구가 완미하고 통일성을 이룰 수 있다고 하였다. 또 '관목(關目)'이라는 단어로 소설의 정절을 평했다. 이 '관목'이라는 것은 소설 정절 중의 주요 사건과 인물을 표현할 때의 관건이 되는 정절을 가리킨다. 이를테면, "류베이의 전(傳)에 앞서 갑자기 차오차오를 삽입해 서술하고, 또 류베이의 전 가운데 갑자기 쑨젠(孫堅)을 곁들여 묘사했으니, 하나는 위나라의 태조이고, 다른 하나는 오나라의 태조로, 세 나라가 정족지세를 이룬 까닭이 여기서 유래한 것이다. 정족지세를 이룬 것은 [쑨젠의 동생] 쑨췐이긴 하지만 그 복선이 이미 여기에 있으니, 이것이야말로 전체의 관건이 되는 대목이다(前于玄德傳中忽然夾叙曹操, 此又于玄德傳中忽然帶表孫堅. 一爲魏太祖, 一爲吳太祖, 三分鼎足之所以來也. 分鼎雖屬孫權, 而伏線則已在此. 此全部大關目處.)"(제2회 평어) 또 이를테면, "대개 [류베이의 아들] 아더우(阿斗)가 시촨(西川) 땅에서 40여 년간 황제의 자리에 있었던 것은

것을 가리킨다. [옮긴이 주]

시촨을 취한 것이 류씨 집안의 관건이 되는 대목이고, 아더우를 빼앗아 간 것 역시 류씨 집안의 관건이 되는 대목인 것이다(蓋阿斗爲西川四十餘年之帝, 則取西川爲劉氏大關目, 奪阿斗亦劉氏大關目.)"(제61회 평어)

'결구'나 '관목' 등과 같은 단어는 명말 이래의 소설 희곡 평점에서 차츰 사람들에게 중시되었던 것으로 특히 리위(李漁)가 『한정우기(閑情偶寄)』에서 "결구 제일(結構第一)"이라는 표제를 쓴 뒤 이들 단어가 매우 큰 영향을 주어 소설 희곡 역사에서 결구 예술이 중시되는 하나의 표지가 되었다. 하지만 리위가 지은 『한정우기』는 강희 5년보다 앞서지는 않고 강희 10년에는 아직 완성된 원고가 나오지 않았고,[25] 마오 비본은 대략 강희 5년에 이미 완성되었으므로,[26] 마오 비본이 소설 예술의 결구 비평에서 차지하고 있는 지위와 가치를 알 수 있다. 인물의 구체적인 비평에 대해서는 마오 비본은 전체적으로 보자면 진성탄 비 『수호전』을 뛰어넘는 것은 없고, 그 도덕적인 평가는 성격 분석에 치우쳤다. 『삼국연의』 인물의 유형화 경향에 대해서도 그 특색을 드러내 보여주고 있는데, 아주 적은 분량의 비평이기는 하지만 인물에 대한 파악은 비교적 정확하다.

마오 비본은 그 뛰어난 텍스트 개정과 이론 비평으로 『삼국연의』 유전의 역사에서 두드러진 지위를 점하고 있다. 가정 본으로 시작해서 『삼국연의』는 매우 많은 평점자들의 관심을 받았는데, 서명이 된 평본으로는 위샹더우(余象斗) 평본, 리줘우(李卓吾) 평본, 중싱

25] 황창(黃強), 『리위 연구(李漁研究)』, 저장고적출판사(浙江古籍出版社), 1996년.
26] 자세한 것은 왕셴페이(王先霈), 저우웨이민(周偉民), 『명청소설이론비평사(明淸小說理論批評史)』[화청출판사(花城出版社), 1988년]을 볼 것.

(鍾惺) 평본, 리위(李漁) 평본과 마오 씨 부자의 평본 등이 있다. 다만 마오 비본이 세상에 알려진 뒤의 『삼국연의』 판본사에서는 마오 비본이 독보적인 지위를 차지하고 다른 평본을 압도해 『삼국연의』의 정본(定本)이 되어 수백 년을 풍미했다.

『가호허탕 비평 제일기서 금병매(皐鶴堂批評第一奇書金瓶梅)』의 판본은 매우 많고, 제서(題署) 또한 같지 않다. 이를테면, '짜이쯔탕 본(在兹堂本)' 비혈(扉頁)에는 "리리웡 선생 저 제일기서(李笠翁先生著第一奇書)"이라 제(題)했고, "본아장판 본(本衙藏版本)" 표지에는 "펑청 장주포 비평 금병매 제일기서(彭城張竹坡批評金瓶梅第一奇書)"라 제했으며, "잉쑹쉬안 장 판본(影松軒藏版本)"의 표지에는 "펑청 장주포 비평 수상 금병매(彭城張竹坡批評繡像金瓶梅)"라 제한 것 등이 그러하다. [하지만 이 모든 것들은] 사실 평자인 장주포(張竹坡)의 『신각수상비평금병매(新刻繡像批評金瓶梅)』를 저본으로 비(批)를 가해 만든 것들이다.

장주포(1670~1698년)는 이름이 다오선(道深)이고, 자는 쯔더(自得)이며, 호는 이싱(以行)이라 했다. 쟝쑤(江蘇) 퉁산(銅山) 사람으로 원적은 저장(浙江) 사오싱(紹興)이다. 본성은 총명하고 지혜로웠으며 견문이 넓고 기억력이 뛰어나기로 향리에서 이름이 났다. 하지만 과거의 길은 그리 순탄치 못해 향시에 다섯 차례나 응시했으나 모두 떨어졌다. 강희 32년(1693년)에 경사(京師)에 놀러갔다가 시가 창작으로 사람들로부터 찬탄을 받았다. 고향으로 돌아온 뒤 생활은 상대적으로 조용했다. 강희 34년(1695년) 장주포는 집안의 가오허차오탕(皐鶴草堂)에서 『금병매』를 평점했고, 그 뒤 강희 37년 봄에는 융딩허(永定河) 공사장에서 입신출세를 도모하였다.

융딩허 공정이 준공되었을 때 장주포가 갑작스럽게 병으로 죽으니, 그때 나이 29살이었다. 장주포는 한평생 운명에 곡절이 많아 어린 나이에 아버지를 잃고 재주를 품고도 때를 만나지 못해 비분강개하여, 항상 "인간의 정리가 반복되고, 세상사가 덧없이 변하는 것(人情反復, 世事滄桑)"을 한탄했다. 그는 이러한 개인의 감정을 비평에 융합시켜, 『금병매』 평점을 극히 개성적인 색채가 있는 평점 작품으로 만들었다. 장주포의 『금병매』 평점은 위로는 진성탄과 마오쭝강을 계승했는데, 특히 진성탄 비 『서상기』의 영향을 매우 강렬하게 받았다. 그 주지(主旨)는 작품의 정감이 내포한 함의를 드러내 밝히고 작품의 정절의 실마리를 찾는 것에 있었다. 이러한 비평은 진성탄이 그 단서를 열었으니 장주포에 이르러 그 흥취를 크게 떨쳤다. 그는 100회나 되는 장편을 단락을 따라 정리하고 촛불을 들고 감추어져 있는 의미를 탐구하여, 그의 개인적인 풍격이 느껴지는 해설서를 만들어내었다.

이 책의 서두에는 「서(序)」가 있는데, "때는 강희 년 을해 청명중순, 친중줴톈저 셰이가 가오허탕에서 제하다(時康熙歲次乙亥淸明中浣, 秦中覺天者謝頤題于皐鶴堂)"이라는 서(署)가 있다. 일반적으로 "셰이(謝頤)"는 곧 장차오(張潮)의 탁명으로 알려져 있다. 그다음에는 장주포가 지은 '총론(總論)'적인 성격의 문장 10편이 있는데, 「주포 한화(竹坡閑話)」, 「『금병매』 우의론(『金甁梅』寓意論)」, 「제일기서『금병매』우의설(第一奇書『金甁梅』寓意說)」, 「고효설(苦孝說)」, 「제일기서비음서론(第一奇書非淫書論)」, 「제일기서『금병매』취담(第一奇書『金甁梅』趣談)」, 「잡록(雜錄)」, 「냉열금침(冷熱金針)」, 「비평제일기서『금병매』독법(批評第一奇書『金甁梅』讀法)」, 「범례(凡例)」, 「제일기서목(第一奇書目)」[27]이 그것이다. 본문에도 회전총비(回前總批), 협비(夾批), 방비(旁批)와 미비(眉批)가 있다. 이 평어의 형태는 명백하게 진성탄 비 『수호전』을 답습하고 있는데, 「독법」 부분의 언어 풍격과 사유 방식은 그가 의식적으로 진성탄과는 상이한 비평적 특색을 드러내고자 했음에도 아주 흡사하다. 그는 일찍이 다음과 같이 말했다.

『수호전』에서 진성탄이 비(批)한 곳은 대체로 본문 중에서 작게 비한 것이 대부분을 차지한다.……『수호전』은 이미 이루어진 큰 단락이 모두 갖추어진 문장으로 이를테면, 108인은 모두 각자의 전(傳)이 있어 비록 삽입된 부분이 있긴 하지만, 실제로는 그 순서가 분명하기에 진성탄이 그 자구에만 비했던 것이다. 『금병매』의 경우에는 큰 단락의 뛰어난 부분이 부스러기 조각 사이에 감추어져 있어 자구를 분별하는 정도라면 세심한 사람이면 모두 할 수 있지만, 도리어 그 큰 단락의 뛰어난 부분은 잃게 된다.(『水滸傳』聖嘆批處, 大抵皆腹中小批居多.……『水滸傳』是現成大段畢具的文字, 如一百八人各有一傳, 雖有穿插, 實次第分明, 故聖嘆止批其字句也. 若『金瓶』乃隱大段精采於瑣碎之中, 止分別字句, 細心者皆可爲, 而反失其大段精采也.) [「범례(凡例)」]

장주포의 이러한 논지는 바로 정확하게 『수호전』과 『금병매』의 결구 예술상의 차이를 드러내 보여준 것이다. 그 차이는 곧 『수호전』은 [등장인물] 108명 모두에게 각각의 전이 있는 선적(線的)인 결구를 갖고 있지만, 『금병매』는 "큰 단락의 뛰어난 부분이 부스러기 조각

27] 이 서목은 장주포가 100회의 애정사를 두 글자로 된 간단한 목차로 축약한 것으로, 전서(全書)는 두 개의 대구를 쓰는 장법(章法)을 채용했다. 그러므로 매 회의 앞뒤 두 가지 일로 모두 200가지 사건에 대해 대략적인 평어를 붙였기에 '총론'의 일부로 보아야 한다. [옮긴이 주]

사이에 감추어져 있는 그물형 결구를 갖고 있다는 것"을 말한다. 그가 진성탄이 "자구에만 비했다"고 결론지은 것은 그다지 정확한 것은 아닌데, 장주포는 교활하게도 자신의 작품 비평을 끌어올리기 위해 그리했던 듯하다. 실제로 장주포는 소설평점의 방법에 있어 진성탄의 전통을 전면적으로 계승해 『수호전』 평점뿐 아니라 『서상기』 평점에 대해서도 깊이 깨달은 바 있었다. 그래서 진성탄이 소설평점 가운데 체현해낸 주요한 정신은 장주포가 『금병매』를 비평한 기본 방법을 구성하고 있으며, 이러한 계승 관계는 대체로 다음의 세 가지 방면에 표현되어 있다.

첫째, 진성탄의 문학비평은 비평자의 주체 의식을 강화했다. 곧 "진성탄이 『서상기』를 비한 것은 진성탄의 문장이지. 『서상기』의 문장이 아니다(聖嘆批『西廂記』是聖嘆文字, 不是『西廂記』文字.)"[「독제육재자서『서상기』법(讀第六才子書『西廂記』法)」]라고 여긴 것이다. 장주포 역시 분명하게 선언했다. "나는 내 자신의 『금병매』를 지은 것이다. 내 어찌 다른 사람과 『금병매』를 비평할 겨를이 있겠는가!(我自做我之『金瓶梅』, 我何暇與人批『金瓶梅』也哉!)"[「주포 한화(竹坡閑話)」] 이러한 비평 정신으로 그의 비평 문장은 자못 독특한 비평적 개성과 개인의 주관적인 색채를 드러낼 수 있었다.

둘째, 진성탄의 문장 비평은 "해의성(解義性)"을 추구했다. 이를테면 다음과 같이 말한 것이다. "나는 원래 모습의 흔적을 찾아내 그것의 신묘한 이치를 펼쳐내고자 했을 따름이다.(吾獨欲略眞形迹, 伸其神理.)" "내가 특히 슬퍼한 것은 독자의 정신이 일어나지 않아 작자의 뜻을 다 펼쳐내지 못하고 그 마음의 고통을 모르는 것인데, 실제로는 훌륭한 기교를 부린 것이었기에 나의 불민함을 사양치 않고 이렇게 비(批)한 것이다.(吾特悲讀者之精神不生, 將作者之意思盡設, 不知心苦, 實負良工, 故不辭不敏而有此批也.)" 이것은 문학비평이 문장의 표면적인 현상을 뚫고 작품의 심층에 깔려 있는 함의를 탐구할 것을 요구한 것이다. 장주포 역시 이것을 충분히 중시했다. 그는 『금병매』와 모든 소설을 '우언'으로 보았으니, 바로 이런 식으로 작품 속에 감추어져 있는 함의를 해독하기 위해 주관적인 판단을 내린 것이다. 그는 소설에 대해 다음과 같이 말했다.

> "한 사람을 거짓으로 날조해내고, 한 가지 사건을 허구로 만들어내었으니, 비록 바람이나 그림자 같은 이야기이긴 하지만, 반드시 산에 의거해 돌을 그려내고 바다를 빌어 파도를 일으키니, 『금병매』에 등장하는 이름이 있는 인물들은 백 명이 넘지만, 그 단서를 찾아보면 결국 밝혀낼 수 있다. 그 절반은 다 우언에 속하니, 모두 사물로 인해서 이름이 있게 되고 이름에 기탁해서 사건을 모음으로써 이 100회에 이르는 곡절 많은 책을 이룬 것이다.(其假捏一人, 幻造一事, 雖爲風影之談, 亦必依山點石, 借海揚波. 故『金瓶』一部有名人物, 不下百數, 爲之尋端竟委, 大半皆屬寓言. 庶因物有名, 托名摭事, 以成此一百回曲曲折折之書.)"[「제일기서『금병매』우의설(第一奇書『金瓶梅』寓意說)」]

이른바 "산에 의거해 돌을 그려내고, 바다를 빌어 파도를 일으키며", 이른바 "사물로 인하여 이름이 있게 되고, 이름에 기탁해 사건을 모은다"는 것은 소설 속의 인명과 사물의 명칭에 모두 깊은 뜻이 있다고 여기는 것이고, 소설의 정절은 바로 이렇듯 독특한 함의를 갖고 있는 사물의 명칭과 인명 속에서 전개되는 것이다. 소설평점은 곧 이것에 근거해 작품 속에 감추어져 있는 심층적인 의미를 확인하고 탐구하는 것이다. 이러한 비평적 사고의 갈피가 『금병매』 평점 중에 거의 관철되어 있다.

셋째, 진성탄의 문학비평은 문학작품을 총결하는 문법을 중시했다. "원앙을 수놓는 것이 완료되면, 나는 그대에게 그것들을 보여줄 것이다. 하지만 나는 그대에게 바늘을 보여주지는 않을 것이다(鴛鴦綉出從君看, 莫把金針度于君.)" 장주포의 『금병매』 평점 역시 소설 창작 법칙에 대한 게시에 주의를 기울였다. "세상 사람들이 함께 문장의 아름다움을 감상하게 할 것이다.(使天下人共賞文字之美.)" [장다오위안(張道淵), 「중형 주포 전(仲兄竹坡傳)」]

총괄하자면, 장주포의 소설평점은 대체로 진성탄의 전통을 계승하되, '주체성'과 문학 법칙에 대한 게시를 강조하는 점에 있어서는 양자가 기본적으로 대등하지만, '해의성'이라는 측면에서는 장주포가 진성탄에 비해 훨씬 더 멀리 나아갔고, 그 주관적인 임의성 역시 더욱 강렬했다. 그러므로 그의 비점 중에는 견강부회와 주관적인 억견이 어느 곳에나 나타난다.

장주포 평점 『금병매』의 주요한 동기는 무엇인가? 이 함의를 다룬 비평 자료는 대체로 아래의 몇 가지이다.

(1) 『금병매』 비점은 당시 독자의 작품에 대한 오독을 날카롭게 지적한 것이다.

"세상의 독자들이 [마음을] 징치하고 권계하는 위현(韋絃)[28]으로 삼지

28] "위현(韋弦)"으로도 쓴다. 외계 사물의 계발과 가르침을 비유하며, 권계(勸戒)의 의미로 쓰인다. 『한비자(韓非子)』「관행(觀行)」에 다음과 같은 대목이 나온다. "[전국시대 위(魏)나라 사람이었던] 시먼뱌오(西門豹)는 성미가 매우 급해 부드러운 가죽(韋)을 가지고 다니면서 마음을 부드럽게 했으며, [춘추시대 진(晉)나라 자오간쯔(趙簡子)의 가신이었던] 둥안위(董安于)는 마음이

않고, 오히려 즐거움을 행하는 부절[29]로 여겼던 까닭에 음서로 보았던 것이다.……나는 작자의 고심을 가엾게 여기고, 동지들의 이목을 새롭게 하기 위해 이 책을 비(批)한 것이다. 「우의설」에서는 일부 간부(奸夫)와 음부(淫婦)를 모두 풀과 나무의 환영으로 비(批)했고, 일부 음탕한 말과 염정과 관련한 말은 모두 기복이 있는 기이한 문장으로 비했던 것이다.…… 나의 『금병매』는 위로는 음란함을 씻고 효제(孝悌)를 보존하며, 치부책에 불과한 것을 문장으로 변환시켰으니, 바로 『금병매』라는 책을 얼음이 녹고 기와가 무너지듯 [풀이한 것이다.](世之看者, 不以爲懲勸之韋絃, 反以爲行樂之符節, 所以目爲淫書,……予小子憫作者之苦心, 新同志之耳目, 批此一書. 其〈寓意說〉內, 將其一部奸夫淫婦, 悉批作草木幻影, 一部淫情艶語, 悉批作起伏奇文.……我的〈金瓶梅〉上洗淫亂而存孝弟, 變帳簿以作文章, 直使〈金瓶〉一書冰消瓦解)"[「제일기서비음서론(第一奇書非淫書論)」]

(2) 『금병매』 비점은 평점자 마음속의 격분의 감정을 쏟아내기 위한 것이다.

"좀더 최근에는 빈곤과 슬픔으로 마음이 짓눌리고 "염량세태"에 부대끼다가, 시간을 보내기 힘들 때마다 내 자신이 세정서 한 권을 지어 답답한 소회를 풀지 못하는 것을 한탄했다. 나는 몇 차례나 붓을 들어 책을 쓰려

너무 너그럽기만 해 팽팽하게 당겨진 활시위(弦)를 가지고 다니면서 성미를 급하게 하려고 애썼다. 이처럼 어떤 일을 도모함에 있어 여유 있는 것으로 부족한 것을 보충하고, 긴 것으로 짧은 것을 이어주듯이 하면 현군(賢君)이라 일컬을 수 있다(西門豹之性急, 故佩韋以自緩; 董安于之性緩, 故佩弦以自急. 故以有余補不足, 以長續短之謂明主.)" [옮긴이 주]

29] 돌이나 대나무, 옥 따위로 만든 부신(符信). 옛날에는 사신(使臣)이 가지고 다니던 물건(物件)으로 둘로 갈라 하나는 조정(朝廷)에 두고 하나는 본인(本人)이 가지고 신표로 쓰다가 후일 서로 맞추어 봄으로써 증거(證據)로 삼던 것. [옮긴이 주]

하였으나, 전후 줄거리를 잡아나가는 데 많은 기획을 해야 했기에 이내 붓을 던지며 내 자신에게 말했다. "왜 나보다 앞서 '염량세태'를 다룬 책『금병매』]을 쓴 이가 기획한 것을 세세히 풀이하지 않는가? 그렇게 하면 첫째, 내 자신의 억눌린 소회를 풀 수 있을 것이며 둘째, 옛사람의 책을 명료하게 풀이하는 일은 내가 지금 한 권의 책을 기획하는 것이나 다름없다고 할 수 있다."(邇來爲窮愁所迫, 炎凉所激, 于難消遣時, 恨不自撰一部世情書, 以排遣悶懷. 幾欲下筆, 而前後結構, 甚費經營, 乃擱筆曰："我且將他人炎凉之書, 其所以前後經營者, 細細算出, 一者可以消我悶懷, 二者算出古人之書, 亦可算我今又經營一書.")[「주포 한화(竹坡閑話)」]"

"장주포는 펑청 사람으로, 열다섯에 아비를 잃고 지금까지 10년 동안 세속에 부대끼면서 여러 가지 힘든 일들을 두루 겪고난 뒤, 유랑에 지쳐 돌아왔다. 지난날 친밀하게 지내던 지우들은 오늘날에는 모두 서먹한 사이가 되었다.……친한 벗이 백안시하고 태도에는 쓰라린 데가 있으니, 곧 구름을 넘나들던 뜻과 기상이 각별히 닳고 달아 그 때문에 닭똥 같은 눈물이 흐르는 것을 금할 수 없었다. 이에 책상을 치며 말했다. '옳거니. 뜨거움과 차가움, 그리고 진짜와 가짜는 내가 속이는 것이 아니라. 이에 을해년 정월 7일에 비(批)를 시작하기로 마음먹고, 3월 27일에 완성을 고하다.(竹坡彭城人, 十五而孤, 于今十載, 流離風塵, 諸苦備歷, 游倦歸來.向日所爲密邇知交, 今日皆成陌路.……親朋白眼, 面目含酸, 便是凌雲志气, 分外消磨, 不禁爲之淚落如豆.乃拍案曰：有是哉, 冷熱眞假, 不我欺也, 乃發心于乙亥正月人日批起, 至本月廿七日告成.)"[「제일기서『금병매』우의설(第一奇書『金瓶梅』寓意說)」

(3)『금병매』 비점은 이익을 도모하기 위해 낸 것이 아니라 세상 사람들로 하여금 기이한 문장을 함께 감상하게 하기 위한 것이다.

"[형은] 일찍이 내게 말했다. '『금병매』는 매우 훌륭하게 짜여진 작품이지만, 진성탄이 죽은 이래로 이것을 알고 있는 이가 몇 명 살아남지 않았다. 나는 그것의 훌륭한 점들을 모두 짚어내어 분명하게 드러내고자 한다.' 어떤 이가 형에게 말했다. '이 원고를 서방(書坊)에게 넘기면 높은 가격을 받을 수 있을 것이오.' 형이 말했다. '내가 또 이익을 취하기 위해 이 일을 한 것인가? 나는 장차 이 책을 간행해 세상에 내놓아 세상 사람들이 함께 문장의 아름다움을 감상하게 할 것이다. 이것 역시 옳지 않겠는가?'((兄)曾向余曰: 『金甁』針線縝密, 聖嘆旣歿, 世鮮知者, 吾將拈而出之.……或曰: 此稿貨與坊間, 可獲重價. 兄曰: 吾且謀利而爲之耶? 吾將梓以問世, 使天下人共賞文字之美, 不亦可乎?)" [장다오위안(張道淵), 「중형 주포 전(仲兄竹坡傳)」]

"그런즉 나는 어째서 『금병매』를 비(批)했는가? 나는 그 문장이 도도하게 100회에 이르되 천 가지 만 가지 실마리가 똑같이 하나의 실에서 나오고 또 천 가지 만 가지 우여곡절이 하나의 실을 드러내지 않는 것을 좋아했다. 한가로이 창 앞에 홀로 앉아 역사책을 읽고 제가들의 문장을 읽는 틈틈이 어쩌다 한번 그것을 보면서 말했다. 이와 같은 절묘한 문장에 바늘을 내놓지 않는다면[30], 작자의 오랜 세월 고심한 것을 저버리는 게 되지 않겠는가!(然則『金瓶梅』我又何以批之也哉? 我喜其文之洋洋一百回, 而千針萬線, 同出一絲, 又千曲萬折, 不露一線. 閒窗獨坐, 讀史, 讀諸家文, 少暇, 偶一觀之, 曰: 如此妙文, 不爲之遞出金針, 不幾辜負作者千秋苦心哉!)」 [「주포 한화(竹坡閑話)」]

30] 앞서 진성탄이 비유적으로 말한 "원앙을 수놓는 것이 완료되면, 나는 그대에게 그것들을 보여줄 것이다. 하지만 나는 그대에게 바늘을 보여주지는 않을 것이다(鴛鴦綉出從君看, 又把金針度于君.)"라는 문장을 상기할 것. [옮긴이 주]

장주포의 『금병매』 평점이 중국소설사와 소설평점사에서 중요한 가치를 갖고 있다는 사실은 의문의 여지가 없다. 그렇다면 어떻게 해야 그 가치를 정확하게 인식하는가? 필자는 이왕의 연구가 장주포 비 『금병매』를 중국소설이론사에서 중요한 저작으로 대해온 것은 합리적이지만, 진정으로 장주포 비평의 가치 소재를 지적해낸 것은 아니라고 생각한다. 장주포 비 『금병매』의 주요한 가치는 전파에 있고, 평점자의 작품에 대한 독특한 독해에 있으며, 이로부터 독자에 대한 영향을 낳게 되었다.

소설 텍스트로 말하자면, 『금병매』에 대한 장주포의 수정은 극히 제한적이다. 그는 기본적으로 『신각수상비평금병매(新刻繡像批評金瓶梅)』를 저본으로 했기에, 소설 텍스트에 있어서는, 『금병매』의 텍스트 변천 과정에 아무런 공헌한 바가 없다. 그리고 이론적인 각도에서 말하자면, 『금병매』에 대한 장주포의 견해는 소설창작 법칙과 창작정신의 총결이라는 측면에 대해서도 제한적이다. 전체적으로는 진성탄 평점 『수호전』과 비교할 때 여전히 어느 정도 거리가 있으며, 심지어 이론적인 개괄의 방면에서 '룽위탕 본' 『수호전』의 평점에도 미치지 못한다. 그래서 장주포 『금병매』 평점의 으뜸이 되는 가치는 『금병매』가 전파되는 가운데, 세정소설에 대한 감상 중에, 장주포가 독자들을 위해 훌륭한 범례들을 해부하고, 사람들의 몇 가지 감상 습관을 타파하여 독자로 하여금 『금병매』를 오독하는 데서 벗어나도록 인도한 데 있다고 해도 좋을 것이다. 이것은 다음의 몇 가지 방면에서 알아낼 수 있다.

(1) 장주포는 『금병매』의 정절 내용에 대해 비교적 심도 있고 주관적인 색채가 풍부한 분석을 가해, 『금병매』가 전파되는 가운데 줄곧 사람들로부터 음서로 치부되던 전통적인 관념에 대해 변호했

다. 『금병매』를 '음서'로 보는 것은 명말 이래 자못 유행하던 관념으로, 독자들 가운데 비교적 큰 반향을 일으켰는데, 확실히 작품 속에는 자연주의적인 성 묘사가 대량으로 존재한다. 이에 대해 장주포는 회피할 방법도 없고, 간단하게 부정할 수도 없었다. 이 문제에 대해 변호하는 가운데 장주포는 단순하게 진성탄이 『서상기』를 평점할 때 "글이라는 것은 그것을 보고 글이라 하는 것이고, 음탕함이라 함은 그것을 보고 음탕함이라 이른 것이다(文者見之謂之文, 淫者見之謂之淫)"라고 한 오래된 길을 걸어가지 않고, 의식적으로 그가 『금병매』의 "음욕 세계" 중에서 깨달은 "성현의 학문"을 천명했다. 곧 『금병매』는 음서가 아니라 염량세태를 반영한 '세정서'이고, 현실을 깊고 통절하게 비판한 '태사공의 문장'이라는 것이다. 이러한 관념을 분명하게 분석하기 위해 장주포는 일계열의 이론적 관점들을 제시했다. 이를테면, '설분(泄憤)', '고효(苦孝)', '기산(奇酸)', '냉열(冷熱)', '진가(眞假)' 등이 그것으로, 그 가운데 '설분'과 '고효', '기산'은 그 뜻이 『금병매』의 창작이 그 어떤 까닭이 있고, 가리키는 바가 있다는 데 있으니, 작자가 "자신의 원수를 갚는" 일종의 수단인 동시에 이것을 빌어 작자의 마음속에 깊이 침잠해 있는 비분과 쓰라린 고통의 감정을 표현해 낸 것이다. 이른바 "그 비분은 이미 112퍼센트에 달하고, 쓰라림 또한 120퍼센트에 달했으니, 『금병매』를 짓지 않고 어찌 소일할 것인가?(是憤已百十二分, 酸又百二十分, 不作『金瓶梅』又何以消遣哉?)", "작자는 불행히도 몸소 그 난관을 만나, 토해낼 수도 없고, 삼킬 수도 없고, 긁어낼 수도 없고, 슬프게 외쳐도 소용없으니, 이것을 빌어 스스로 풀어내려 했던 것이다. 그 뜻이 못내 슬프고, 그 마음이 가련하구나.(作者不幸, 身遭其難, 吐之不能, 呑之不可, 搔抓不得, 悲號無益, 借此以自泄,

其志可悲, 其心可憫矣.)" 그리고 "냉열"은 세태의 반복을 가리키고, "진가"는 인정의 허위를 드러낸다. 총괄하자면, 이것은 작자가 이렇듯 악랄하고 속된 세계와 음욕 세계에 대한 묘사를 빌어 마음 속의 비분을 풀어내고 현실의 추태를 비판한 것이다.[31] 당연하게도 『금병매』가 '음서'라는 관념을 깨는 것은 그 당시에도 이미 그런 분위기가 있었다. 장차오(張潮)는 『유몽영(幽夢影)』에서 "『수호전』은 분노의 책이고, 『서유기』는 깨달음의 책이며, 『금병매』는 비애의 책이다(『水滸傳』是一部怒書, 『西遊記』是一部悟書, 『水滸傳』是一部哀書.)" 쟝한정(江含徵)은 여기에 평을 덧붙였다. "『금병매』를 볼 줄 모르면 그 음탕함만을 배우게 될 것이니, 쑤스를 좋아하는 자가 단지 동파육만을 좋아할 따름인 것이다(不會看『金瓶梅』而只學其淫, 是愛東坡者但喜吃東坡肉耳.)" 이에 대한 장주포의 분석은 가장 심각한데, 그 목적은 바로 사람들의 감상 습관을 깨서, 『금병매』에 은밀히 포함되어 있는 풍부한 생활과 현실적 함의가 드러나고 인식되도록 한 데 있었다.

(2) 장주포는 『금병매』의 표현 형식에 대해서도 비교적 깊은 인식을 하고 있었으며, 평점하는 중에 한 편의 세정소설로서 『금병매』가 독특하게 갖고 있는 심미적 특성을 드러내 보여주었다. 한 편의 세정소설로서 『금병매』는 독특한 예술적 특성을 갖고 있는데, 이것은 왕왕 생활 속의 전형적인 사건을 잡아내 기이한 정절 묘사로 삼은 것이 아니라, 일상 생활 속의 디테일들을 파노라마식으로 상세하게 묘사한 것이었다. 그래서 늘상 사람들이 늘어지고 번쇄하

31] 이 문제에 대해서는 천홍(陳洪)의 『중국소설이론사』에 비교적 괜찮은 평술이 있으니 참고할 만하다. 여기서는 중언부언하지 않겠다.

다는 느낌을 받게 했다. 명말 장우쥬(張无咎)는 「삼수평요전서(三遂平妖傳序)」에서 이렇게 말했다. "(『금병매』)는 총명한 하녀가 부인이 되듯이, 단지 날마다 사용하는 장부책을 기록하기만 할 뿐, 일찍이 집안일을 처리하는 것을 배운 적이 없으니, 『수호』를 본받아 가난해진 것이다([『金瓶梅』]如慧婢作夫人, 只會記日用帳簿, 全不曾學得處分家政, 效『水滸』而窮者也.)" 이러한 관점은 『금병매』가 전파되는 데 있어 비교적 큰 영향을 끼쳤다. 장주포는 사람들의 이러한 인식의 한계를 바꾸려고 시도했는데, 우선 '장부설'에 반대하는 것으로부터 착수했다. 그는 일찍이 그가 평점한 『금병매』는 "장부책을 문장으로 바꾸어(變帳簿以做文章)", 사람들이 번쇄한 정절 묘사 가운데서 작자의 깊은 뜻을 이해하고, 소설의 결구 장법을 파악하게 만듦으로써 세정소설이 독특하게 갖고 있는 심미적인 특색을 확실하게 인식하게 했다고 말한 바 있다.

『금병매』가 '장부책'이 아니라 '문장'이라는 관점을 증명하기 위해 장주포는 『금병매』의 인물관계와 정절 구성에 대해 상세하게 분석했다. 소설 속의 인물 관계와 정절 안배는 모두 하나의 유기적이고 질서 있는 총체로 앞뒤가 서로 맞물리고, 멀리 떨어져 있는 것도 복선으로 연결되어 있다고 했다. 여기서 그는 주로 두 가지 작업을 하려 했다.

첫째, '우언'이라는 각도에서 출발해, 소설의 인물 명칭에 감추어져 있는 상징적인 의미를 드러내 밝히고, 소설의 정절 발전이나 심지어 총체적인 틀이 이러한 상징성 있는 인물 명칭이 겉으로 드러난 것이라 여겼다. 이를테면, "병은 경으로 인해 생겨나고(瓶因慶生也)[32]", "매화는 또 병으로 인해 생겨났으며(梅又因瓶而生)[33]", 심지어 쑨쉐어(孫雪娥)가 수비부(守備府)에서 모욕을 당하는 것 역시 "매화와 눈이 봄을 다툰 것(梅雪爭春)"이고 "매화와 눈이 서로 양보하지 않기에, 춘메이가 총애를 받으면 쉐어는 욕을 당하고, 춘메이가 정실이 되면 쉐어는 더욱 욕을 당하게 된다(梅雪不相下, 故春梅寵而雪娥辱, 春梅正位而雪娥愈辱.)" 총괄하자면, 작자가 볼 때, 소설 속 인물들은 크게는 시먼에서 여러 첩에 이르기까지, 작게는 노복이나 하녀에 이르기까지 모두 이름을 취한 데에는 그만한 연유가 있고, 이름에 기탁해서 사건을 모은 것(托名摭事)으로 인물과 정절 사이에는 엄밀한 내재적 관계가 있다.

둘째, '인과'의 각도에서 출발해, 소설 정절의 발전이 비록 "소의 터럭처럼 가늘지만, 천만 가닥이 모두 하나의 몸을 갖추고 있고, 혈맥이 관통한다(細如牛毛, 乃千萬根共具一體, 血脈貫通.)"[「주포한화(竹坡閑話)」] 정절과 정절 사이에는 엄정한 인과 관계가 있다. 그렇기에, 그는 작품의 결구 장법에 대해 비교적 깊이 있는 분석을 가해 "초사회선(草蛇灰線)"이나 "대간가(大間架)", "양대장법(兩大章法)" 등과 같은 결구 법칙을 제출했다. 이로부터 정절을 분석하는 가운데 작품이 "내력이 없는 사건은 하나도 없는" "절묘하고 근엄한 장법"이 나오게 된 것이다.

장주포의 『금병매』 결구 장법과 인물 관계에 대한 분석은 이른바 '장부설'을 깨뜨리는 데 비교적 큰 작용을 했다. 그는 한편으로는 『금병매』가 "번쇄한 가운데 정채로움을 감추고 있는" 특성을 드러내 보여주었는데, 이로부터 세정소설의 예술 풍격을 앙양하고,

---

32] 병(甁)은 작중 인물 중 리핑얼(李甁兒)을 가리키고, 경(慶)은 시먼칭(西門慶)을 가리킨다. [옮긴이 주]

33] 매(梅)는 팡춘메이(龐春梅)이고, 설(雪)은 쑨쉐어(孫雪娥)이다. [옮긴이 주]

동시에 완정하고 근엄한 분석으로 『금병매』를 위한 정절 발전의 '인과 사슬(因果鏈)'을 엮어냈다. 그로부터 사람들이 갖고 있는 『금병매』의 작자가 "집안일을 처리할 줄(處分家政) 모른다"는 잘못된 인식을 깨뜨렸다. 공정한 마음으로 논하자면, 장주포의 『금병매』 평점은 확실히 이러한 목적에 도달해 기본적으로 그가 예기했던 목표를 완성함으로써 『금병매』의 감상과 전파, 그리고 세정소설의 창작에 대한 공은 무시할 수 없는 것이 되었다.

장주포의 이러한 비평 방법과 사유 방식은 확실히 진성탄의 영향, 특히 진성탄 비 『서상기』의 영향을 받았다. 진성탄은 『서상기』를 비평할 때, 왕왕 인물의 행위 하나하나와 디테일한 부분 하나하나에 대해 "그렇게 된 까닭"을 드러내 보여주었다. 그리하여 『서상기』 정절 구조의 틀이 하나의 엄밀한 인과의 틀 안에 있게 했다. 이러한 비평 방법은 이점과 폐단이 모두 있게 마련인데, 리위(李漁)는 이 점에 대해서 충분히 뛰어난 평을 한 바 있다.

> "진성탄이 평한 『서상기』의 장점은 세밀한 데 있고, 단점은 얽매인 데 있으니, 얽매였다는 것은 곧 지나치게 세밀하다는 것이다. 한 구절 한 글자라도 근원을 추적하고 그 우의(寓意)를 탐구하지 않은 것이 없으니, 이것은 세밀한 것이다. 하지만 작자가 이렇게 쓴 것은 의도한 대로 써 낸 것도 있지만 한편 모두 다 의도한 대로 쓴 것이 아님을 알고 있는 것일까?(聖嘆之評『西廂』, 其長在密, 其短在拘, 拘即密之已甚者也.無一句一字不逆溯其源, 而求命意之所在, 是則密矣, 然亦知作者于此, 有出于有心, 有不必盡出于有心者乎?)"[『한정우기(閑情偶寄)』「사곡부(詞曲部)」「전사여론(塡詞餘論)」]

진성탄이 평술한 『서상기』는 정절이 단일하고 결구가 근엄한 희곡 작품을 추구했다. 이러한 평술은 오히려 이러한 폐단이 있게 마련인데, 장주포가 평한 것은 파노라마식으로 현실 생활을 묘사한 세정소설이라 그 가운데 드러나는 주관적인 억단과 견강부회는 얼마든지 찾을 수 있으며 이루 헤아릴 수 없을 정도다. 당연하게도 장주포가 평점한 『금병매』 역시 이론적으로 창의적인 견해가 자못 많은데, 이에 대해서는 당대의 학자들 논의가 비교적 많으므로 여기서는 재론하지 않겠다.

장주포가 평한 『금병매』는 그 당시 영향이 매우 컸다. 장다오위안(張道淵)의 「중형 주포 전(仲兄竹坡傳)」의 기록에 의하면 장주포는 『금병매』를 평점한 다음해에 원고를 갖고 난징에 갔는데, "원근에서 구매하고자 해 [그의] 재주와 명성이 더욱 떨쳤다. 사방의 명사들이 난징에 와서 날마다 방문한 이가 수십 명에 이르렀다(遠近購求, 才名益振, 四方名士之來白下者, 日訪以數十計.)" 그리고 강희 이후에 장주포 평본은 기본적으로 『금병매사화』와 『신각수상비평금병매』를 대신해서 사회적으로 유통되어 지금까지도 『금병매』의 통행본이 되었다.

'사대기서'는 백여 년의 평점 역사를 거치면서 강희제 후기에 장주포 평 『금병매』가 나온 뒤에는 이미 사회적으로 깊은 영향을 주기에 이르렀다. 여러 평본에 대한 사람들의 취사선택 역시 이미 분명하게 드러났다. 이에 대해서는 류팅지(劉廷璣)의 일단의 평술이 대표적이라 할 만한데, 통속소설에 대해 독특하면서도 자못 풍부한 감식안을 갖고 있던 이 관료 문인은 '사대기서'의 평점에 대해 뛰어나게 분석했다. 그 대강은 다음과 같다.

"[『수호전』의 경우] 진성탄은 구두와 단락을 나누되, 각각의 부분에 대한 평을 하는 동시 총평을 진행해, 서로 다른 모양의 꽃이 모이고 비단이

쌓인 것 같은 문장을 이루어냈고, 량산보(梁山泊)를 하나의 꿈으로 끝맺어, 사족을 붙이지 않았으니, 절묘하게 가지를 쳐냈다고 할 수 있다.([『水滸傳』]金聖歎加以句讀字斷, 分評總批, 覺成異樣花團錦簇文字, 以梁山泊一夢結局, 不添蛇足, 深得剪裁之妙.)"

"[『삼국연의』의 경우] 항융넨(杭永年)은 진성탄의 필치를 모방해 비(批)했으니, 효빈에 속하는 것 듯하지만, 또한 새로운 경지를 연 부분이 있다.[『三國演義』](杭永年一仿聖嘆筆意批之, 似屬效顰, 然亦有開生面處.)"

"[『서유기』의 경우] 이에 왕단이(汪憺漪)[34]는 [비유컨대] 그로부터 미인을 묘사하되 시스(西施)를 거슬렀고, 그가 비평을 가한 곳은 대부분 피상적인 것만 더듬거렸으니, 책을 꿰뚫고 있는 태극, 무극[35]을 어찌 한 마디 말로 설파할 수 있겠는가?[『西遊記』](乃汪憺漪從而刻畫美人, 唐突西子[36], 其批注處大半摸索皮毛, 卽通書之太極無極, 何能一語道破耶?)"

34] 왕단이(汪憺漪)는 왕샹쉬(汪象旭)로, 단이는 자이다. 일찍이 『서유기』에 교정과 평어를 가하여, 『서유증도서』라 이름 붙였다. "증도"라는 말은 이 책에서부터 시작되었으며, 작가를 츄창춘(邱長春)이라 부회한 것도 여기에서부터 비롯되었다. [옮긴이 주]

35] 태극무극太極無極: 태극은 원래 원시의 혼돈한 기운을 가리킨다. 송 주돈이는 도가의 학설을 채용하여, 『태극도설』을 지었는데, 그 속에서 말하길 "도의 근원은 무극에서부터 태극이 됨을 이른다. 만약 내 마음이 조용하여 생각이 없으면, 온갖 선이 드러나지 않는데, 이것을 무극이라 한다. 그러나 이 마음이 아직 드러나지 않았을 때, 스스로 밝아 어둡지 않는 본체가 있는데, 이것이 태극이다." [옮긴이 주]

36] 각화(刻畫)는 '자세하게 묘사하다', 당돌(唐突)은 '경솔하게 다른 사람의 뜻을 상하게 하다'라는 뜻이고, 서자(西子)는 춘추시대 월(越)나라 미녀 시스(西施)를 가리킨다. 이 말은 『세설신어(世說新語)』「경저(輕詆)」에 보인다. "어찌 추녀를 자세하게 묘사하고 시스의 모양을 거스르겠는가(何乃刻畫無鹽, 唐突西子哉!)" 여기서는 추녀를 미인에 비유하고, 미인을 추녀로 생각하여, 비유가 옳지 않고 비평이 적절치 않음을 가리킨다. [옮긴이 주]

"[『금병매』의 경위] 평청의 장주포는 우선 그 대강을 총괄하고, 다음에는 단락을 따라가며 주를 달고 비점을 가하여, 진성탄을 뒤따라 이었으니, 그 징벌과 권계가 일목요연해졌다.[『金瓶梅』](彭城張竹坡爲之先總大綱, 次則逐段分注批點, 可以繼武聖嘆, 是懲是勸, 一目了然.)"[류팅지(劉廷璣), 『재원잡지(在園雜志)』]

류팅지의 이러한 평술은 총결적인 성질을 띠고 있고, 기본적으로는 '사대기서' 평점본이 상시에 유행한 상황을 개괄하고 있으며, 이들 평점본이 후대에 유포되는 추세를 자못 선견지명을 갖고 예시하고 있다. 강희 이후에는 진성탄과 마오쭝강, 장주포 3가의 평점이 독점적인 지위를 차지했고, 『서유기』 평점은 『서유증도서』의 기초 위에 평점의 붐이 한 차례 일어났다.

명말청초의 소설평점 중에서는 진성탄의 영향이 지대했다. 그의 평점으로 말미암아 만력 연간의 소설평점이 빛을 잃었고, 그의 영향하에 소설평점의 명저가 잇달아 나왔으며, 평점의 기풍이 정점에 달했다. 그래서 명 천계 연간에서 청 강희 연간에 이르기까지 소설평점은 백 년 동안 볼만한 광경을 이루어냈으니, 이것은 소설평점사상 가장 풍성한 백 년이었고, 중국 고대소설평점의 황금 시기였다.

5) 청 중엽 소설평점의 연속

청 중엽 이후, 소설평점은 여전히 발전의 추세를 이어갔다. 하지만 이미 전 시기의 생기발랄함과 광범위한 영향은 잃어갔다. 어떤 연구자는 심지어 소설평점이 진성탄 비 『수호전』에서 장주포 비 『금병매』로 넘어가는 반세기 동안 "이미 자신의 좋은 시절은 다

보내고, 후대의 평점파는 다소 폄하하는 의미를 띤 이름이 되어버렸다."[37] 소설평점의 역사적 지위로 말하자면, 이 설은 일리가 있지만, 소설평점사의 각도에서 보자면, 청 중엽 이후의 소설평점은 여전히 소홀히 볼 수 없는 측면이 있다.

여기서 말하는 이른바 청 중엽이란 청의 옹정(재위는 1723~1735년), 건륭(재위는 1736~1795년), 가경(재위는 1796~1820년) 삼대를 가리키며, 시간적으로는 약 백여 년이다. 청 중엽의 소설평점은 주로 건륭과 가경 시기에 집중되었다. 옹정 연간에는 『이각성세항언(二刻醒世恒言)』 등 소수의 작품만이 있을 뿐인데, 내용이 간략해 볼만한 것이 없다. 건륭 이래로는 소설평점이 다시 흥성해서 각종 평본이 잇달아 나왔고, 수량도 상당한 정도에 이르렀다. 이것들은 대체로 명저 소설의 평점 계열과 기타 소설의 평점 계열, 이렇게 양대 평점 계열로 나눌 수 있다.

명저 소설의 평점은 명말청초의 '사대기서'의 광범위한 평점을 거친 뒤, 이때에 이르면 새로운 자취가 나타나게 된다. 진성탄 비 『수호전』과 마오 씨 부자 비 『삼국연의』, 장주포 비 『금병매』는 이미 독자의 깊은 사랑을 받았기에 이 시기에는 이들 평본들만이 중복해서 간행되었다. '사대기서' 가운데 『서유기』만이 평본이 분분하게 나와 새로운 『서유기』 평본이 여러 종 출현했는데, 장수선(張書紳)의 『신설서유기(新說西遊記)』(건륭 13년)와 차이위안팡(蔡元放)이 중정증평(重訂增評)한 『서유증도서(西遊證道書)』(건륭 15년), 우이쯔(悟一子) 천스빈(陳士斌)이 평점한 『서유진전(西遊眞

37] 쉬숴팡(徐朔方), 「진성탄 연보 · 인론(金聖嘆年譜 · 引論」, 『쉬숴팡 집(徐朔方集)』 제2권, 저장고적출판사(浙江古籍出版社), 1993년.

銓)』(건륭 45년), 류이밍(劉一明)이 평점한 『서유원지(西遊原旨)』(가경 13년)[38]가 그것이다. 하지만 이들 평본은 그 평점의 사고 방향이 기본적으로 『서유증도서』의 노선을 계승했기에, 『서유기』의 주지(主旨)를 천명하는 것을 목적으로 삼았다. 그래서 『서유기』가 소설로서 응당 갖추어야 할 예술적 가치에 대한 분석을 소홀히 해 평점의 질이 다른 사람의 의도와 모두 같지는 않았기 때문에, 진성탄이나 마오 씨 부자, 장주포 비본에 비견되는 평점의 정본은 아직 출현하지 못했다.

이 시기에 새로 나온 중요한 소설은 『홍루몽』과 『요재지이』, 『유림외사』로, 중국 고대소설사에서 명저에 드는 거작들이다. 하지만 『홍루몽』은 건륭 57년에야 인쇄본이 출현했고, 현존하는 『요재지이』의 최초 간본은 건륭 31년의 칭커팅(青柯亭) 각본이며, 『유림외사』의 경우 현재 확인할 수 있는 최초 간본은 가경 8년의 워셴차오탕(臥閑草堂) 본이다. 그러므로 이 세 가지 소설은 당시 사회에서 아직 광범위한 영향을 이끌어낼 수 없었고, 이에 따라 평점 역시 상대적으로 적막했다. 건륭 시기에 나온 이 세 가지 명저 소설에 대한 평점은 『홍루몽』 초본에 대한 '즈옌자이 비평본'과 『요재지이』 칭커팅 본의 왕스전(王士禛) 평점뿐이며, 『유림외사』는 건륭 간본이 아직 발견되지 않았다. '와본(臥本)'의 셴자이라오런(閑齋老人) 「서」에는 "건륭 원년 춘 이월"이라 서(署)했으나 실제로 평점한 시간과 평점이 유포된 상황에 대해서는 이제껏 정론이 없는 상태다. 그러므로 상술한 세 가지 명저의 평점 가운데 왕스전 평 『요재지이』

38] 왕서우취안(王守泉), 「『서유원지(西遊原旨)』성서 연대 및 판본 원류고(『西遊原旨)』成書年代及版本源流考)」(『蘭州大學學報』, 1986年 第1期)를 참고할 것.

만이 일정한 영향을 주었을 뿐 '즈옌자이 비평본'은 『홍루몽』 초본이 상대적으로 널리 유포되지 않았기에, 독자들의 광범위한 주의를 끌 수 없었다. 상대적으로 말해서, 이 시기에는 기타 소설의 평본 계열이 사람들로부터 주목을 받았다. 이러한 계열의 작품 가운데 특히 차이위안팡(蔡元放)이 평점한 『동주열국지(東周列國志)』와 둥멍펀(董孟汾)이 평점한 『설월매(雪月梅)』, 수이뤄싼런(水箬散人)이 평열(評閱)한 『주춘원소사(駐春園小史)』, 쉬바오산(許寶善)이 두강(杜綱)의 소설 『오목성심편(娛目醒心編)』과 『북사연의(北史演義)』, 『남사연의(南史演義)』에 평점한 것 등이 가장 뛰어났다. 만약 명저 소설의 평점이 문인들의 사상과 의취(意趣)를 표현하는 것을 더욱 중시했다고 말한다면, 이러한 계열의 소설평점은 문인적인 성격의 기초 위에 소설평점의 상업적인 전파성과의 결합을 더욱 강조했다.

가경 시기의 소설평점은 『유림외사』 와평 본이 발군이라 할 만한데, 이것은 이후 『유림외사』 평점 가운데 유일한 조본(祖本)이다. 『유림외사』의 유전사(流傳史)에서 와평은 이미 소설 텍스트와 거의 한 몸이 되었는데, 특히 와평이 『유림외사』의 사상과 주지(主旨)를 분석하고, 풍자적인 특성을 드러내 보여주고, 인물 형상을 감상한 것은 후대의 평점자와 독자들에 대해서 광범위하면서도 심원한 영향을 주었다. 이와 별도로 허칭촨(何晴川)이 평점한 『백규지(白圭志)』와 쑤쉬안(素軒)이 평점한 『합금회문전(合錦回文傳)』 등은 통속소설의 예술적 특성을 자못 많이 드러내 보여주어, 비교적 높은 이론적 가치를 지니고 있다.

청 중엽의 소설평점을 종으로 개괄하면 우리는 다음과 같은 사실을 어렵지 않게 목도할 수 있다. 곧 소설평점이 명말청초의 번성기를 지난 뒤 이 시기에는 평본이 번다하긴 했지만, 전대 사람들의 그림자로부터 벗어나기 어려웠고, 그들과 비견되는 평점가와 평점 저작들은 왕왕 전대 사람들의 성과를 계승하는 기초 위에 국부적으로 이어가는 모습을 드러냈고, 소설평점의 모방 흔적 역시 날로 분명해졌다. 즈옌자이(脂硯齋)와 셴자이라오런(閑齋老人), 차이위안팡(蔡元放) 등은 이 시기 소설평점의 발군이지만, 영향력은 이미 진성탄 등과 비교하기 어려웠다.

6) 소설평점의 '문인적인 성격'의 증강

청 중엽 소설평점의 중요한 특색은 평점의 함의에 있어 문인의 취향이 끊임없이 제고되고 심지어 부분적으로 발전했다는 데 있다. 이것은 소설평점이 지속되었던 중요한 현상이자, 소설평점이 쇠미해지는 중요한 징표로 볼 수 있다.

소설평점의 문인적인 성격이 증강되는 것은 다음과 같은 발전의 과정을 거쳤다. 곧 리줘우(李卓吾)가 『수호전』을 평점하는 가운데 기울였던 광기와 오만(狂傲), 그리고 현실에 대한 정감이 소설평점의 문인적인 성격의 단서를 열었다. 이러한 전통은 '룽위탕 본'과 '위안우야 본' 『수호전』 평점에서 계승되는 한편, 상업적인 독서 지도(導讀) 작용과 서로 결합해 소설평점의 기본적인 골격을 확립했다. 이러한 골격은 진성탄 비 『수호전』과 마오 씨 부자 『삼국연의』, 장주포 비 『금병매』를 거치면서 강화, 고정되고 정점으로 나아갔다. 이것은 고대 소설평점 가운데 가장 생명력이 풍부했던 계승 관계이자 소설평점이 광범위하게 유전되고, 문인과 보통의 독자들 모두에게 사랑 받았던 중요한 원인이었다. 진성탄과 마오 씨 부자, 장주포의 성공은 후대의 소설평점에 대해 심원한 영향을 끼쳤는데, 특히 문인들의 마음속에 소설평점의 중요한 지위를 확립했다. 이에 강희 이후의 소설평점 가운데 몇몇 문인 평점가들은 소설평점 가운데 문인들의 의취(意趣)를 표현하는 전통을 부분적으로나마 받아들였다. 하지만 이런 전통을 계승하는 가운데 오히려 소설평점이 고유하게 갖고 있던 상업적인 독서 지도(導讀) 작용을 점차 포기했는데, 이것은 소설평점의 생명과 혈맥을 아주 크게 단절시켰다. 이에 소설평점은 이런 문인적인 성격의 편면성이 제고되는 가운데 점차 쇠미해졌다.

청 중엽 소설평점의 문인적인 성격이 증강된 것은 대략 다음의 두 가지 방식으로 표현되었다.

하나는 소설평점이 평점가와 소설가 사이의 개인적인 관계이다. 이를테면, '즈옌자이 비평본' 『홍루몽』은 개체의 자각성을 띠고 있는 문학비평이다. 이러한 비평은 평점가와 작자 사이의 관계가 매우 밀접하다는 기초 위에 성립하는데, 이에 "차오쉐친과 즈옌자이는 하나다(一芹一脂)"라는 문학사에서 하나의 아름다운 이야기가 되었다. 『요재지이』의 왕스전(王士禎) 평점 역시 독특한 인연을 갖고 있는데, "선생은 정력을 다하여 이 책을 이루어내자마자 처음으로 위양(왕스전을 가리킴)에게 교정을 부탁했다. 위양이 백냥 천냥으로 그 원고를 사고자 했으나 선생은 절대 주려하지 않았다. 그래서 평을 가하여 돌려주었다(先生畢殫精力, 始成是書, 初就正于漁洋, 漁洋欲以百千市其稿. 先生堅不與, 因加評騭而還之.)"[「『요재지이』 예언(『聊齋志異』例言), 칭커팅(青柯亭) 각본] 이 설의 진위를 가리기는 힘들지만, 왕스전이 『요재지이』를 평점했다는 것은 오히려 사실이다. 이렇게 소설의 고본(藁本)을 평하고 바로잡는 것은 소설평점을 일종의 개인적인 성격을 띤 행위로 만들어버렸다. 고대소설평점사의 각도에서 말하자면, 평점가와 작가 사이의 관계는 혹은 평점가가 자신의 정감과 심미 의취로 작자와 작품을 선택해 이로부터 주체적인 평가와 판단을 내리는 것으로 표현되기도 하고, 혹은 상업적인 지렛대의 제약 하에 근본적으로 작가의 존재를 무시하고 순전히 소설이 상업적으로 유통되는 것을 고취하는 데 그 의의를 두는 것으로 표현되기도 한다. 청 중엽 이래의 소설평점이 이러한 기초 위에 만들어낸 새로운 틀거리는 의심할 바 없이 소설평점이 문인의 자각성과 사적인 성격으로 나아가는 중요한 표지이다.

다른 하나는 평점가가 일 개인의 열독을 통해 순전히 주관적으로 소설의 의리를 천명한 것으로 표현되는데, 이러한 예는 비교적 이른 시기에 왕단이(汪憺漪), 황저우싱(黃周星)이 평점한 『서유증도서(西遊證道書)』에서 보이며, 장수선(張書紳)의 『신설서유기(新說西遊記)』와 천스빈(陳士斌)의 『서유진전(西遊眞銓)』 중에서 정점에 이르렀다. 장수선은 다음과 같이 말했다.

"이 책의 유래는 이미 오래되어, 독자들은 막연하게 그 뜻을 알지 못했다. 비록 몇 명의 비평가가 있었으나, 혹은 선(禪)을 말한 것이라 하고, 혹은 도를 말한 것이라 하며, 또 금단(金丹)과 연금술이라 여기는 이도 있을 정도로 대부분이 뜬구름 잡는 이야기를 하였으나, 결국 『서유기』의 올바른 뜻은 아니었다. 옛사람의 수많은 절묘한 문장과 무한하게 많은 절묘한 뜻은 모두 근거가 있는 학문이니 황당하고 무익한 이야기로 치부하는 것은 진실로 개탄스러운 일이다.(此書由來已久, 讀者茫然不知其旨, 雖有數家批評, 或以爲講禪, 或以爲談道, 更有以爲金丹采煉, 多捕風捉影, 究非『西游』之正旨. 將古人如許之妙文, 無邊之妙旨, 有根有據之學, 更目爲荒唐無益之談, 良可嘆

也.)" [「『신설서유기』자서(『新說西遊記』自序)」, 건륭 14년 유치탕(有其堂) 간본]

이에 그들은 작품의 주지(主旨)와 의취(意趣)를 밝혀냄으로써 그 미망을 깨고자 했다. 장수선은 『서유기』를 일언이폐지하면, "단지 사람들에게 성심(誠心)을 가르치는 것을 학문으로 삼았을 뿐이므로, 물러나 후회할 필요가 없다(只是教人誠心爲學, 不要退悔)"고 하였다.[「『서유기』총론(『西遊記』總論)」, 위와 같은 책] 그리고 천스빈(陳士斌)이 비주(批注)한 『서유기』는 이 책이 "삼교를 일가처럼 다룬 이론이고 본성과 운명을 모두 수련하는 도(三教一家之理, 性命雙修之道)"라 여겼다.[류이밍(劉一明), 「『서유기원지』서(『西遊原旨』序)」] 여러 설이 분분하고 각자가 한 가지 말을 고집하여, 작품의 실제 함의로부터 가면 갈수록 멀어졌으니, 거의 평점을 그들의 재학을 빛나게 하고 학설을 드러내는 도구로 삼아버렸다.

청 중엽 소설평점의 문인적인 성격이 증강한 것을 정면에서 보자면 문인이 소설을 중시한 것으로 설명할 수 있는데, 이것은 소설 발전사에서 중시할 만한 현상이다. 아울러 이러한 현상이 출현하게 된 까닭은 한편으로는 명말청초 이래 소설평점의 문인화 전통과 관련이 있는 동시에, 이것은 또한 청 중엽 소설 창작의 전체적인 배경과도 밀접한 연관이 있다. 중국 고대 통속소설은 그 자체의 발전 과정 속에서 민간으로부터 문인화로 발전해간 역사 궤적을 거쳤는데, 이러한 발전 과정은 매우 완만했다. 원말명초 『수호전』과 『삼국연의』의 출현은 고대 통속소설이 송원 화본의 기초 위에서 최초로 문인화로 나아간 것인데, 이것은 후대 소설의 발전에 심원한 영향을 미쳤다. 명 가정 이후 『삼국연의』와 『금병매』

가 나타난 것은 통속소설 문인화의 상대적인 성숙을 나타내준다. 명말청초에 이르면 한편으로는 문인적인 색채가 자못 풍부한 인정소설이 점차 중요한 지위를 점하여 통속소설의 창작이 '세대 누적형'에서 점차 '개인 독창형'으로 나아가도록 했다. 동시에 소설평점가 역시 통속소설에 대해 전체적인 수정과 정리를 가했는데, 특히 명대 '사대기서'의 평점은 통속소설의 발전에 성공적인 예술적 범례를 제공했다. 그러므로 통속소설의 문인화는 명말청초에 다시 한번 큰 걸음을 내디뎠고, 이것은 청 중엽 찾아온 문인소설의 창작 붐에 견실한 기초를 놓았다. 청 중엽 소설의 문인적인 성격의 정도는 공전절후의 것으로 문인이 독창적으로 소설을 쓰는 것은 이미 크게 주도적인 지위를 점했다. 특히 『홍루몽』과 『유림외사』는 중국 고대소설사에서 가장 문인적인 성격이 강한 소설의 걸작이다. 청 중엽 소설평점의 문인적인 성격은 바로 이러한 창작 배경에 의탁한 것이고, 동시에 그 자신의 관념과 이론 비평을 이렇듯 전면적으로 소설 문인화의 과정 속에 융합시켰다.

그러나 청 중엽 소설평점의 문인적인 성격이 소설평점 발전에 끼친 부정적인 영향은 더욱 강렬했다. 우리는 다음과 같이 생각할 수 있다. 청 중엽 소설평점이 갖고 있는 문인적인 성격이 편면적으로 발전함에 따라 부분적으로 소설평점이 이미 형성해 놓은 문인적인 성격과 상업적인 향도성(向導性)이 서로 결합한 비평 전통을 단절시켰다. 소설평점은 그 본원으로 말하자면, 그 활발한 생명력은 그것만의 독특한 민간적인 성격과 통속성에 바탕한 것으로 문인적인 성격이 제고된 것은 단지 소설평점의 전체적인 품위를 높이는 중요한 수단일 뿐 궁극적인 목적은 아니었다. 그게 아니라면 이것이 소설평점에 가져다 준 것은 단지 생명의 고갈뿐이며, 이로 인해 소설평점은 점차 쇠퇴하는 쪽으로 나아갔다. 펑전롼(馮鎭巒)은 가경 연간에 왕스전이 평한 『요재지이』가 "경사 잡가체(經史雜家體)의 부족함"과 "문장 소설체"로 『요재지이』를 비점했다고 지적했다.[39] 그가 제창한 것은 바로 평점이 소설 자체로 회귀해야 한다는 것이었다. 그리고 청 중엽의 『서유기』 평점은 비록 평본이 우후죽순 격으로 나왔지만, 끝내 진성탄 비 『수호전』 등과 같은 평점 정본은 출현하지도 않았고, 이런 문제를 설명하지도 않았다.

7) 청 후기의 소설평점

도광 연간 이후, 소설평점은 점차 미성(尾聲)으로 진입했다. 이 백 년 간의 소설평점은 또 다른 풍경을 연출해냈다. 한편으로는 전통적인 의미에서의 소설평점의 여파가 끊어지지 않았는데, 특히 『요재지이』, 『홍루몽』과 『유림외사』가 대량의 문인 평점가를 끌어들여, 소설평점, 특히 문인 평점이 여전히 흥성했다. 다른 한편으로 대략 19세기 말에 중국과 서구의 사상과 문화가 서로 교류하면서, 급진적인 사상을 가진 소설가와 소설이론가들 역시 평점이라는 옛날 형식을 대량으로 채용해 그들의 정치 이상과 현실에 대한 감개를 표현해냈다. "옛날 부대에 새 술을 담는" 이러한 현상은 청말에 한 차례 붐이 일었으며, 새롭게 신문과 잡지가 생겨남에 따라 사회적으로 광범위하게 유포되었다. 소설평점은 이렇게 붐이

39] 펑전롼, 「독요재잡설(讀聊齋雜說」, 『요재지이(聊齋志異)』 회교회주회평본(會校會注會評本), 상하이고적출판사(上海古籍出版社), 1986年.

일면서 또는 이도 저도 아닌 상황 하에서 그 역사적인 사명을 다했던 것이다.

이른바 '전통적인 소설평점'은 대체로 다음의 두 가지 함의를 갖는다. 하나는 소설평점의 대상이 사상적 함의와 예술 형식상 전통과 일맥상통하는 소설 작품으로, 19세기 말에서 20세기 초에 나온 '신소설'과 구분된다는 것이다. 다른 하나는 평점의 내용과 비평적 생각의 갈피가 여전히 리줘우(李卓吾)나 진성탄(金聖嘆) 등을 위주로 하는 평점의 전통을 가리킨다는 것이다. 그렇기에 이러한 류의 평점은 전통적인 소설평점의 여파로 볼 수 있다.

이 시기의 전통적인 소설평점은 평점 대상에서 그 이전과 명확한 변화를 보인다. 명대 '사대기서'는 이미 평점의 중심적 위치에서 벗어났고, 청대의 세 명저 소설인 『홍루몽』과 『요재지이』, 『유림외사』가 평점가들의 광범위한 주목을 끌었다. 그 가운데 『홍루몽』에 대한 평점이 특히 열기를 띠었다. 도광 연간에 어떤 이가 낸 통계에 의하면 당시 『홍루몽』 평본이 이미 "수십 가가 넘을 정도"였다.[「먀오푸쉬안 평 『석두기』 자기(妙復軒評『石頭記』自記)」 부록 장둥핑(張東屛) 「타이핑셴런에게 보내는 편지(致太平閑人書)」] 이렇게 많은 『홍루몽』 평본 가운데 왕시롄(王希廉), 장신즈(張新之), 야오셰(姚燮) 3가의 평점이 가장 영향력이 컸고, 가장 널리 유포되었다. 평점의 특색으로 말하자면, 천치타이(陳其泰)의 초평본(抄評本) 퉁화펑거(桐花鳳閣) 평 『홍루몽』과 몽골족 평점가인 카쓰부(哈斯寶)의 몽골어 평본 『신역홍루몽(新譯紅樓夢)』 역시 자못 사상적으로 심도 있고 이론적 가치가 있었다.

『유림외사』는 와평본 이후에 이 시기에도 평점의 정점에 이르렀다. 함풍(咸豐), 동치(同治) 연간의 황샤오톈(黃小田) 평본, 동치

13년의 『치성탕 증정 유림외사(齊省堂增訂儒林外史)』는 모두 소설 평점사에서 일정한 영향을 주었다. 특히 광서 연간의 톈무산챠오(天目山樵) 장원후(張文虎)는 『유림외사』에 대한 일단의 감상과 비평을 결집한 일련의 연구 성과를 이루어냈다. 그들은 평점이라는 수단으로 『유림외사』를 대대적으로 전파했다.

『요재지이』는 가장 이르게는 건륭 연간의 왕스전(王士禎) 평점과 가경 13년(1818년)의 펑전롼(馮鎭巒) 평점이 있었지만, 진정한 영향을 주었던 것은 바로 이 시기였다. 왕스전 평점은 이 시기의 『요재지이』 평본에 수록되었고, 펑전롼의 평점은 광서 17년(1891년)이 되어서야 세상에 알려졌다. 당시와 그 이후에 가장 널리 유포되었던 『요재지이』 평본은 각각 도광 3년(1823년)과 도광 22년(1842년)에 나온 허서우치(何守奇) 평본과 단밍룬(但明倫) 평본으로 특히 후자의 영향이 더욱 컸다. 이 시기의 전통적인 소설평점은 바로 이상의 세 가지 명작이 그 평점의 핵심을 이루었다. 이 밖에도 이 시기에 주의할 만한 것은 원룽(文龍)이 광서 5년(1879년)과 6년, 7년 세 차례에 걸쳐 비(批)한 『금병매』 평본이다. 이것은 비록 초평본(抄評本)으로, 짜이쯔탕(在玆堂) 간본 『제일기서금병매』의 책 위에 손으로 쓴 것이지만, 그 가운데 포함된 이론과 사상이 매우 풍부하고, '문인들 자신의 감상용(文人自賞)'이라는 소설평점의 역사 전통을 체현하고 있기도 하다. 광서 연간에 간행된 『야수폭언(野叟曝言)』 평본과 『청루몽(青樓夢)』 평본, 『화월흔(花月痕)』 평본과 청말의 고본(藁本)인 『형창청완(螢窗清玩)』 평점 등 그 나머지 것들은 모두 이 시기에 나온 가치 있는 소설평점본들이다.

우리가 상술한 소설평본을 전통적인 소설평점의 여파라 부르는 까닭은 그 평점 대상이 일치한다는 점 외에도 더욱 중요하게는 이들 소설평점본이 비평의 주지(主旨)와 의취(意趣)뿐 아니라 시평(時評)의 기능, 비평의 시각에서 볼 때 모두 전통적인 소설평점과 일맥상통하는 특색을 체현하고 있다는 사실 때문이다.

비평의 시각에 있어서 이 시기의 소설평점은 이왕의 소설평점의 전통을 계승해, 여전히 인물 품평이나 장법 결구 등이 평점의 중심을 이루고 있다. 이를테면 왕시롄(王希廉)이 평점한 『홍루몽』은 "복수재덕(福壽才德)을 벼리로 삼아 『홍루몽』의 인물들을 품평했다." 복과 수, 그리고 재와 덕 네 글자는 사람이 살아가면서 완벽하게 이루기가 가장 어려운 것인데, 닝궈푸(寧國府)와 룽궈푸(榮國府) 두 집안에서 쟈 모(賈母) 한 사람만이……이 네 글자를 겸전했다고 할 수 있다.(福壽才德四字, 人生最難完全. 寧, 榮二府, 只有賈母一人……可稱四字兼全.)" 그는 이것을 준칙으로 삼아 여러 인물 형상을 평하고 판단했다[도광 12년 쐉칭관(雙淸館) 간본 『신평수상홍루몽전전(新編繡像紅樓夢全傳)』]

장법과 결구에 대한 비평 역시 이들 소설평점의 중요한 대상이었다. 왕시롄(王希廉)은 『홍루몽』 120회를 "20개의 단락으로 나누어 보았고," "빈주(賓主)", "명암", "정반", "허실", "진가(眞假)" 등의 전통적인 관념으로 작품의 장법과 결구를 분석했다. 또 이를테면 쩌우타오(鄒弢)가 평론한 『화월흔(花月痕)』에서는 "한필도 있고, 반필도 있고, 복필도 있고, 은필도 있어, 순접으로 이어지는 것은 하나도 없다(有閑筆, 有反筆, 有伏筆, 有隱筆, 無一筆順接)"[『청루몽(靑樓夢)』 제13회 평어, 광서 14년 원쿠이탕(文魁堂) 간본]고 하였다. 그 평어 역시 모두 전통적인 평점 술어를 채용했다. 인물 품평과 장법 결구는 고대 소설평점의 기본적인 함의로 이미 그 자신의 독특한 술어와 품평 방법을 형성하고 있었다. 이 시기의 소설평점은 이러한 평점 전통을 계승해『홍루몽』등 소설평점 가운데 정점을 향해 달려갔다.

비평의 주지와 의취에 있어서는 이 시기 소설평점의 전통적인 의미가 더욱 분명하게 나타난다. 윗글에서 말한 바대로, 중국의 고대 소설평점은 문인들 자신의 감상(文人自賞)을 위한 열독 감상평과 소설의 상업적 전파를 촉진하는 데 그 취지가 있는 서상들의 평점에서 근원을 찾을 수 있으며, 명말청초에는 양자가 하나로 융합되어 소설평점의 기본적인 틀을 마련했다. 하지만 청 중엽 이래의 소설평점은 문인들의 의취(意趣)를 표현하는 전통을 받아들여 편벽한 길로 접어들었다. 이러한 전통은 이 시기의 소설평점 중에서도 발전해 문인적인 성격의 평점이 소설평점의 주류가 되게 했다. 이것은 또 두 가지 표현 방식을 갖고 있다.

하나는 작품의 주지(主旨)에 대한 탐구가 여전히 평점가가 극히 흥미를 느끼는 과제였으며, 개인의 정감과 사상에 근거해 작품이 표현하고 있는 함의를 천명한 것으로 표현된다. 이를테면, 장신즈(張新之)는『홍루몽』에 대해 다음과 같이 말했다. "『석두기』는 성리를 부연해놓은 책으로,『대학』을 조상으로 삼고,『중용』을 마루로 삼았다.(『石頭記』乃演性理之書, 祖『大學』而宗『中庸』.)" "이 책의 대의는『대학』과『중용』을 드러내 밝히고,『주역』으로써 성쇠를 풀어내며,『시경』의「국풍」으로 정절과 음탕함을 바로잡고,『춘추』로써 포폄을 보여주며,『예경』과『악기』가 그 가운데 녹아든 것이다.(是書大意闡發『學』、『庸』, 以『周易』演消長, 以『國風』正貞淫, 以『春秋』示予奪, 『禮經』、『樂記』融會其中.)"[40] 곧 그 평점

40] 장신즈,「독『홍루몽』법」(『八家評批紅樓夢』, 文化藝術出版社, 1991年)에서

의 주체성이 극히 분명하게 드러나 있는데, 하지만 이러한 사상은 오히려 『홍루몽』과는 기본적으로 상관이 없다. 그런 까닭에 이것을 입론의 근거로 삼은 장신즈 평점은 편폭은 방대하지만, 대부분이 견강부회한 황당한 이야기이다. 상대적으로 천치타이(陳其泰)가 작품을 파악한 것은 비교적 사실에 부합한다. 천치타이는 『홍루몽』을 『이소(離騷)』, 『사기(史記)』와 견주어 논하면서 "「국풍」은 호색이나 음탕하지 않고, 「소아」는 원망하되 분노하지 않으며, 「이소」의 경우는 양자를 겸했다 할 수 있으니, 「이소」를 계승한 것은 『홍루몽』뿐일까 하노라(「國風」好色而不淫, 「小雅」怨悱而不怒, 若「離騷」者, 可謂兼之, 繼「離騷」者, 其惟『紅樓夢』乎.)"라고 말했다. 아울러 「이소」, 『사기』는 모두 발분해서 지은 책으로 『홍루몽』 역시 그러한데, "나는 작자가 어떤 분노와 억울함으로 인한 쓰라린 마음이 있어 이렇듯 비분으로 가득 찬 책을 써냈는지 모르겠다. 대저 어찌 보통의 아녀자의 감정으로 그것을 볼 수 있겠는가?(吾不知作者有何感憤抑鬱之苦心, 乃有此悲憤淋漓之一書也. 夫豈可以尋常兒女子之情視之也哉.)"[41]라고 하였다. 이것은 『유림외사』 평점과 『서유기』 평점 등과 마찬가지로 소설의 정감과 주지에 대한 분석을 평점의 첫 번째 임무로 보아, 소설평점의 문인적인 의미를 체현한 것이다.

다른 하나는 소설평점의 개체적인 자기 감상적인 성격이 명확하게 증강된 것으로 표현된다. 자기 감상적 성격의 소설평점은 리줘우

인용.

41] 천치타이(陳其泰) 평점, 『홍루몽』 제1회 평어(「桐花鳳閣評『紅樓夢』輯錄」, 天津人民出版社, 1981年』).

에게서 그 단초를 찾아볼 수 있는데, 이런 평점이 고대 소설평점사에서 연면히 그 명맥을 이어오다가 이 시기에 이르러 최고조의 상태에 이르게 된 것이다. 이 시기 소설평점의 자기 감상적 성격은 다음의 세 가지 측면에서 표현된다. 첫째, 소설평점이 작품에 대한 깊은 애정과 탐닉에서 비롯되었다는 것이다. 왕시롄은 "내가 『홍루몽』을 애호해서 그것을 읽고, 읽으면서 비(批)한 것이니, 진정 나도 어찌할 수 없어 그리한 것이다(余之于『紅樓夢』愛之讀之, 讀之批之, 固有情不自禁者也.)"[왕시롄, 「『홍루몽』비서(『紅樓夢』批序)」, 『신평수상홍루몽전전(新評繡像紅樓夢全傳)』, 도광(道光) 12年 쌍칭관(雙淸館) 간본(刊本)]라고 말했다. 그런 까닭에 그들은 소설평점을 무엇보다 개인의 소일거리와 감정의 요구로 보았다. 이를테면 원룽(文龍)은 『금병매』 제67회 회평에 다음과 같은 말을 부기했다. "첩이 밤새 기침을 하여 편히 잘 수가 없었다. 일찍 일어나 향을 피웠다. 구름은 짙어 가는 비가 내리고 있었다. 순무께서 병이 나서 아침 업무를 하지 않아 관사로 되돌아오니 아침 7시 즈음. 사람들은 아직 모두 편히 자고 있다. 이 책[『금병매』]을 다 보고 앞쪽의 비평을 꼼꼼히 살피니 되는 대로 쓰지는 않은 것이 도리어 마음과 생각이 담겨 있었다. 은거하는 고고한 선비처럼 사는 내 뜻을 이루었으니 이 비평을 쓰며 한가로이 시간을 보낼 수 있었다. (姬人[42]夜嗽, 使我不得安眠. 早起行香, 雲濃雨細. 道台因病, 停止衙參. 回署辰初, 諸人均尚高臥. 看完此本, 細數前批, 不作人云亦云, 却是有點心思, 使我志遂買山[43], 正可以以此作消閒也)"[44] 둘째, 바

42] 첩을 가리킨다. [옮긴이 주]

43] "매산(買山)"은 "매전(買田)"과 마찬가지 의미로, "산을 사다, 자신이 은거할

로 그들이 소설평점을 개인의 소일거리로 여겼기 때문에, 이 시기의 소설평점은 공개적으로 출판된 평본 이외에도 미 간행된 평점 고본이 갈수록 많아졌다. 도광 연간 "수십 가가 넘을 정도"였던 『홍루몽』 평본 중 대부분은 자기 감상용 고본(藁本)이었고, 기타 『금병매』에는 원룽의 평점 고본이 있었고, 『유림외사』에는 황샤오톈(黃小田) 평점 고본 등이 있었다. 이러한 현상이 대량으로 출현한 것은 소설평점이 바야흐로 문인들의 자기 감상의 영역으로 진입했다는 것을 설명해 준다. 셋째, 소설평점이 자기 감상용으로 쓰였기에, 그 평점은 공리적인 목적으로 단번에 씌어진 게 아니라 반복해서 연구하며 독서하는 가운데 간간이 비점을 한 것이었다. 평점자는 항상 온 힘을 기울여, 심지어 반평생의 공력을 들여가며 평점하는 가운데 오랜 기간 동안 정서적 만족을 얻었다. 장신즈(張新之)는 『홍루몽』 평점에 30년의 시간을 들였고, 천치타이(陳其泰)가 비점한 『홍루몽』 역시 17, 8세에 시작해 45세에 끝냈으니 모두 25년의 세월이 흘렀다. 원룽이 『금병매』를 평점한 것 역시 3년의 시간을 들여 끊임없이 비개(批改)한 것이다. 그리고 톈무산챠오(天目山樵)는 평소 『유림외사』를 즐겨 읽어 60여 세에 비점을 시작한 뒤 10여 년 동안 멈추지 않았다. 이렇듯 장구한 비점은 이 시기 소설평점의 중요한 현상으로 소설평점이 갖고 있는 자기 감상적인 특성을 충분히 설명해 주고 있다.

땅을 사다"는 뜻. 다시 말해 은거하는 것을 가리킨다. [옮긴이 주]

44] 원룽(文龍) 비평(批評) 『금병매(金瓶梅)』(劉輝, 「『金瓶梅』成書與版本硏究 · 附录」, 遼宁人民出版社, 1986年版).

중국 고대 소설평점은 리쥐우(李卓吾)가 만력 20년(1592년)에 『수호전』을 비점한 것으로 시작해서 이 시기에 이르러 이미 300여 년의 역사를 갖게 되었는데, 이렇게 변천해 오는 과정은 복잡다단했고, 평점의 풍격 역시 풍부하고 다양했다. 하지만 재미있는 것은 소설평점이 리쥐우의 자기 감상적인 성격의 문인 평점에서 시작해 이 시기에 이르러 다시 자기 감상적인 문인 평점으로 마무리되었다는 사실이다. 전자가 소설 비평의 새로운 면모를 열었다면, 후자는 소설평점을 종결지어, 하나의 윤회 과정을 이루었다. 이러한 윤회는 그 시작으로 말하자면 통속소설의 지위를 제고하고 소설평점의 효용성을 열었다 할 수 있고, 그 종결로 말하자면 소설평점이 이미 형성된 문인적인 성격과 상업적인 독서 지도(導讀)적인 성격이 상호 결합된 평점의 틀과 배치되면서 쇠퇴의 길로 접어들게 된 것으로 볼 수 있다.

소설평점은 대체로 19세기 말에 새로운 현상이 나타나게 된다. 전통적인 의미에서의 소설평점은 이미 기본적으로 사라졌고, 이를 대신해 일종의 '변체'라 부를 수 있는 소설평점이 일어났던 것이다. 이러한 '변체'는 결국 20세기 초에 소설평점의 마침표를 찍게 된다.

이른바 소설평점의 '변체'에는 다음과 같은 기본적인 특징이 있다. 첫째, 이들 평점은 평점 이외의 형태, 곧 총평이나 미비, 협비 등만을 채용하고 있지만, 평점의 함의나 비평 술어는 대부분 전통적인 소설평점의 고유한 특성을 포기했고, 특히 소설평점 중에 정치 개량 사상을 대량으로 표출하고 있어, 소설평점은 내용적으로 면모를 일신하게 된다. 둘째, 이들 소설평점은 대부분 새로 생긴 간행물에 출현했는데, 연재의 형식으로 소설과 함께 간행되었다. 이를테면, 『신소설』이나 『수상소설(繡像小說)』, 『월월소설(月月小說)』

등에 모두 대량의 소설 평본이 간행되었다. 셋째, 이들 소설평점은 주로 '신소설'을 평점의 대상으로 삼았는데, 이들 '신소설'은 또 주로 당시의 정치 생활을 표현했다. 그러므로 소설평점은 크게 사회를 개량하고 민중을 각성하는 도구 역할을 했고, 소설평점이 고유하게 갖고 있는 장법과 결구를 평하고 판단하고, 예술적인 특성을 분석하는 등의 함의는 통상적으로 결여되었다.

청말 소설평점의 이러한 '변체'는 주로 다음의 두 가지 유형을 포괄한다. 하나는 '신소설'의 제창자가 평점이라는 전통 형식을 운용해 자기가 새로 지은 소설에 평을 한 것이다. 이런 유형의 평점자로 주요한 인물은 량치차오(梁啓超), 우졘런(吳趼人), 리보위안(李伯元), 류어(劉鶚) 등이 있다. 다른 하나는 평점의 형식으로 구 소설에 대해 새로운 이론적 비판을 하는 것이다. 이것은 옌난상성(燕南尙生)의 『신평수호전』이 대표적이다.

자기가 새로 지은 소설에 비(批)를 한 것 가운데 주요한 것으로는 량치차오의 『신중국미래기(新中國未來記)』, 류어의 『노잔유기(老殘遊記)』, 우졘런의 『이십년목도지괴현상(二十年目睹之怪現狀)』, 『양진연의(兩晋演義)』, 리보위안의 『문명소사(文明小史)』 등이 있다. 이 가운데 량치차오의 『신중국미래기』가 가장 특색이 있다. 이 책은 량치차오의 미완성 작품으로 사상이 방대하면서도 번잡하고, 형식이 혼란스러운 데다 정치적인 설교로 가득 차 있다. 그러므로 그 평점 역시 정치 설교의 구성 부분으로 평점이 응당 갖추어야 할 사상과 예술에 대한 평가와 분석은 전혀 도외시하고 있다. 이를테면, 제4회에서 주인공은 다롄(大連)과 뤼순(旅順)을 유람하며 열강들이 당시 중국을 참외 자르듯 나누어 먹은(瓜分) 고통스런 현실에 비감해 하는 내용을 서술하면서 회말총평에 다음과 같이 말했다.

"중국을 참외 자르듯 나누어 먹은 참혹한 현실에 대해 떠들어대는 이들은 많지만, 진정으로 이를 걱정하는 이는 적다. 사람들의 정리는 자신들이 보지 못한 것에 가려 미구에 닥칠 위기는 알지 못하고 유유자적할 따름이다. 이 편에서는 뤼순의 고통스러운 상황을 서술함으로써 그를 빌어 하나의 모델로 삼아 국민들을 위해 경각심을 일깨우는 죽비로 삼았으니, 이것이야말로 매우 중요한 글이다.(瓜分之慘酷, 言之者多, 而眞憂之者少. 人情蔽于所不見, 燕雀處堂, 自以爲樂也. 此篇述旅順苦況, 借作影子, 爲國民當頭一棒, 是煞有關系之文.)"

『신중국미래기』의 평점은 대부분 그런 것으로 볼 수 있다. 그러므로 소설평점으로 말하자면 이미 그것이 갖추고 있어야 할 본성을 완전히 잃어버렸다. 량치차오는 '소설계 혁명'을 주창한 기수(旗手)로 소설사에서 그 공은 무시할 수 없지만, 성공적인 소설가는 아니었다. 그렇기에 소설의 예술적 특성에 대해 깊은 이해가 없었고, 그의 설교 류의 평점 역시 사리 분별이나 따지는 정도였다. 오히려 류어나 우젠런 등과 같은 소설가들이 자신의 소설에 대해 평한 것 가운데에는 일정한 이론적 가치가 드러나 있다. 이를테면, 우젠런은 『양진연의』의 제1회 평어 중에 역사소설에 대한 일단의 평술을 하고 있다.

"소설을 짓기도 어렵지만, 역사소설을 짓기는 더 어렵고, 역사소설을 짓되 역사의 진실한 모습을 잃지 않기는 더더욱 어려우며, 역사소설을 짓되 그 진실한 모습을 잃지 않으면서도 흥미롭게 하는 것은 특히나 어렵고도 어려운 일이다. 사실을 서술한 곳에 간혹 앞뒤로 약간 어긋나는 것은 붓가는 필세를 따르다 보면 부득이한 것이다. 혹은 약간 견강부회를 해 윤색하는 것 역시 부득이한 것이다. 나중에 그 내용을 따라가며 미비를 가해 그것을 지적하고, 어떻게든 대략적이나마 흥미를 빌어 책을 읽는 데 도움이 되게 한 것을 다시 지적함으로써 미혹되지 않게 해야 한다.(作小說難, 作歷史小說尤難, 作歷史小說而欲不失歷史之眞相尤難, 作歷史小說不失其眞相而欲有趣味, 尤難之又難. 其叙事處或稍有先後參差者, 取順筆勢, 不得已也. 或略加附會, 以爲点染, 亦不得已也. 他日當于逐處加以眉批指出之, 庶可略借趣味以佐閱者, 复指出之, 使不爲所惑也.)"

여기서 말하고 있는 역사소설의 창작과 그 관념, 술어는 이미 전통적인 소설평점과 그 취향이 크게 다르며, 근대적인 문학사상의 특질을 체현하고 있다.

광서 34년(1908년)에는 옌난상성(燕南尙生)의 『신평수호전』이 간행되었다. 이 책의 표지 윗부분에는 작은 글자로 "조국 제일 정치소설(祖國第一政治小說)"이라 쓰여져 있어, 그 평점의 주지(主旨)를 밝혀 놓았다.

"『수호전』에는 과연 취할 만한 것이 없는가? 평등권과 자유는 유럽에서 핀 꽃이 아니라 세계가 다투어 서로 취한 것인가? 루쏘나 몽테스키외, 나폴레옹, 워싱턴, 크롬웰, 사이고 다카모리, 황쭝시, 자쓰팅[45]은 국내외의 대정치가와 사상가가 아니던가? 그러나 스나이안(施耐庵)이라는 자는 스승도 없고, 의지할 바도 없이, 홀로 여러 성인과 현인, 호걸들에 앞서 절묘한 정치학을 발휘할 수 있었다. 아마도 사람들이 쉽게 알지 못할 것이다. 통속소설을 지어 과연 취할 만한 것이 없다고 할 것인가?(『水滸傳』果无可取乎? 平權自由非歐洲方綻之花, 世界競相采取者乎? 盧梭、孟德斯鳩、拿破侖、華

45] 자쓰팅(査嗣庭; ?~1727년)은 청대 사람으로 자는 룬무(潤木)이고, 호는 헝푸(横浦)이며, 저장 성(浙江省) 하이닝(海宁) 사람이다. 강희 45년(1706년)에 진사에 급제해 서길사(庶吉士)에 선발되었고, 한림원편수(翰林院編修) 등을 역임했다. [옮긴이 주]

盛頓、克林威爾、西鄕隆盛、黃宗羲、査嗣庭, 非海內外之大政治家思想家乎?而施耐庵者, 无師承、无依賴, 獨能發絶妙政治學于諸賢圣豪杰之先. 恐人之不易知也, 撰爲通俗之小說, 而謂果无可取乎?)"[46]

이것으로 옌난상성은 『수호전』이 "조국 제일의 소설이고, 스나이안이라는 자는 세계 소설가의 비조"라는 사실을 인정했던 것이다. 그가 서술한 것을 보면, 『수호전』은 "사회소설"이고, "정치소설"이며, "군사소설", "윤리소설", "모험소설"이다. 요컨대, 이 소설은 "공덕의 시초를 강론하고, 헌정의 남상을 논한 것이다.(講公德之權輿也, 談憲政之濫觴也.)" 이러한 인식에 근거해, 옌난상성의 『수호전』에 대한 이른바 "신평"에는 정치적인 설교의 색채가 충만해 있고, 그의 『수호전』에 대한 "명명(命名)과 석의(釋義)"는 최고 수준에 이르렀는데, 이를테면 [작중 인물인] 스진(史進)에 대한 해석이 그러하다. "[그의 성인] 스(史)는 『사기(史記)』의 '사(史)'이고, 진(進)은 진화의 진이다.(史是史記的史, 進是進化的進)", "크게 개혁을 행하여, 헌정국가를 만들어냈으니, 중국의 역사는 자연스럽게 문명으로 나아간 것이다.(大行改革, 鑄成一個憲政國家, 中國的歷史, 自然就進于文明了.)" 『신평수호전』 중에서 보이는 "석의(釋義)"는 모두 이런 식으로 임의로 갖다 붙이고 견강부회한 것이다. 이것은 사실상 소설평점을 개인의 정견을 드러내 보이고 정치 이상을 표현하는 수단으로 삼은 것이다. 이 책에서 드러내 보이고 있는 사상은 당시에는 일정한 대표성을 띠고 있었기에, 『신평수호전』은 그 당시에는 일정한 영향

46] 옌난상성(燕南尙生), 「『신평수호전』서(新評水滸傳叙)」, 광서(光緖) 34년 바오딩(保定) 직서관서국(直隷官書局) 판.

력이 있었다. 그래서 어느 정도까지는 혹은 이것이 소설평점사에서 최후의 명저이라고 말할 수 있다.

중국 고대의 소설평점은 300여 년을 거친 뒤 이 시기에 이르러 끝내 역사의 무대에서 퇴출 되었다. 총체적으로 말해서 소설평점이 쇠미한 데는 평점 내부의 원인도 있지만, 외부의 영향도 있다. 내부의 요인으로 보자면, 청말 소설평점의 거칠고 비루한 것은 소설평점이 점차 독자를 잃어가게 된 중요한 원인이 되었는데, 신문 소설의 "여백을 채우는(補白)" 성격을 띤 이른바 '평점'이라고 하는 것은 소설평점이 있으나 마나 한 '역할'로 전락하게 만들었다. 외부적인 원인으로 보자면, 청말 이래 소설이 점차 전통의 '변방' 문체에서 점차 문학의 '중심'으로 도약하는 한편, 소설 연구 방식 역시 전통적인 틀을 벗어났다. "본보의 논설은 전적으로 소설의 범위에 속하며, 요지는 중국의 설부(說部)[47]를 위한 새로운 경계를 열고자 하는 데 있다. 이를테면 문학상의 소설의 가치와 사회적으로 소설의 세력, 그리고 동서 각국의 소설학 진화의 역사와 소설가의 공덕과 중국 소설계 혁명의 필요와 그 방법 등을 논하고 있다.(本報論說, 專屬于小說之范圍, 大指欲爲中國說部創一新境界, 如論文學上小說之价值, 社會上小說之勢力, 東西各國小說學進化之歷史及小說家之功德, 中國小說界革命之必要及其方法等.)"[48] 개별 텍스트에만 전념하는 비평 방식으로서의 평점은 이미 '소설'의 전 방위적인 연구에 적응하지 못한 것이다. 특히 '소설계 혁명'이 사회적으로

47] 전통적으로 소설을 가리키는 용어. [옮긴이 주]

48] 「중국 유일의 문학 신문 『신소설』(中國唯一之文學報〈新小說〉)」, 『신민총보(新民叢報)』 14호, 1902.

이끌어낸 진동은 새로운 비평 형식을 절박하게 요구했다. 이에 신문에 부수되는 형식으로 공생한 '논문(論文)'과 '총화(叢話)' 등과 같은 형식이 점차 소설 비평의 중심 무대를 차지하였기에, 소설평점의 '양위'는 이미 필연적인 추세가 되었던 것이다.

하편 형식과 유형

1. 소설평점의 형태

소설평점의 형태는 소설평점의 외부적인 특징이다. 고대 소설사에서 평점은 기나긴 발전 역사를 거치면서, 그 형태적 특징이 고정적이고 획일적이지 않고, 비교적 복잡한 형식적 특성을 지니게 되었다. 형태의 연원으로 말하자면, 소설평점의 형태는 전통적인 경전의 주석과 역사 평론, 문선(文選)의 평주(評注)에 그 뿌리를 두고 있으며, 고대인의 독서 방식과도 밀접한 연관이 있다. 동시에 소설평점은 고대 소설, 특히 통속소설과 결합하는 과정 속에서 점차 다른 문학 평점과 구별되는 형태적 특성을 이루게 되었다. 이 장에서는 이에 대해 소설평점 형태의 변화 과정과 소설평점 형태에 대한 분석과 해석, 이렇게 두 가지 측면에서 검토하고자 한다.

1) 명대 소설평점의 형태

소설평점의 형태에 관한 요즘 사람들의 일반적인 서술은 다음과 같다.

> 서두에는 「서(序)」가 있고, 「서」의 뒤에는 「독법」이 있는데, 총론 격의 문장으로 몇 개의 조문이나 열 몇 개, 심지어는 백여 개의 조문으로 이루어져 있다. 그런 뒤 매 회의 앞부분이나 뒷부분에는 총평이 있어 해당 회 전반에 걸쳐 몇 가지 문제를 짚어내 의론을 가한 것이다. 매 회 중에는 미비나 협비, 방비(旁批)가 있어 소설의 구체적인 묘사와 서술에 대해 분석하고 평론했다. 이 밖에도 평점자는 그가 가장 중요하다고 여기거나 가장 정채롭다고 여긴 문장에 대해 그 주변에 권점을 가해 독자들의 주의를 환기시켰다. [예랑(葉郎), 『중국소설미학』, 베이징대학출판사(北京大學出版社), 1982년]

이러한 서술은 전체적으로 소설평점의 형식적 특성을 잡아낸 것이긴 하지만, 사실 이것은 소설평점사에서 명저에 드는 작품들을 개괄한 것일 뿐이다. 혹자는 이것이 소설평점 가운데 가장 완비되어 있는 형태라고 말하지만, 소설평점의 보편적인 형태는 아니다. 실제로 평점의 형태가 이처럼 완벽하게 구비된 것은 소설평점사에서 극히 소수만을 점하고 있을 뿐, 수많은 소설평점은 이러한 특색을 구비하고 있지 않다. 어떤 것은 미비만 있거나, 어떤 것은 방비만 있고, 어떤 것은 단지 회말총평만 있고, '독법' 류의 문장은 소설평점 중에서도 더더욱 소수에 속한다. 그래서 소설평점의 형태는 이상에서 서술한 대로 획일적으로 규정된 게 아니라 그 자체로 변화 발전의 실마리를 갖고 있으면서 서로 다른 소설 대상에 따라 서로 다른 평점 형태를 형성했다. 동시에 소설평점은 고대 소설, 특히 통속소설이 발전하는 가운데 농후한 상업성을 띠게 되어 그로 인해 평점 형태의 형성에 어느 정도 독자의 수용과 출판의 상업적인 고려라는 제한을 받게 되었다. 이에 근거해 고대소설의 전파사에서 소설평점의 형태는 자못 복잡한 양상을 띠게 되었다. 이러한 양상을 탐구하다 보면 소설평점이 변화 발전한 궤적을 분명하게 그려낼 수 있을 뿐 아니라 어떤 측면에서는 소설 예술의 발전 궤적을 반영할 수 있기도 하다. 소설평점 형태가 변화 발전한 것을 서술하되, 우리는 전체적으로 명청대를 하나의 경계로 삼아 그 발전의 궤적을 그려낼 뿐 명확하게 단계를 지어 획분하지는 않을 것이다.

명대의 소설평점의 진정한 기점은 만력 연간이다. 만력에서 명말에 이르는 동안 소설평점의 형태는 다음과 같은 발전 과정을 거쳤다. 소설평점은 처음부터 '주석'의 의미를 띠기 시작했는데, 형태적으로는 쌍행 협주(夾注)를 주도적인 형식으로 삼아 표현되었다. 이후에는 소설평점이 '주'에서 '평'으로 점차 발전해 나갔고, 그에 따라 평점 형태 역시 바뀌어 미비나 방비, 총비 등의 형식이 점차 주도적인 지위를 차지하게 되었다. 그리고 숭정 14년(1641년)의 진성탄 비 『수호전』에 이르러 소설평점의 형태가 완비되었다. 이와 동시에 두 가지 상대적으로 독립적인 현상이 주의를 끌었는데, 하나는 위샹더우(余象斗)의 '평림(評林)'이고 다른 하나는 펑멍룽(馮夢龍)의 '삼언' 평본이다.

통속소설에 주를 다는 것은 비교적 이른 시기인 가정 본 『삼국지통속연의』에서 보인다. 만력 19년(1591년)의 완췐러우(萬卷樓) 본은 가정 본의 부분적인 내용을 흡수해 더욱 상세한 주와 평을 달았다. 이 책의 저우웨쟈오(周曰校) '지어(識語)'에서는, "구두에는 권점이 있고, 어려운 글자에는 음주가 있으며, 지리에는 석의가 있고, 전고에는 고증이 있으며, 빠진 부분은 보충하였다(句讀有圈點, 難字有音注, 地理有釋義, 典故有考證, 缺略有增補)"고 하였다(『삼국지통속연의』, 만력 19년 완췐러우 간본). 이 다섯 가지 작업은 분명하게 주석의 범주에 속하는데, 그 형식은 모두 쌍행의 협주로 본문 가운데 표식이 있는 형식은 다음의 일곱 가지다.

석의(釋義): 본문 가운데 비중이 가장 크며, 지명을 풀이하고, 음에 주를 달며, 역사와 전고를 풀이하는 것 등을 포괄한다.

보유(補遺): 본문 중에는 비교적 적게 나타나며, 대부분 역사 사실을 보충하고 바로잡는 것이다.

고증(考證): 본문 중에 비교적 많이 나타나며, 내용은 '보유'와 대동소이하나 역사적인 사실을 보충하고 바로잡는 것이다.

논왈(論曰): 본문 중에 어쩌다 보이는데, 평론적인 성격을 자못 갖추고 있다.

음석(音釋): 주로 음을 주석한 것으로 때로 '석의'와 서로 뒤섞이기도 한다.

보주(補注): 본문 중에서는 많이 보이지 않는데, 역시 평론적인 색채를 자못 갖고 있다.

단론(斷論): 본문 중에서는 많이 보이지 않는데, '논왈'과 비슷하며, 평론적인 성격을 띠고 있다.

이상의 일곱 가지 형식 가운데 그 내용은 주로 주석이지만 이미 분화의 추세로 나아가는 것으로 '논왈'과 '보주', '단론'의 세 가지가 체현하고 있는 평론적인 성격은 실제로 이미 통속소설의 주석이 '주'에서 '평'으로 발전해 가는 과도적인 추세를 드러내고 있다. 당연하게도 완췐러우(萬卷樓) 본 『삼국연의』 주석 중의 이른바 평론은 일반적인 의미에서의 소설 평론과는 거리가 먼데, 기본적으로는 역사 현상과 역사 인물에 대한 사실(史實)의 분석과 도덕적인 판단이다. 완췐러우 본의 평주(評注) 형식을 종관(綜觀)하면, 우리는 이것이 구성하고 있는 '석의'와 '고증', '평론'이 삼위일체가 된 평주 형태를 어렵지 않게 볼 수 있으며, 실제로 이러한 평주 형식은 전통적인 사주(史注), 사평(史評)과 직접적으로 연속선상에 있는 것이다. 남조 송대의 페이쑹즈(裴松之)는 천서우(陳壽)의 『삼국지』

에 주를 달아 이런 평주 형식의 문을 열었다. "황제의 명을 받들어 상세히 찾아보고 두루 빠짐없이 알아보는 데 힘써, 위로는 구문을 수집하고, 다른 한편으로는 빠지고 잃어버린 것을 끌어모았다.(奉旨尋詳, 務在周悉, 上搜舊聞, 傍摭遺逸)" "만약 오류가 분명하고 말이 사리에 부합하지 않는 것이 있으면, 잘못된 것에 따라 바로잡아 그 망녕됨을 고치고, 그 당시 일의 옳고 그름이나 나이 등의 작은 잘못은 나의 어리석은 생각으로 논하고 따져 물었다.(若乃紕繆顯然, 言不附理, 則隨違矯正, 以懲其妄, 其時事當否, 及壽之小失, 頗以愚意有所論辯.)"[페이쑹즈, 「『삼국지』주표(三國志注表)」] 전통적인 명물훈고(名物訓詁)의 기초 위에 보유(補遺)와 고변(考辨), 평론이 하나로 융합된 평주 방식이 사학의 체례(體例)에 끼친 선구자적인 공은 후대에 대한 영향이 매우 컸고, 소설평점의 시초가 평주를 위주로 한 것 역시 이러한 영향을 받은 것으로 볼 수 있다. 특히 역사연의소설로서 『삼국연의』의 평주가 역사학의 영향을 받은 것 역시 어떤 측면에서 보자면 연의소설과 역사의 관계를 설명해주고 있다.

소설에 대한 이러한 평주 방식은 명대에 일정 기간 동안 연속되었는데, 현재 남아 있는 자료로 말하자면, 이러한 특색은 다음의 몇 가지로 체현되어 있다.

『전한지전(全漢志傳)』(題"漢史臣蔡伯喈匯編, 明潭陽三台館元素訂梓, 鍾伯敬先生批評")

『경판전상안감음석량한개국중흥전지(京板全像按鑒音釋兩漢開國中興傳志)』(題"撫宜黃化宇校正, 書林詹秀閩綉梓")

『열국전편십이조전(列國前編十二朝傳)』(題"三台山人仰止余象斗編集")

『신열국지(新列國志)』(題"墨憨齋新編")

상술한 네 가지 간본에는 아래의 몇 가지 공통적인 특색이 있다. 네 가지 소설 모두 역사연의이고, 평주 형식은 모두 쌍행 협주이며, 주석 내용은 주음(注音)과 석의(釋義) 위주다. 완췐러우 본 『삼국연의』의 평주와 약간 다른 것은 만력 34년(1606년)에 간행된 『열국전편십이조전(列國前編十二朝傳)』에서는 회말 비주가 증가되었고, 드러난 형식은 '석의(釋疑)'와 '지고(地考)', '총석(總釋)', '평단(評斷)', '감단(鑒斷)', '부기(附記)', '보유(補遺)', '단론(斷論)', '답변(答辯)', '논단(論斷)'이 있는데, 그 가운데 내용은 여전히 사실(史實)의 고증과 음의(音義)의 고석(考釋) 등이었다. 숭정 연간에 간행된 『신열국지』는 평주가 나뉘어 있어, '주'는 본문 가운데 쌍행 협주로 되어 있고, 내용은 대부분이 지명과 관명을 주하고 음의(音義)를 주석하는 것 등으로 이루어져 있다. 이 책의 「범례」에서는 "고금의 지명이 달라 지금은 모두 『일통지』에 의거해 분명하게 조사해 주를 나누어 읽기에 편하게 했다(古今地名不同, 今悉依一統志, 査明分注, 以便觀覽.)"[「『신열국지』범례」, 명 숭정 연간 진창(金閶) 예징츠(葉敬池) 재본(梓本)]고 하였다. 비록 지명을 풀이했다고 말했지만 그 가리키는 바는 사실상 이에 그치지 않아 이 책의 주는 독립적인 것으로 볼 수도 있다. '평'이라고 한 것은 달리 미비와 소량의 방비를 덧붙인 것으로, 그 내용은 소설 인물과 정절에 대한 간략한 평론이다. 이렇게 주와 평을 나누는 형식은 이전 소설평점의 영향을 받은 것으로 만력 20년 이후에는 소설평점이 이미 점차 성숙 단계로 나아갔고, 이러한 형식의 출현 역시 전통적인 사주(史注)가 고대 소설의 영역에서 해체되었다는 것을 보여준다. 그 뒤로 주석은 이미 소설비평에서 더 이상 중요한 위치를 점하지 못했다. 곧 청대의 『삼국연의』와 『동주열국지』 등 역사연의소설의 평점에서 간략한 주석은 이미 무수한 소설평론 속에 완전히 묻혀버렸다.

소설평점이 '주석'으로 그 시발점을 삼은 뒤 '주'는 점차 '평'에 자리를 내주었는데, 이러한 과정은 대체로 명말에 기본적으로 완성되었다. 만약 소설평점 중의 '주'가 전통적인 역사학의 영향에 그 뿌리를 둔 것이라고 말한다면, 소설평점 중의 '평'은 문인이 소설을 읽으면서 감상평을 한 것에서 그 기원을 찾을 수 있다. 그렇게 소설을 읽는 과정에서 손 가는 대로 점평(點評)을 하고 느낀 바를 점묘한 것이 소설평점 중에서 사상과 예술 평론이 시작된 기점이 된다고 할 수 있다. 명대에 이러한 일에 종사하면서 후대의 소설평점에 가장 큰 영향을 주었던 이는 바로 리줘우(李卓吾)이다. 위안샤오슈(袁小修)는 다음과 같이 말했다. "리룽후[1]가 우창의 주 씨 집안에 기거하고 있을 때(그때는 만력 20년이었다-인용자) 내가 가서 그를 만나보니, 바야흐로 창즈에게 이 책(『수호전』)을 베껴 쓰게 하고 글자마다 비점을 하고 있었다.(李龍湖方居武昌朱邸, 予往訪之, 正命常志抄寫此書, 逐字批點.)"[위안샤오슈, 『유거시록(游居柿錄)』 9권] 리줘우 자신도 "『수호전』을 비점하는 일은 사람을 몹시 통쾌하고 즐겁게 만든다.(『水滸傳』批點得甚快活人)"[리줘우, 「여초약후(與焦弱侯)」, 『속분서(續焚書)』 1권]고 하였다. 이런 식으로 문인들이 개별적으로 소설을 읽고 감상평을 쓰는 것은 당시에는 비교적 보편적이었다. 한한쯔(憨憨子)는 "내가 느낀 바 있어 집으로 돌아와 그 책(『수탑야사(繡榻野史)』)을 꺼내 품평하고 비점했다.(余慨而

1] 리줘우(李卓吾)의 본명은 리즈(李贄)인데, 위안샤오슈의 『가설재집(珂雪齋集)』에서는 '리룽탄(李龍潭)', '리룽후(李龍湖)', '리원링(李溫陵)' 등으로 불렸다. [옮긴이 주]

歸, 取而評品批抹之)"[「『수탑야사』 서(繡榻野史序)」, 명 만력 연간 쭈이멘거(醉眠閣) 간본]고 말했다. 우중(吳中)[2] 지역에서는 더욱 많은 문인들이 당시 유행하던 소설을 돌려 읽고 품평했다. 당시 문인들이 개별적으로 소설을 읽고 감상평을 하던 것이 소설의 간행과 결합했을 때, 이른바 소설평점은 개별적인 개인의 행위에서 일종의 공공의 사업으로 전화되었다. 특히 서방(書坊) 주인들이 당시의 하층 문인들을 집합시켜 그들 사이에 참여케 하자 소설평점본의 간행은 일시에 흥성하게 되었고, 명 중엽과 말기에 소설평점의 발전은 대체로 이런 태세를 드러내게 되었다.

평점의 형태로 말하자면, 문인들이 소설을 읽으면서 감상평을 쓴다는 특성에 들어맞게 소설평점의 형태가 가장 우선적으로 발전시킨 것은 미비와 방비, 그중에서도 미비가 더욱 보편적인 것이 되었는데, 이것이야말로 고대에 문인들이 책을 읽을 때의 습관적인 행위였던 것이다. 이것은 간결과 직접성을 특징으로 삼아 그때마다 느낌이 일어나면 손가는 대로 비점하여, 강렬한 임의성과 감오성(感悟性)을 띠고 있었다. 그리하여 미비는 소설평점 가운데 가장 가볍고 간편한 형식이었고, 명대 소설평점 가운데 가장 보편적으로 사용되었던 형식이기도 했다. 필자가 그동안 보았던 명대의 수십 종의 소설평점본 가운데 미비는 (석의에 중점을 둔 역사연의는 제외하고) 거의 모든 작품에서 발견된 형식이었다. 상대적으로 소설평점 가운데 회전(回前)이나 회말총평(回末總評)은 조금 나중에 나타난다. 그것은 미비의 중점은 감오(感悟)에 있고, 총평의 의도는 총결에 있기 때문이다. 전자는 임의성을 띠고 있고, 후자는 의식적인 것이

2] 쑤저우(蘇州) 일대를 가리킴. [옮긴이 주]

며, 어느 정도 간각의 상업적인 색채에 그 의도가 있기 때문이다. 그러므로 소설평점 가운에 '총평'이 나타났다는 것은 곧 소설평점이 이미 개별적인 행위에서 공중을 목표로 한 사업으로의 전화가 완성되었다는 사실을 의미한다. 현존하는 자료에 의거하면 명대 소설평점 가운데 비교적 이른 시기에 출현한 '총평'이라는 형식은 만력 38년(1610년)에 간행된 '룽위탕(容與堂) 본' 『리줘우 비평 충의수호전(李卓吾批評忠義水滸傳)』이다. 이 책의 평점자에 대해서는 이제껏 의견이 분분해, 혹자는 리줘우(李卓吾)라 하고 혹자는 예저우(葉晝)라 하는 등 각자의 설이 일치하지 않는다. 다만 작품 속의 평점을 세밀하게 분석해 보면, 평점 형태가 이처럼 성숙한 것은 리줘우가 마음가는 대로 평점한 풍격과는 서로 들어맞기 어려운 듯이 보이는데, 아마도 리줘우의 평을 기초로 서상들이 예저우에게 가공과 보강, 개조를 부탁해 만들어냈을 것이다. 만약 이러한 추론이 성립한다면, 만력 20년 리줘우가 『수호전』 평점을 시작해 만력 38년 룽위탕에서 『수호전』 리 평본(李評本)이 나오기까지 소설평점이 개별적인 행위에서 공중을 목표로 한 사업으로의 전환이 완성되었을 것이다. 이 소설의 평점 형태에는 다음과 같은 것들이 포괄되었다.

첫머리에는 리줘우(李卓吾)의 「『충의수호전』 서(『忠義水滸傳』敍」[베이징도서관(北京圖書館) 소장본에는 이 서가 없다], 다음으로는 소사미(小沙彌) 화이린(懷林)이라 서(署)한 총론에 해당하는 문장 네 편, 곧 「비평『수호전』술어(批評『水滸傳』述語)」, 「량산보일백단팔인우열(梁山泊一百單八人優劣)」, 「『수호전』일백회문자우열(『水滸傳』一百回文字優劣)」, 「우론수호전문자(又論水滸傳文字)」가 있다. 본문 중에는 미비와 협비가 있고, 회말에는 총평이 있고, "리줘우 왈(李卓吾曰)", "줘우 왈(卓吾曰)", "투웡 왈(禿翁曰)" 등으로 서(署)했다. 본문 중에는 글자 옆에 대부분 권점이 되어 있고, 평점자는 본문 중 산절(刪節)을 하려는 듯한 부호가 많이 달려 있는데, 혹은 상하구을(上下鈎乙, 혹은 구(句) 옆에 직접 가로획을 긋고 위에 : 삭제해도 된다(可刪)"고 새겨 넣었다.

이것으로 이 소설이 평점 형태가 비교적 완비된 소설평본으로 기본적으로 고대 소설평점의 외재적인 형태를 마련했고, 그 가운데 본문 앞에 평론 문장을 증가시킨 것이 중요한 특색이며, 본문 평점과 더불어 유기적인 총체를 이루고 있다는 사실을 알 수 있다. '룽위탕(容與堂) 본' 이후에는 대략 만력 39년 전후로 위안우야(袁無涯) 본 『신준리씨장본충의수호전(新鐫李氏藏本忠義水滸傳)』이 간행되었다. 이 평본의 본문 평점 형태는 상대적으로 간략한데, 미비와 방비만 있을 뿐이다. 다만 본문 앞에는 리줘우(李卓吾)의 「서(叙)」와 양딩젠(楊定見)의 「소인(小引)」과 「송감(宋鑒)」, 『선화유사(宣和遺事)』(一節), 위안우야의 「발범(發凡), 「수호충의일백팔인적관출신(水滸忠義一百八人籍貫出身)」 등 몇 종의 글이 있다. 이렇게 본문 앞에 문장을 증가한 것은 소설평점이 진일보 성숙한 것을 나타내 준다.

만력 40년 이후 소설평점은 이러한 것들을 바탕으로 발전해, 서로 다른 평점 대상에는 서로 다른 평점 형태를 채용했는데, 이 시기 소설평점의 형태의 상황을 아래의 도표로 정리할 수 있다.("○"는 있다는 것이고, "×"는 없다는 것이다)

작품 명칭	미비	협비	방비	총평
동서량진지전(東西兩晉志傳)	○	×	×	×
춘추열국지전(春秋列國志傳)	○	×	×	○
염이편(艷異編)	○	×	×	×
수당양조지전(隋唐兩朝志傳)	×	×	×	○
정사(情史)	○	×	×	×
한샹쯔전전(韓湘子全傳)	×	×	×	○
중보징선생비평충의수호전(鍾伯敬先生批評忠義水滸傳)	○	×	×	○
위사오바오췌충전(于少保萃忠傳)	×	○	×	○
"삼언(三言)"	○	×	×	×
중보징선생비평서유기(鍾伯敬先生批評西遊記)	○	×	×	○
리줘우선생비평서유기(李卓吾先生批評西遊記)	×	×	○	○
선진일사(禪眞逸史)	×	×	×	○
웨이중셴소설척간서(魏忠賢小說斥奸書)	○	×	○	○
경세음양몽(警世陰陽夢)	○	×	×	×
선진후사(禪眞後史)	○	×	×	×
수양제염사(隋煬帝艶史)	×	×	○	×
수사일문(隨史逸文)	×	×	○	○
동도기(東度記)	○	×	×	×
제오재자서수호전(第五才子書水滸傳)	○	○	×	○
서유보(西游補)	○	×	×	○
초호로(醋葫蘆)	○	○	○	○
의향의질(宜香宜質)	×	×	×	○
변이차(弁而釵)	×	×	○	○
고장절진(鼓掌絶塵)	×	×	×	○
악무목진충보국전(岳武穆盡忠報國傳)	○	×	×	○
신열국지(新列國志)	○	○	○	×
석점두(石點頭)	○	×	×	×
료해단충록(遼海丹忠錄)	○	×	×	○
신평요전(新平妖傳)	○	×	×	×
리줘우선생비평삼국지(李卓吾先生批評三國志)	○	×	×	○
잔당오대사연의(殘唐五代史演義)	×	×	×	○
환희원가(歡喜寃家)	×	○	×	○
칠십이조인물연의(七十二朝人物演義)	○	×	×	○

이상의 33종의 평점본 가운데 미비가 있는 것은 21종이고, 협비가 있는 것은 5종, 방비가 있는 것은 7종이며, 총평이 있는 것은 22종, 미비와 총평이 같이 있는 것은 12종이다. 이것으로 미비와 총평이 이미 소설평점의 통상적인 형식이 되었다는 사실을 알 수 있다. 그 가운데 총평이 대량으로 증가한 것은 소설평점이 이미 문인들의 개별적인 열독과 감상평의 틀을 완전히 벗어나 일종의 의식적이면서도 목적을 갖고 있는 문학비평 활동이 되었다는 사실을 설명해준다.

숭정 14년(1641년), 진성탄의 『관화탕 제오재자서 수호전(貫華堂第五才子書水滸傳)』이 간행되었다. 이것은 중국 고대소설사와 소설평점사상 중요한 저작으로 명대 소설평점 중 평점 형태가 가장 완비된 평점본이기도 하다. 이 책의 평점 형태는 다음의 몇 가지를 포괄한다.

> 첫머리에는 진성탄의 [「서일(序一)」, 「서이(序二)」, 「서삼(序三)」이라 제(題)한 「서(序)」 세 편이 있고, 다음으로는 모두 69조로 이루어진 「독제오재자서법(讀第五才子書法)」이 있으며, 다음으로 진성탄이 스나이안(施耐庵)에 가탁한 ["관화탕 소장 고본 『수호전』 앞에 스스로 서 한 편을 남겨 지금 그것을 기록한다(貫華堂所藏古本『水滸傳』前自有序一篇, 今錄之)"고 제(題)한 「서(序)」가 있다. 본문에는 회전총평(回前總評)」과 협비, 그리고 소량의 미비가 있으며, 본문 가운에 권점이 있고, 소설의 본문은 진성탄이 '고본'에 가탁하여 대량으로 삭제하고 고쳤다.

평점의 형태에 있어 진성탄은 세 가지를 개조했다. 첫째는 「독법」을 덧붙인 것이고, 둘째는 총평을 매 회의 앞으로 옮긴 것이며, 셋째는 본문 중의 협비를 대량으로 증가한 것이다. 이러한 평점 형태는 소설평점자의 주체 의식과 주관적인 목적성을 두드러져 보이게 하며, 텍스트에 대한 감상과 열독, 이론적인 비평과 판단, 그리고 다른 사람들에게 작법을 전수하는 것과 하나로 융합되어, 소설평점의 유파를 새롭게 열어 후대 소설평점이 모방하는 대상이 되었다. 이로부터 소설평점의 형태와 구조가 기본적으로 완성되었다.

명대에는 소설평점의 형태에 두 가지 주의할 만한 현상이 나타났다. 하나는 위샹더우의 '평림(評林)'(이에 대해서는 이후에 상세하게 설명할 것임)이고, 다른 하나는 펑멍룽(馮夢龍)의 '삼언' 평본과 "모한자이 평(墨憨齋評)"이라 서(署)한 소설 평본이다. 이런 류의 평본으로는 다음과 같은 것들이 있다.

『경세통언(警世通言)』["커이주런(可一主人) 평, 우아이쥐스(无碍居士) 교(校)"라 서(署)함]

『성세항언(醒世恒言)』["커이쥐스(可一居士) 평, 모랑주런(墨浪主人) 교"라 서(署)함]

『고금소설(古今小說)』["루톈관주런(綠天館主人) 평차(評次)"라 서(署)함]

『신열국지(新列國志)』["모한자이(墨憨齋) 신편(新編)"이라 서(署)함]

『석점두(石點頭)』["모한주런(墨憨主人) 평"이라 서(署)함]

『신평요전(新平妖傳)』["모한자이(墨憨齋) 비점(批點)"이라 서(署)함]

이 다섯 가지 소설 평본은 형태상 하나의 공통적인 특색을 갖고 있는데, 모두 "하나의 서와 하나의 미비(一序一批)"로 되어 있다는 것이다. 곧 본문 앞에 「서」가 있고 본문 가운데 평점에는 미비만 되어 있는데, 이 미비는 매우 간략해서 단지 감오 식의 예술 감상평만을 해 놓았을 뿐이고, 「서」는 모두 가치 있는 한 편의 평론문으로 되어 있다. 이런 형색은 간명하게 요점만을 잡아내고 있어 새로운 면모를 제시해 이미 명말에 '모한자이(墨憨齋) 평'이라 서(署)한 소설 평본의 관례를 이루어냈다.'커이쥐스(可一居士)'나 '루톈관주런(綠天館主人)'은 모두 학계에서는 일반적으로 평멍룽으로 인정받고 있다. 우리는 이에 대해서 소설평점의 '모한자이(墨憨齋) 체'라고 불러도 무방할 것이다.

명대의 소설평점 형태를 종합해 보면, 다음과 같은 네 가지 기본 방식을 귀납해 낼 수 있다. 첫째, 사서(史書)의 평주(評注) 영향 하에 있는 역사연의의 평주, 이런 형식은 전통적인 주석이 소설의 영역에서 연속되고 그 여파가 이어진 것으로, 사주(史注)가 소설평점으로 나아가는 과도적 형태로 볼 수 있다. 그런 까닭에 나타난 지 얼마 되지 않아서 곧 소멸했다. 둘째, 문인들이 마음대로 열독하고 감상하다가 의식적인 비평으로 발전한 것으로, 형태적으로 미비—총평(미비와 협비 등을 포괄해)—종합(독법, 총평, 미비, 협비 등)의 발전 노선을 보여준다. 이것은 리줘우에서 진성탄에 이르는 동안 자리잡은 소설평점의 형태다. 셋째, '하나의 서와 하나의 미비(一序一眉)'의 '모한자이(墨憨齋) 체'이다. 넷째, 위샹더우의 '평림체'이다. 이 네 가지 방식 가운데, 첫 번째와 네 번째 방식은 명 이후에는 소실되었고, 두 번째 방식은 청대의 소설평점에 매우 심원한 영향을 끼쳤으며, '모한자이 체'는 청대에 부분적으로 이어졌다.

2) 청대 소설평점의 형태

청대 소설평점의 형태는 명대가 남긴 자취를 이어 주로 다음의 두 가지 발전 추세를 보였다. 하나는 진성탄의 소설평점 전통을 계승하고, 평점 형태가 더욱 풍부해졌다. 다른 하나는 명백하게 소설평점의 형태 중 미비에 총평이 가해진 것이 주류로 자리 잡았다는 것이다. 아래에서는 순서에 따라 서술하겠다.

청대의 소설평점은 진성탄의 영향 하에 시작되었다. 진성탄이 터를 닦은 소설평점의 형태는 청대에 간행된 소설, 특히 『삼국연의』와 『금병매』, 『서유기』, 『홍루몽』 등 몇몇 중요한 소설에 지대한 영향을 주었고, 이로부터 평점 형태는 날로 풍부하고 완전무결해졌다.

진성탄 평본 『수호전』은 명 숭정 14년(1641년)에 간행되었는데, 이때는 명이 망하기 2년 전이었다. 청대에 들어서 진성탄은 다시 『서상기』를 완성하고(청 순치 13년 1656년), 『관화당선비당재자서(貫華堂選批唐才子書)』(청 순치 17년, 1660년), 『두시해(杜詩解)』(청 순치 17~17년, 1660~1661년), 『천하재자필독서(天下才子必讀書)』(청 순치 18년, 1661년) 등의 평점본을 완성했다.[3] 그러므로 진성탄 평점의 진정한 영향은 청초에 있다. 순식간에 그를 본받는 자들이 벌떼같이 일어나 드디어 소설평점의 일파를 열었다. 그 가운데 특히 강희 시기의 마오 본 『삼국연의』와 장주포 본 『금병매』의 영향은 더욱 컸다. 이 두 평본의 외재적인 형태는 다음과 같다.

> (마오 본 『삼국연의』의) 첫머리에는 [“순치 갑진년 가평 음력 초하루 진런루이 성탄 씨 제(順治歲次甲辰嘉平朔日金人瑞聖嘆氏題)”라 서(署)한 「서(序)」가 있고, 다음으로 「범례」 10조가 있고, 그다음으로 「독법」 26조가 있으며, 본문에는 회전총평(回前總評), 협비가 있다. 평점자는 원 저작에 대해서도 회목을 합병하고 시사(詩詞)를 바꾸고 정절을 늘리고 바꾸고, 문자를 다듬고 윤색하는 등의 작업을 했다.

3] 탄판(譚帆), 『진성탄과 중국 희곡비평(金聖嘆與戲曲批評)』, 화둥사범대학출판사(華東師範大學出版社), 1992년.

(장주포 본 『금병매』의) 첫머리에는 「제일기서서(第一奇書序)」가 있고, 다음으로 「제일기서범례(第一奇書凡例)」가 있으며, 다음으로 「잡록(雜錄)」, 다음으로 「주포 한화(竹坡閑話)」, 다음으로 「냉열금침(冷熱金針)」, 「『금병매』우의설(『金甁梅』寓意說)」, 「고효설(苦孝說)」, 「제일기서비음서론(第一奇書非淫書論)」, 「제일기서『금병매』취담(第一奇書『金甁梅』趣談)」, 「비평제일기서『금병매』독법(批評第一奇書『金甁梅』讀法)」 총 108조가 있다. 본문에는 회전총평(回前總評), 협비(夾批)와 소량의 방비(旁批)가 있다.

이 두 가지 평점본은 청대 소설평점의 최고 성취를 대표한다. 평점의 형태에 있어서는 마오 씨가 진성탄 비 『수호전』의 틀거리를 전반적으로 계승해, "진성탄의 필치를 모방해 비(批)했다(一仿聖嘆筆意批之.)"[류팅지(劉廷璣), 『재원잡지(在園雜志)』] 당시 사람들은 그가 진성탄이 평한 책을 본받아 그를 뛰어넘었다고 평했다. 장주포가 평한 『금병매』는 평점의 형태상 마찬가지로 진성탄의 『수호전』 평본에 뿌리를 두고 있는데, 그 가운데 본문 앞에 둔 문장은 10종이나 증가시켰고, 독법 또한 108조나 늘려 명백하게 진성탄 평본을 뛰어넘었다. 본문의 평점 중에서 장주포는 평하는 대상의 독특한 개성에 근거해 회전총평의 편폭을 늘리고, 본문 중의 협비의 용량을 감소시켰는데, 그 이유에 대해 다음과 같이 술회했다.

『수호전』은 이미 이루어진 큰 단락이 모두 갖추어진 문장으로 이를테면, 108인은 모두 각자의 전(傳)이 있어 비록 삽입된 부분이 있긴 하지만, 실제로는 그 순서가 분명하기에 진성탄이 그 자구에만 비했던 것이다. 『금병매』의 경우에는 큰 단락의 뛰어난 부분이 부스러기 조각 사이에 감추어져 있어 자구를 분별하는 정도라면 세심한 사람이면 모두 할 수 있지만, 도리어 그 큰 단락의 뛰어난 부분은 잃게 된다.(『水滸傳』是現成大段畢具的文字,

如一百八人各有一傳, 雖有穿插, 實次第分明, 故聖嘆止批其字句也. 若『金瓶』乃隱大段精采於瑣碎之中, 止分別字句, 細心者皆可爲, 而反失其大段精采也.)
(장주포, 「제일기서범례(第一奇書凡例)」[4])

진성탄 평점『수호전』에서 장주포 평점『금병매』에 이르기까지 소설평점은 형태상 분명하게 다음의 세 단계를 걸었다. 진성탄은 룽위탕(容與堂) 본『수호전』의 기초 위에 소설평점의 형태적 특성을 마련했는데, 이것이 그 첫걸음이다. 마오 본『삼국연의』는 진성탄의 전통을 이어받았는데, 이것이 두 번째 걸음이다. 그리고 장주포의『금병매』평점은 이러한 기초 위에 다시 발전했는데, 고대 소설평점 가운데 그 형태가 가장 완벽한 것이다. 더욱 중요한 것은 장주포의『금병매』평본이 소설평점이 역사연의와 영웅전기에서 인정소설로 나아가는 무게 중심의 전이를 완성했다는 사실이다. 평점의 형태로 보자면, 회전총평의 증가와 총평 중의 인물 평론의 대량의 증가가 나타난다. 동시에 장주포는「잡록」과「우의설」이 두 문장을 열거함으로써『금병매』인물의 성명과 거처 등에 대해 비교적 많이 분석해 인정소설평점의 독특한 개성을 충분히 드러내 보였다. 이러한 특색은 후대의 평점에 자못 큰 영향을 주어『린란향(林蘭香)』과『홍루몽』평점 중에 특히 두드러지게 표현되어 있는데, 이것이 세 번째 걸음이다.

상술한 두 종류의 평본과 형태상 서로 흡사한 것으로 청대에는 왕단이(汪憺漪)가 전평(箋評)한『서유증도서(西遊證道書)』와 장수선(張書紳)이 평점한『신설서유기(新說西遊記)』, 왕시롄(王希廉)

4] 장주포 비평 제일기서『금병매』, 제로서사(齊魯書社), 1987년.

이 평점한 『신평수상홍루몽전전(新評繡像紅樓夢全傳)』, 장신즈(張新之)가 평점한 『먀오푸쉬안 평 석두기(妙復軒評石頭記)』, 차이위안팡(蔡元放)이 평점한 『동주열국지(東周列國志)』, 지뤼싼런(寄旅散人)이 평점한 『린란향(林蘭香)』, 무명씨가 평점한 『야수폭언(野叟曝言)』 등이 있다. 이들 평점본은 편폭이 방대하고 내용이 풍부하며, 그 평점의 대상 또한 대부분이 고대소설사의 중요한 작품들이었기에 이보다 앞선 룽위탕(容與堂), 위안우야(袁無涯), 진성탄 비본 『수호전』 등과 함께 소설평점사에서 일맥상통하는 중요한 하나의 계열을 구성하고 있다. 이러한 계열은 명대의 '사대기서'와 청대 『홍루몽』 등과 같은 소설 명저의 평점본을 주체로 하여 중국 고대소설전파사에서 심원한 영향을 주었는데, 일반적으로 언급하는 소설평점은 대부분이 이 계열을 가리킨다.

당연하게도 이렇듯 형태가 완비되고 내용이 풍부한 평점본은 청대에도 사실상 많지 않았다. 소설평점은 개별 소설작품에 대한 감상평이기에, 개별적인 작품에 대해 강하게 의존하고 있다. 평점의 형태가 완비되고 평점의 내용이 풍부한지 여부는 평하는 대상 자체의 특질에 의해 매우 크게 제한을 받았으며, 소설사에서 높은 성가를 올리고 오래도록 전파되었던 작품 역시 필경은 소수에 머물렀다. 동시에 이런 류의 소설평점 본은 항상 문인들이 이를 빌어 자신의 정감과 사상을 표현하는 고질적인 습관을 과도하게 표출하고 있는데, 특히 작품의 주지(主旨)에 대한 해석에 대해서는 더욱더 장황하게 늘어놓고 있으며, 어떤 것은 작품 자체로부터 멀리 떨어져 있다. 이러한 틀거리는 어느 정도 소설평점의 독자를 오도(誤導)했으며, 때로 평점 문장의 증대 역시 독자가 연속성 있게 작품을 열독하는 데에도 영향을 주었다. 그런 까닭에 이렇게 복잡한 평점 형태는 소설평점자에게 보편적으로 받아들여지지 않았고, 소설 간행자와 소설 독자들에게도 보편적으로 받아들여지지 않았다. 청대에는 이런 형식의 평점이 주류의 지위를 점하지 못했다.

청대에 주도적인 지위를 점한 소설평점 형태는 미비에 총평이 가해진 형식이다. 필자의 간략한 통계에 의하면,[5] 청초에서 청말까지 소설평점 중 미비는 여전히 통상적인 형태로 쓰였고, 총평은 점차 상승하는 추세로, 기본적으로 소설평점의 가장 보편적인 형식이 되었다. 이제 청대의 몇 가지 중요한 시기의 평점 상황을 다음과 같이 예증한다.

> 순치 연간에는 평점 본이 14종 나왔는데, 그중 총평이 있는 것은 8종이다.
> 강희 연간에는 평점 본이 35종 나왔는데, 그중 총평이 있는 것은 26종이다.
> 건륭 연간에는 평점 본이 18종 나왔는데, 그중 총평이 있는 것은 14종이다.
> 가경 연간에는 평점 본이 11종 나왔는데, 그중 총평이 있는 것은 8종이다.
> 도광 연간에는 평점 본이 7종 나왔는데, 그중 총평이 있는 것은 4종이다.
> 광서 연간에는 평점 본이 29종 나왔는데, 그중 총평이 있는 것은 21종이다.

이상의 통계로 소설평점 중 총평이 이미 주요한 형식으로 자리잡았고, 이것이 미비와 함께 소설평점의 주도적인 형식이 되었다는 사실을 알 수 있다. 청대의 소설평점을 총괄하면, 그 가운데 총평은 대부분 회전(回前)에서 회말(回末)로 옮겨갔고, 그 비평 분량 역시

5] 이 통계는 주로 상하이고적출판사(上海古籍出版社)에서 출판한 『고본소설집성(古本小說集成)』과 중국문련출판사(中國文聯出版社)에서 출판한 『중국통속소설총목제요(中國通俗小說總目提要)』와 쑨카이디(孫楷第)의 『중국통속소설서목(中國通俗小說書目)』에 의거한 것이다.

상대적으로 감소했으며, 기본적으로는 소설작품에 대한 간략한 사상과 예술 감상평 위주였다.

우리가 미비와 총평이라는 형식을 청대 소설평점의 주체적인 형태로 삼은 것은 소설평점에 나타난 이론 비평의 질적인 측면에서 그리한 것이 아니라, 주로 이런 평점 형태가 제기하고 있는 보편성 때문이다. 미비에 총평을 가하는 형식이 청대 소설평점의 주도적인 형태가 된 것은 대체적으로 다음의 두 가지 이유 때문이다.

첫째, 중국 고대소설사에서 명대의 '사대기서'와 청대 『홍루몽』과 같은 명저 소설들은 봉황의 깃털과 기린의 뿔과 같이 뛰어난 존재들인데, 나머지 대부분의 작품들은 사상 예술이 상대적으로 평범한 작품들이다. 이들 작품들은 진정으로 문인들의 시선을 끌거나 정감상 강렬한 공명을 이끌어내기가 어려웠다. 그로 인해 작품에 대해 세밀하고 복잡한 감상평에 많은 정력을 기울일 만한 것이 매우 적었고, 그러므로 완비된 평점 형태로 일부 상대적으로 평범한 소설 작품을 평점할 필요도 없었다. 그래서 미비에 총평을 가하는 간략한 평점 형태가 이런 수요을 제대로 만족시킬 수 있었다. 청초의 재자가인소설이나 의화본소설, 청 중엽 이후의 인정소설과 역사연의소설에서 청말의 서적과 잡지 형식으로 출판된 소설에는 기본적으로 이러한 평점 형식이 채용되었다.

둘째, 소설평점의 흥기와 발전은 그 주요한 목적이 소설을 상업적으로 좀 더 잘 유통시키기 위한 데 있었기 때문이었기에, 평점은 거의 소설을 전파하는 촉매적인 수단이 되어버렸다. 그리고 통속소설의 주요 접수 대상은 광대한 민중이었다. 이러한 전파 대상은 소설평점이 주로 세속성과 대중화를 그 전파의 품격으로 삼도록 규정했기에, 간략한 형식과 거칠지만 상대적으로 쉬운 평론이 오히려 일반 독자와 출판상들에 의해 쉽게 받아들여졌다. 여기서 분명하게 알 수 있듯이 고대소설사와 소설평점사에서 나타났던 몇 가지 독특한 현상을 이해하기 어렵지 않은데, 고대 소설은 그 분량이 엄청나게 많지만 진정으로 사상과 예술적 가치를 가진 것은 극소수에 불과하다는 것이다. 소설평점사 역시 그러하다. 평점은 소설 간본 중에서 극히 보편적으로 나타나는데, 비교적 높은 이론적 가치를 지닌 것은 가련할 정도로 적다. 그러나 이러한 창작의 양과 질 사이의 불균형은 소설과 소설의 광범위한 전파에 영향을 주지 않았는데, 이것은 속문학과 속문화가 중국 고대에 이루어낸 독특한 현상이다. 그래서 진성탄에서 장주포에 이르기까지의 소설평점이 문인화의 창조를 체현한 것이라고 한다면, [이에 반해] 이러한 계열의 소설평점은 대중화를 위해 만들어진 것이라 할 수 있으며, 이러한 대중화야말로 고대의 속문학과 속문화가 근본적으로 추구한 것이었기에 미비에 총평을 가한 평점 형태가 드디어 청대 소설평점의 주류가 되었다.

청대의 소설평점 형태의 기본적인 상황은 대체로 상술한 바와 같다. 당연하게도 이것은 가장 주요한 방면을 가리킨다. 청대에 소설평점의 형태는 여전히 주의할 만한 문제를 적지 않게 갖고 있었다. 이를테면, '집평(集評)'의 출현이나, 문인들 개개인의 열독감상평의 부흥이 평점의 형태에 끼친 영향과 소설평점의 평점 등이 그것이다.

3) 소설평점 형태 그 첫 번째: '평림(評林)'과 '집평(集評)'

일종의 평점 형태로서 '평림'은 명대 위샹더우(余象斗)의 소설 간본에서만 보이는데, 소설평점사에서 하나의 특이한 예로, 현존하는 소설평점본은 세 가지가 있다.

『음석보유안감연의전상비평삼국지(音釋補遺按鑒演義全像批評三國志)』[만력 20년 솽펑탕(雙峰堂) 간본]
『수호지전평림(水滸志傳評林)』[만력 22년 솽펑탕(雙峰堂) 간본]
『신간경본춘추오패칠웅전상열국지전(新刊京本春秋五覇七雄全像列國志傳)』[만력 34년 싼타이관(三台館) 간본]

이상의 세 가지 간본은 『수호지전평림』이 '평림'이라는 두 글자를 직접 쓴 것을 제외하면, 나머지 두 종은 모두 표지에, 전자의 경우 "안감비점연의전상삼국평림(按鑒批點演義全像三國評林)"이라 제(題)하고, 후자의 경우 "안감연의전상열국평림(按鑒演義全像列國評林)"이라 제했다. 이 세 가지 간본은 형태상 모두 "상평, 중도, 하문(上評, 中圖, 下文)"으로 되어 있는데, 이것은 고대 소설 간본 중에서만 보이는 체례로 그 평어는 후대 소설평점의 미비에 해당한다. 위샹더우의 '평림' 본은 소설평점의 각도에서 볼 때, 그다지 높은 이론적 가치를 갖고 있지 않고, 평어는 자못 간략하며, 매 칙의 평어는 모두 "시사를 평함(評詩詞)", "리쿠이를 평함(評李逵)" 등과 같은 표제를 갖고 있다. 다만 이렇게 평점과 그림, 본문이 서로 어울러진 간본의 형태는 오히려 통속소설의 전파에 일정한 가치를 갖고 있다. 위샹더우는 소설의 작자, 평자, 출판자의 신분을 한 몸에 체현한 통속문학가로 현재 그가 간행했다고 알려져 있는 소설은 20종에 이른다.[6] 그 형태는 평림본을 제외하면, 모두 '상도하문(上圖下文)'이다. 그래서 이것은 보급을 염두에 둔 통속문학 독본으로, 평점 역시 소설의 보급을 위해 삽입되었다.

'평림'이라는 단어는 만력 연간의 서적 간본 중 비교적 잘 보이는데, 그 함의는 위샹더우 간본과 명백하게 달랐다. 일반적으로 이른바 '평림'은 집평(集評)을 의미한다. 이를테면 만력 초년 링즈룽(凌稚隆)이 집(輯)한 『사기평림(史記評林)』이 그러하다. 쉬중싱(徐中行)의 「각사기평림서(刻史記評林序)」에서는 다음과 같이 말했다.

> "우싱(吳興)의 링즈룽이 『평림』을 편찬한 것은 무엇 때문인가? 쓰마첸이 『사기』를 완성한 것도 반드시 가업에서 이유를 찾아야 한다.[7] 링 씨 집안은 역사학으로 뛰어난 바, [그 아비인] 링웨옌 때부터 대략 갖춰졌지만,[8] 큰형인 링즈저[9]가 채록한 것까지 추가되다 보니, 취지가 달라 결론이 같지 아니하였다.[10] 링즈룽은 그 범례에 따라 선친의 뜻을 완성했는바, 숲처럼 모아 쓰마첸 뒤에 첨부했다.[11](凌以棟之爲評林何謂哉?……推本乎世業, 凌氏以史學顯著,

---

6] 자세한 것은 샤오둥파(肖東發)의 「명대 소설가, 각서가 위샹더우(明代小說家, 刻書家余象斗)」(『明淸小說論叢』 第4輯, 春風文藝出版社, 1986年)를 볼 것.

7] 그러니 링즈룽이 『평림』을 편찬한 이유 역시 가업에서 찾아야 한다는 뜻. [옮긴이 주]

8] 링웨옌(凌約言)은 링즈중의 아비로 자가 지모(季默)이다. 지모(季默)가 링웨옌의 자라는 것은 『천경당서목(千頃堂書目)』에 수록된 링웨옌의 서간집 『봉생각간초(鳳笙閣簡抄)』의 주석에 보인다. 이 구절은 링웨옌이 이미 『사기평초(史記評鈔)』라는 책을 편찬했다는 사실을 가리킨다. [옮긴이 주]

9] 링웨옌에게는 아들이 넷 있었는데, 큰아들이 즈저(稚哲)이고 즈룽은 셋째 아들이다. [옮긴이 주]

10] 아버지의 책에 큰형이 이것저것 엄청 보충을 많이 했는데, 그렇데 하다보니 일관성이 떨어졌다는 뜻. [옮긴이 주]

11] 이 구절은 마치 쓰마첸이 아버지 쓰마탄(司馬談)의 유고를 이어받아 사기를

自季墨有概矣, 加以伯子稚哲所錄, 殊致而未同歸, 以棟按其義以成先志, 集之若林而附于司馬之後.)"[12]

그래서 이른바 '평림'이라는 것은 평어를 "숲과 같이 모았다(集之若林)"는 뜻이다. 링즈룽의 「『사기평림』 범례」에서 칭한 바에 의하면, 이 책에서 모은 평어는 "고금에 이미 간행된 것들(古今已刻者)"로 이를테면, 니원졔(倪文節)의 『사한이동(史漢異同)』, 양성안(楊升庵)의 『사기제평(史記題評)』, 탕징촨(唐荊川)의 『사기비선(史記批選)』 등이 있다. "베껴서 전한 것(抄錄流傳者)"으로는 "허옌천, 왕쿠이예, 둥쉰양, 마오루먼 등 몇 가(何燕泉, 王魁野, 董潯陽, 茅鹿門數家)"가 있고, "특히 『사통』이나 『사요』와 같은 여러 사람의 책을 보고,……『사기』를 분명하게 드러낸 것은 각각 본문 위에 표시를 해 드러내었다.(更閱百氏之書, 如『史通』, 『史要』,…… 凡有發明『史記』者, 各視本文標揭其上)"[13] 동시에 편집자는 또 『사기』가 유전되는 중의 몇 가지 중요한 평주본, 이를테면 쓰마전(司馬貞)의 『사기색은(史記索隱)』과 장서우이(張守義)의 『사기정의(史記正義)』, 페

완성했듯, 링즈룽도 아버지 링웨옌의 『史記評鈔』의 범례에 따라 자료를 정리하여 아버지의 미완성 원고를 완료했다는 것을 뜻한다. 그리고 마지막 문장은 『사기』에 관한 평론을 방대하게 수집하고 정리하여 『사기』 원문 뒤에 붙여 『사기평림』으로 완성했다는 뜻이다. [옮긴이 주]

12] 이 책의 저자의 원문은 실제와 약간 차이가 있어 이에 참고로 원문을 옮겨 놓는다. "**吳興**凌以棟之爲評林, 何**爲**哉? **蓋以司馬成名史, 而必**推本乎世業. 凌氏以史學顯著, 自季**默**有概矣, 加以伯子稚哲所錄, 殊致而未同歸. 以棟按其義以成先志, 集之若林而附于司馬之後." 굵은 글자가 다른 곳이다. 옮긴이의 역문은 원래의 원문에 근거한 것이다. [옮긴이 주]

13] 청 동치(同治) 갑술(甲戌) 중동(仲冬) 창사(長沙) 웨이 씨(魏氏) 양허서국(養翮書局) 교간본(校刊本) 『사기평림』

이인(裴駰)의 『사기집해(史記集解)』의 내용을 그에 상응하는 본문 속에 나누어 집어넣었고, 또 미비 중에는 때로 자기의 안어(按語)를 덧붙였다. 그래서 이것은 일종의 고금의 평어를 한 권에 모아 놓은 평점 형태다. 만력 22년에 간행한 『신준상정주석첩록평림(新鐫詳訂注釋捷錄評林)』 역시 명확하게 "수찬 리쥬어 집평(修撰李九我集評)"과 "한립 리팅지 집평(翰林李廷機集評)"이라고 밝혀놓았다. 이로써 알 수 있는 것은 이른바 '평림'이라는 것이 집평을 뜻한다는 사실이다. 그렇다면 위샹더우의 '평림' 역시 그와 같은 것인가? 그렇지 않다. 위샹더우의 '평림'의 미비를 보면 다른 평자는 표시되어 있지 않고 반대로 속표지(扉頁)의 제서(題署)와 '지어(識語)' 가운데에는 모두 위에 "서림 원타이 위샹더우 평석(書林文台余象斗評釋)"이나 "이제 위샹더우가 개정하고 증평했다(今余子改正增評)" 등의 글자가 서(署)되어 있는 것으로 의심할 바 없이 평점이 위샹더우의 손에서 나온 거라는 사실을 알 수 있다. 그가 책 이름에 서적 유통에 비교적 영향력을 줄 수 있는 '평림'이라는 단어를 표기한 것은 아마도 위샹더우가 이렇게 함으로써 독자를 불러모으기 위한 수단으로 삼은 것일 터인데, 이렇게 간행할 때 허위로 날조해서 사람들을 속인 것은 위샹더우가 낸 책에서 흔히 보이는 현상이다.

소설평점 중의 '집평'은 청대에 출한 것으로, '집평'은 고대의 경전에 대한 주석이나 사서에 대한 주평(注評), 문학 선평에서 흔히 보이는 체례로 고대 문헌의 전파와 연구에서 매우 높은 지위를 갖고 있다. '집평'이라는 단어는 소설평점사에서 나타난 적이 없지만, 집평의 의미를 갖고 있는 소설평점은 오히려 드물지 않게 보이는데, 그것은 대체로 다음의 두 가지 방식이 있다.

하나는 동시에 여러 명의 평점을 청함으로써 소설의 영향력을 확대하는 것이다. 이러한 예는 비교적 초기의 것으로는 청 순치 연간에 간행된 『여재자서(女才子書)』에 보인다. 이 책은 옌수이산런(烟水山人) 쉬전(徐震)이 지은 것으로 모두 12권이며, 매 권마다 한 명씩의 재녀(才女) 이야기를 기록하고 있다. 권말에는 모두 총평이 있으며, 평자는 댜오아오써우(釣鰲叟), 웨린주런(月鄰主人), 환안싼런(幻庵三人) 등으로 때로 작자의 자평도 있는데, "자기(自記)"라 서(署)했고, 매 권마다의 평어는 2, 3, 4조 등으로 일정치 않다. 강희 연간에 간행된 『여선외사(女仙外史)』에는 이러한 형식이 정점에 달했다고 말할 수 있을 정도로 많이 쓰였다. 이 책의 평어는 본문의 앞의 서(序)와 평, 그리고 회말총평으로 구성되어 있으며, 이 책의 평점에 참가한 이는 67명 남짓으로 그 가운데는 류팅지(劉廷璣), 천이시[陳奕禧; 쟝시(江西) 난안(南安) 군수], 예난톈[葉南田; 광저우 부(廣州府) 태수], 바다산런(八大山人) 등과 같은 고관대작이나 문단의 명사들도 포함되어 있다. 그중 많은 이들은 이름을 가탁했지만, 이렇게 방대한 평점 진용을 갖춘 것은 소설평점사에서 보기 드문 것이다. 가경 연간의 『경화연』 평점 역시 집체 창작 활동이다. 이 책의 평점자로는 쉬샹링(許祥齡), 샤오룽슈(蕭榮修), 쑨지창(孫吉昌), 쉬안즈(喧之), 멍루(萌如), 허청(合成), 예청(冶成) 등 몇 명에 이른다. 쉬샹링은 100회 회말총평에서 다음과 같이 말했다.[14]

14] 챠오광후이(喬光輝)는 쉬샹링이 아니라 샤오룽슈(蕭榮修)가 쓴 것으로 보았다.[「리루전의 『수자보(受子譜)』 및 이것과 『경화연』의 관계(李汝珍的『受子譜』及其與『鏡花緣』的關係)」, 2010 중국 『경화연』 학술연토회 교류 논문] [옮긴이 주]

이 책을 이제 막 몇 권 읽었을 때, 내가 마침 다른 일이 생겼는데, 돌아와 보니 판각이 이미 절반 넘게 끝나 있었다. 이에 읽어본 몇 책 분량에 대해서만 좁은 소견(이 미치는 바)을 덧붙이고, 청맹과니의 몇 마디 말을 각 편의 머리에 두었는데, 만에 하나라도 그에 합당한 부분이 있을지 모르겠다. 내가 몇 년 전 이 책의 중간 부분 10여 권을 읽었던 것을 기억해보면, 그 가운데 구성이 치밀한 부분과 묘사가 뛰어난 곳이 지금도 눈앞에 선한데, 그것을 하나하나 지적해내지 못한 것이 실로 한스러웠다. 하지만 뜻을 같이하는 여러 벗들이 이 책의 회목을 정한 것을 은근히 기뻐하면서, 나보다 앞서 그것을 심득한 이들이 있었구나 하고 생각하니, 또 어찌 그것을 한스럽게 생각하겠는가!(此集甫讀兩卷, 余適有他役, 及返而開雕已過半矣. 惟就所讀數本, 附管見所及, 盲瞽[15]數語于各篇之首, 未識有當于萬一否? 弟回憶數年前捧讀是書中間十餘卷, 其中細針密線, 筆飛墨舞之處, 猶宛然在目, 而竟不獲爲之一一指出, 實爲恨事. 然竊喜諸同志爲之標題, 諒有先得我心者矣, 又何恨焉!)

이것으로 이들 평점자들이 서로 잘 알고 지내던 친구 사이로, 『경화연』을 감상하고 비평하던 '살롱' 식의 비평 집단이었음을 알 수 있다.

'집평'의 두 번째 방식은 소설평점의 부단한 누적으로 표현되는데, 이러한 방식은 주로 명청 양대의 소설 명저에 대한 평점 중에 나타난다. 이러한 방식을 비교적 이른 시기에 채용한 것은 청초의 『삼국연의』 간본으로, 이를테면 청초 이샹탕(遺香堂) 간본 『회상삼국지(繪像三國志)』의 경우 평어는 무명씨의 방비(旁批)로 되어 있는데, 그 가운데 많은 것이 리줘우 평본을 답습한 것이다. 청초 량형탕(兩

15] '盲瞽'는 '妄綴'로 되어 있는 것도 있다. 그럴 경우 번역문은 "청맹과니의 몇 마디 말을 각 편의 머리에 두었는데"가 아니라 "몇 마디 말을 각 편의 머리에 되는 대로 엮었으니" 정도가 되겠다. [옮긴이 주]

衡堂) 간본『리리웡 비열 삼국지(李笠翁批閱三國志)』의 평점은 어떤 것은 마오 본『삼국연의』의 협비와 같고, 어떤 것은 이샹탕 본의 방비와 같다. 당연하게도 이들 간본은 명확한 집평 의식 없이 단지 서방(書坊)의 일종의 장사 수단일 따름이다. 청대에 집평 의식을 명확하게 갖고 있던 평점본으로는『유림외사』,『홍루몽』,『요재지이』이 세 가지 평본 계열이 있을 뿐이다.『유림외사』평본으로 현존하는 것은 와평(臥評) 본과 치성탕(齊省堂) 평본 그리고 톈무산챠오(天目山樵) 평본이 있다. 뒤의 두 종의 평본은 모두 와평 본을 저본으로 하여 와평 본의 평어를 모두 싣고 있는데, 그렇기에 하나의 평점은 부단히 누적되는 간행 과정에 불과하다.『요재지이』에는 왕스전(王士禛)과 허서우치(何守奇), 단밍룬(但明倫), 펑전롼(馮鎮巒) 등 사가의 평이 있는데, 그 기본적인 정황은 다음과 같다.

『비점요재지이(批點聊齋志異)』[도광 3년, "신성왕사정이상평, 남해하수기체정비점(新城王士正貽上評, 南海何守奇體正批點)"이라 제(題)했다.]

『요재지이신평(聊齋志異新評)』[도광 22년, "신성왕사정이상평, 광순단명륜신평(新城王士正貽上評, 廣順但明倫新評)"이라 제(題)했다.]

『요재지이합평(聊齋志異合評)』[광서 17년, "신성왕사정이상평, 부릉풍진란원촌, 남해하수기체정, 광순단명륜운호합평(新城王士正貽上評, 涪陵馮鎮巒遠村, 南海何守奇體正, 廣順但明倫雲湖合評)"이라 제(題)했다.]

이 평점의 누적성 역시 매우 분명하다.『홍루몽』평점 역시 그러하다.『홍루몽』고본(稿本) 단계에서 이른바 '즈옌자이 비평본' 자체는 일차적인 집체 평점 활동이다. 그러나 건륭 56년(1791년) 청웨이위안(程偉元), 가오어(高鶚)의 목활자 본이 세상에 나온 뒤 가경 이후 평본이 속속 나왔는데, 집평(集評) 성격의 간본 역시 종종 출현했다. 이를테면, 광서 연간의 『증평보도석두기(增評補圖石頭記)』에는 "왕시롄(王希廉), 야오셰(姚燮) 평"이라 서(署)했지만, 수록된 평어에는 타이핑셴런(太平閑人)의 「독법」, 「보유(補遺)」, 「정오(訂誤)」와 밍자이주런(明齋主人)의 「총평」 등도 수록되어 있다. 광서 10년의 『증평보상전도금옥연(增評補像全圖金玉緣)』 역시 "왕시롄, 장신즈(張新之), 야오셰 평"이라 서했으나, 실제로 평어는 이제 그치지 않았다. 이러한 소설평점의 집평 활동은 청대, 특히 청말 시기에 이미 하나의 풍조를 이루었다. 이와 별도로 소설평점사에는 평점본에 대한 평점도 출현했는데, 이를테면 황샤오톈(黃小田)의 『유림외사』 와평(臥評) 본에 대한 평점과 원룽(文龍)의 『금병매』 장주포 본에 대한 평점이 그것이다. 이들 평본은 비록 미간행되었지만, 이러한 현상은 오히려 주목할 만하다.

당연하게도 '집평'은 중국 고대 문학전파사에서 시문 비평과 같이 두드러지지 않았고, 진정한 의미에서의 집평 역시 사실상 나타나지 않았다. 이러한 작업은 20세기 50년대 이후에야 비로소 제대로 중시되었고, 고전소설 명저의 '회평본(會評本)'이 잇달아 나와 연구자와 독자들에게 편의를 제공했다.

4) 소설평점 형태 그 두 번째: '독법(讀法)'과 '권점(圈點)'

'독법'은 소설평점의 구성 부분으로 사람들이 소설평점의 형태를 언급할 때 항상 '독법'을 소설평점의 중요한 형식으로 보고 있다. 사실상 '독법'은 소설평점의 통상적인 형식은 아니고 필자가 그동안 보았던 근 2백 여 종의 소설평본 가운데 '독법'이 있는 것은 겨우 십여 종에 지나지 않는다.

『동도기(東度記)』[숭정崇禎 8년 진창(金閶) 완취안러우(萬卷樓) 간본, 쥬쥬라오런(九九老人) 평(評)]

『관화탕 제오재자서 수호전(貫華堂第五才子書水滸傳)』[숭정 14년 관화탕(貫華堂) 간본, 진성탄 평]

『사대기서 제일종 삼국연의(四大奇書第一種三國演義)』{강희(康熙) 18년 쭈이겅탕(醉耕堂) 간본, 마오 씨(毛氏) 부자 평]

『가오허탕 비평 제일기서 금병매(皐鶴堂批評第一奇書金瓶梅)』[강희 34년 간본, 장주포(張竹坡) 평]

『수상 서유증도서(繡像西遊證道書)』[건륭 15년 원성탕(文盛堂) 간본, 차이위안팡(蔡元放) 평]

『동주열국지(東周列國志)』(건륭 17년 간본, 차이위안팡 평)

『설월매(雪月梅)』[건륭 40년 더화탕(得華堂) 간본, 둥멍펀(董孟汾) 평]

『먀오푸쉬안 평 홍루몽(妙復軒評紅樓夢)』[도광 30년 간본, 장신즈(張新之) 평]

『신역 홍루몽』[도광 27년 간본, 카쓰부(哈斯寶) 평]

이렇듯 그 비율은 극소수만을 점하고 있을 뿐이다. 이것으로 '독법'이 소설평점에서 불가결한 형식이라고 보는 것은 일종의 오해라는 사실을 알 수 있다.

'독법'이라는 형식은 비교적 이른 시기인 남송 때의 고문 선평(選評)에서 보인다. 곧 뤼쭈첸(呂祖謙)의 『문장관건(文章關鍵)』 권수(卷首)에는 「고문을 보는 요점(看古文要法)」이라는 문장이 있는데, 그 가운데 '총론간문자법(總論看文字法)', '간한문법(看韓文法)', '간류문법(看柳文法)', '간소문법(看蘇文法)', '간제가문법(看諸家文

法)', '논작문법(論作文法)', '논문자병(論文字病)' 등 몇 개의 조문이 그것이다.

> 첫 번째로 그 대강과 주장을 본다. 두 번째로 글의 세와 규모를 본다. 세 번째로 강목과 관건이 되는 곳을 본다. 곧 어떻게 주장하는 바가 앞뒤로 조응을 하는지 어떻게 한 편의 서술이 배치되고 순서가 매겨졌는지, 어떻게 오르내리고 열리고 닫혀 있는지 등. 네 번째는 경계가 될 만한 책략의 구법을 본다. 곧 어떻게 한편의 경계가 될 만한 책략을 사용했는지, 어떻게 다음 구와 다음 글자에 힘들인 곳이 있는지, 어떻게 일어나는 곳과 전환하는 곳이 훌륭하게 이루어졌는지, 어떻게 연결하고 결합하는 데 힘을 들였는지, 어떻게 융화시키고 굴절을 하고 잘라내는 데 힘을 들였는지, 어떻게 그 실체에 제목을 잘 붙였는지 등.(第一看大概、主張.第二看文勢、規模.第三看綱目、關鍵：如何是主意首尾相應, 如何是一篇鋪敘次第, 如何是抑揚開合處. 第四看警策、句法：如何是一篇警策, 如何是下句下字有力處, 如何是起頭換頭佳處, 如何是繳結有力處, 如何是融化屈折翦截有力處, 如何是實體貼題目處.)

이러한 '총론과 수많은 '각론', 작문법 등이 뤼쭈첸의 '독법'의 전체 내용을 구성하고 있다. 이러한 틀거리는 후대의 소설평점의 '독법'의 기본 내용이기도 한데, 다만 그 문체가 다르기에 그 논술의 무게 중심이 놓이는 것이 약간 변경되었을 따름이다.

소설평점사에서 이러한 '독법'이 최초로 등장한 것은 숭정(崇禎) 8년(1635년)에 나온 『동도기(東度記)』[16]이다. 이 책의 권수(卷首)에

16] 명대에 나온 소설로 『소매돈륜동도기(掃魅敦倫東度記)』라고도 한다. 작자는 팡루하오(方汝浩)로, 그의 생애는 잘 알려져 있지 않다. 그 내용은 달마조사가 남 인도에서 출발해 서쪽에서 동쪽으로 나아가며 만나는 여러 가지 요괴를 서술하고 있는데, 사실은 당시 명말 사회의 여러 가지 모순들이

있는 「『동도기』를 읽는 여덟 가지 방법(閱東度記八法)」은 여섯 글자의 대구 형식으로 표현되어 있다.

윤리와 정도를 싫어하지 않으면, 충효가 집안에 전해질 것이로되.

설사 구성과 서술이 착종되어 있다 해도, 본래의 제목만을 돌아볼지니.

한갓 중이나 도사의 뜬구름 잡는 말이라 하지 마라, 실제로는 윤리 강상의 올바른 도리와 연관 있나니.

비록 황당무계하게 말하지만, 오히려 선가의 종지가 있다네.

존귀하신 분의 가르침에는 본래 말이 없나니, 잠시 스승과 문도를 빌어 그 오묘함을 드러냈도다.

이야기 중간에 나오는 요마와 사악한 도깨비들은 장식으로 드러내 보여준 것에 지나지 않거늘.

종합하면 직접 풍속 교화와 상관있으니, 고명한 지적을 피하지 마라.

만약 선심을 들어 경계할 수 있다면, 문득 비루한 뜻을 적어 기록할지니.

不厭倫理正道, 便是忠孝傳家.

任其鋪叙錯綜, 只顧本來題目.

莫云僧道玄言, 實關綱常正理.

雖說荒唐不經, 却有禪家宗旨.

尊者教本無言, 暫借師徒發奧.

中間妖魔邪魅, 不過裝飾闡觀.

總來直關風化, 不避高明指摘.

若能提警善心, 便遂作記鄙意.

빚어내는 봉건사회의 다양한 병폐들을 형상화한 것으로 평가되고 있다. [옮긴이 주]

그로부터 6년이 지난 뒤, 진성탄 비본 『수호전』이 간행되어 나오자, '독법'의 형식은 고정되었다. 진성탄 비본이 청대에 폭넓게 영향을 주었기에, 청대의 소설평점의 '독법' 또한 이에 따라 발전했으나, 기본적으로는 진성탄의 틀거리를 뛰어넘지 못했고, 그것을 모방한 흔적이 더욱 분명하게 드러났다. 또 마오 씨 부자나 장주포가 의식적으로 모방한 것은 물론이려니와, 건륭 연간에 나온 『설월매(雪月梅)』 '독법' 중에서는 평자가 더욱 분명하게 모방하고 이를 베꼈다. 이를테면 다음과 같은 것을 들 수 있다. "이 소설은 그를 보매 호걸을 묘사한 것은 호걸에 걸맞게, 도학자를 묘사한 것은 도학자에 걸맞게, 유생을 묘사한 것은 유생에 걸맞게, 강도를 묘사한 것은 강도에 걸맞게, 각각이 그 나름의 절묘함을 다하였다.(此書看他寫豪傑是豪傑身份, 寫道學是道學身份, 寫儒生是儒生身份, 寫强盜是强盜身份, 各極其妙.)"(『설월매』) "이것은 그의 마음이 한가롭고 아무 일이 없을 때 마침 훌륭한 글이 떠올라 손 가는 대로 옛사람의 한두 가지 일을 집어내어 한 편의 기이한 책을 엮은 것이다.(是他心閑無事, 適遇筆精墨良, 信手拈出古人一二事, 綴成一部奇書.)" 그 가운데 그대로 모방하고 베껴쓴 색채가 자못 농후하다. 장주포의 『금병매』 비본 가운데 '독법'의 편폭은 크게 증가하였지만, 자질구레하고 번잡한 폐단은 더욱 두드러지게 나타났다. 건륭 시기 차이위안팡(蔡元放) 평본에도 '독법'이 있는데, 편폭은 명확하게 감소했고, 이후의 소설 '독법'은 기본적으로 간략해지는 추세였다.

소설평점의 '독법'은 조목 식의 문장과 발산 식의 시각, 자유로운 서술 방식으로 전체 소설에 대한 평자의 관점과 독자를 향한 독서 지남을 제시하고 있다. 그 내용은 대체로 다음의 네 가지를 포괄하고 있다.

첫째, 소설의 주제를 드러내 밝혀준다. 이를테면, 마오 씨 부자 비본『삼국연의』의 '독법'에서는 '정통'과 '나라를 찬탈한 것僭國'을 구별함으로써 이 소설의 주요한 의의가 촉한蜀漢을 정통으로 하는 것을 기본 특징으로 하고 있다는 사실을 천명했다. 둘째, 소설에 등장하는 인물들을 분석하고 있다(특히 인물의 등급을 정하는 것을 특색으로 삼았다). 이것은 진성탄 비『수호전』이 가장 뛰어난데, 진성탄은 [자신의 독법의] 삼분의 일 정도의 편폭으로 전체 인물의 소조(塑造)와 인물 개개인에 대한 품평, 그리고 인물의 등급을 정하는 세 가지 측면에서『수호전』의 예술적 특징을 분석했다. 이것은 후대의 '독법'에 크게 영향을 끼쳤는데, 특히 인물의 등급을 정하는 것은 이미 '독법'의 관례가 되었다. 셋째, 소설의 서사 법칙이라 할 '문법'을 논하고 있다. 이것 역시 진성탄의 비평이 시조가 된다고 할 수 있는데, 이후에도 끊어지지 않고 이어져, 소설평점 '독법'의 대종을 이루었지만, 이것은 후세에 가장 큰 병폐가 되기도 해, 졔타오(解弢)는 "진성탄과 마오 씨 부자가 소설을 비(批)한 것은 문장을 논한 것일 따름이지, 소설을 논한 것은 아니다"라고 말했다. [졔타오,『소설화(小說話)』, 중화서국, 1919년] 그 비판은 확실히 핵심을 찌르고 있다. 넷째, 소설을 읽는 방법을 지적하고 있다. 이 내용은 진성탄 비『수호전』에서는 비교적 적게 언급되어 있지만, 그가 평점한『서상기』독법에는 대량의 편폭으로 이를 언급하고 있다. 그렇기에 소설평점 가운데 이 부분의 내용은 진성탄 비『서상기』의 영향을 받은 것인지도 모른다. 상대적으로 이 부분의 내용 가치는 비교적 작아, 어떤 것은 순전히 황당무계한 이야기이다. 이를테면, 장주포 비『금병매』「독법」에는 "『금병매』를 읽되" "넋을 놓고 봐서는 안 된다(不可呆看)"는 말을 연이어서 일곱 번이나 하고 있고, 반드시 "[무언가를 쾅하고 치기 위해] 타구를 가까이에 두어야 하고(置唾壺于側)", "보검을 우측에다 두었다가 [때로 칼을 허공에 휘둘러 분을 발산할 수 있도록 해야 하고](列寶劍于右)" "거울을 앞에 걸어 놓고, [때로 충분히 자신을 비춰 볼 수 있어야 하고](懸明鏡于前)", "술을 좌측에다 두었다가, [때로 마음껏 마심으로써 이러한 세정의 악을 해소해야 하고](置大白于左)", "좋은 향을 탁자에 놓고 [때로 멀리 작자에게 감사해야 하고](置名香于几)", "좋은 차를 책상에 두고, [작자의 노고를 기려야 한다.](置香茗于案)" 당연하게도 중시해야 할 관점 역시 몇 가지 있는데, 이를테면 『홍루몽』 쑨쑹푸(孫崧甫) 초평본(抄評本)에서 제시한 '정독靜讀, 공독共讀, 급독急讀, 완독緩讀'이라는 네 가지 법칙이 그것이다.

『홍루몽』을 읽되 한 사람이 조용히 읽어야만 한다. 모두 합쳐서 전서 80만 자를 웃도는 소설을 숨을 고르고 조용히 읽지 않으면 어찌 삼매경에 빠질 수 있겠는가?

『홍루몽』을 읽되 여러 사람이 함께 읽어야 한다. 다른 책은 한 번 보고 나면 그만이지만, 『홍루몽』이라는 책은 나는 내쳤지만 다른 사람은 취할 수도 있고, 다른 사람이 내친 것을 내가 취할 수도 있기에, 반드시 두세 명의 지기가 술을 놓고 둘러앉아 한 편 한 단락, 한 글자 한 구절을 하나하나 쫓아가며 세밀히 연구해야만 비로소 그 묘미를 다 느낄 수 있는 것이다.

『홍루몽』을 읽되 급하게 읽어야 한다. 반드시 며칠 동안의 공력을 들여 처음부터 끝까지 한 번에 읽어 제낀 뒤에야 어느 곳에서 일어나고 어느 곳에서 매듭이 지어지며, 어느 곳이 정문이고 어느 곳이 한필인 지를 알 수 있으니, 다른 책과 같이 우연히 집어 들고 이야기 위주로 읽어내는 것과는 다르다.

『홍루몽』을 읽되 천천히 읽어야 한다. 아직 책을 펼치기에 앞서 먼저 하나의 바오위가 의중에 있어야 하고 이미 책을 펼친 뒤에는 다시 하나의 내가 책 속에 있어야 한다. 반드시 몇 개월 정도의 공을 들여 끊어질 듯 이어지는 부드럽고 온화한 곳을 보게 되면, 내가 그러한 처경에 놓이게 되면 또 어떻게 할 것인가 하는 생각을 하게 될 것이니, 이렇게 하면 내가 곧 책이고, 책이 곧 내가 되는 경지에 이를 수 있다. 옛사람이 이르기를, "쿵쯔와 멍쯔의 책을 읽으면 자신이 쿵쯔와 멍쯔인 양 생각하라"고 한 것은 그 뜻이 이것을 이름이라. 나는 『홍루몽』에 대해서도 같은 말을 할 것이다. "요즘 사람들은 책은 책이고, 나는 나라고 여기니 권태로움에 문득 그 내용을 잊게 되는 게 당연하다."

讀『紅樓』宜一人靜讀. 合觀全書不下八十万字言, 若非息心靜气, 何由得其三味?

讀『紅樓』宜衆人共讀. 他書一覽而盡, 至『紅樓』一書, 有我之所弃未必非人所取, 有人之所弃未必非我所取, 必須擇二三知己, 置酒圍坐, 一篇一段, 一字一句, 逐層細究, 方能曲盡其妙.

讀『紅樓』宜急讀. 必須盡數日之力, 從首至尾, 暢讀一遍, 然後知其何處是起, 何處是結, 何處是正文, 何處是閑筆, 不似他書, 偶拈一本, 便可作故事讀也.

讀『紅樓』宜緩讀. 未開卷時, 先要有一宝玉在意中, 旣開卷後, 又要有一我在書中. 必須盡數月之功, 看到纏綿旖旎之處, 便要想出我若當此境地, 更復如何, 如此方能我卽是書, 書卽是我. 昔人云: '讀孔孟書, 便當思身爲孔孟'. 旨哉是言. 吾于『紅樓』亦云: '今人書只是書, 我只是我, 无怪卷輒忘也'.[17]

이러한 '독법'은 독자가 『홍루몽』을 감상하는 데 확실히 어느 정도 장점이 있다.

소설평점 중의 '권점(圈點)'은 요즘 사람들은 별로 연구를 하지 않고 있는데, 고대소설 간본 중에는 비교적 보편적으로 등장하지만

17] 량줘(梁左), 「쑨쑹푸 평본 『홍루몽』 기략(孫崧甫評本『紅樓夢』記略)」(『홍루몽학간(紅樓夢學刊)』 1983년 제1기)에서 재인용.

그다지 중요하지 않기 때문이다. '권점'은 송 이래의 문학 선본 중에서 주로 시문의 국부적인 예술 특성을 콕 집어 표지를 단 것으로, 이를테면 '경오(警悟)', '요어(要語)', '자안(字眼)', '강령(綱領)' 등이 그것이다. 하지만 소설의 성공 여부는 국부적인 자구의 경책(警策)에 있지 않고 더욱 중요한 것은 전체 규모의 완성미에 있기에 '권점'은 소설의 전파에 대한 영향이 그리 크지 않고, 옛사람들 역시 이에 대해 언급한 이가 극히 적었다.

'권점'은 구두(句讀)에서 기원하며, 당대에 이미 비교적 보편적이었다. 당의 천태종 승려 잔란(湛然)은 다음과 같이 말했다. "무릇 경문의 말이 끊어지는 곳을 일러 '구'라 하고, 말이 아직 끊어지지 않아 거기에 점을 찍어 읊조리는 데 편하게 한 것을 '두'라 한다.(凡經文語絶之處謂之句, 語未絶而點之以便誦咏, 謂之讀)"[당 잔란, 『법화문구기(法華文句記)』] 청대의 위안메이(袁枚) 역시 '권점'이 당대에 시작되었다고 생각했다. "옛사람의 글에는 권점이란 게 없었다. 팡바오(方苞) 선생은 그것이 있으면 [글의] 힘줄이 되고 마디가 되는 곳에서 살펴 읽기 편하다고 여겼다. 생각컨대 당대 사람 류서우위의 『문총명』에서 '붉은 먹으로 둘렀다'라고 한 것이 권점의 남상이 되는 것은 아닐까 한다.(古人文無圈點, 方望溪先生以爲有之則筋節處易于省覽. 按唐人劉守愚『文冢銘』云有'朱墨圍'者, 疑則圈點之濫觴.)"[위안메이, 『소창산방문집(小倉山房文集)』「범례」] 하지만 이러한 '권점'은 여전히 일반적인 의미에서 구절을 끊는 것을 말하고, 문학 평점에서의 '권점'과는 다르다. 전자는 어법이라는 측면에 속하고, 후자는 감상이라는 측면에 속하는데, 전후의 연속적인 관계는 확실히 뚜렷하다. 문학 평점 중의 '권점'은 비교적 이른 시기인 남송 때의 고문 선평(選評)에서 보이는데, 일반적으로 "주말,

주점, 묵말, 묵점(朱抹, 朱點, 墨抹, 墨點)"이 있었다. 그 각각의 함의는 다음과 같다. "주말이라는 것은 강령이나 [문장의] 대의이고, 주점이라고 하는 것은 핵심어나 경구가 될 만한 말에 붙인다. 묵말이라는 것은 [사실을] 따져 정정하고 제도 같은 것에 붙이고, 묵점이라고 하는 것은 사건의 시말이나 언외의 뜻에 붙인다.(朱抹者, 綱領, 大旨; 朱點者, 要語, 警語也; 墨抹者, 考訂, 制度; 墨點者, 事之始末及言外意也.)"[첸타이지(錢泰吉), 『폭서잡기(曝書雜記)』] 셰팡더(謝枋得)의 '권점'은 더욱 복잡하다. 그는 권점 부호에 "절, 말, 권, 점(截, 抹, 圈, 點)" 네 가지를 덧붙였고, 또 "흑, 홍, 황, 청(黑, 紅, 黃, 靑)" 이렇게 서로 다른 색깔로 각종의 부호에 대해 다시 나누어 표시했다. 이를테면, '절(截)'은 "큰 단락으로 의미가 다하면, 검은색으로 절을 그리고, 큰 단락 안에 작은 단락은 붉은색으로 절을 그린다. 작은 단락과 작은 마디 및 구법이 바뀌는 곳은 노란색으로 절을 반으로 그린다.(大段意盡, 黑畫截; 大段內小段, 紅畫截; 小段, 細節目及換易句法, 黃半畫截.)" 이런 권점법은 후대에 일정한 영향을 주어 사람들로부터 "광첩산법(廣疊山法)"이라 불렸다[원대 청돤리(程端禮)의 『독서분년일정(讀書分年日程)』 2권]. 명대 사람 구이유광(歸有光)의 권점법 역시 아주 복잡했다.

> 붉은 권점을 한 곳은 의미 구절과 서사가 뛰어난 곳이고, 노란 권점을 한 곳은 기맥이다. 역시 전환이 되는 곳에는 붉은 동그라미로 일이 이어져 가는 것이 있다. 묵척은 사리에 어긋나는 곳이고 청척은 그다지 요긴하지 않은 곳이며, 주척은 아주 요긴한 곳이고, 황척은 요긴한 곳이다.(朱圈點處總是意句和敘事好處, 黃圈點處總是氣脈. 亦有轉折處用黃圈而事乃連下去者. 墨擲是悖理處, 靑擲是不好要緊處, 朱擲是好要緊處, 黃擲是一篇要緊處.)[구이유광, 『평점『사기』예의(評點『史記』例意)]

고문 권점은 송 이래로 널리 성행했는데, 독자가 감상하며 열독하는 데 일정한 작용을 일으켰다. 야오나이(姚鼐)는 "권점은 다른 사람의 생각을 계발하는 데 해탈보다 나은 점이 있다(圈點啓發人意, 有愈于解脫者也)"라고 말했다[야오나이, 「쉬지야에게 보내는 편지(與徐季雅書)」]. 특히 어떤 평점자는 권점을 협비, 방비 등의 형식과 결합해 권점의 뜻이 더욱 눈에 띄도록 했다. 이를테면 셰팡더(謝枋得)의 『문장궤범(文章軌範)』에서는 문장 가운데 가구와 경구가 될 만한 말에 권점을 하는 동시에 또 자구 옆에 "앞을 계승하고 끊임없이 아래로 연결시킨다(乘上接下不斷)", "문장이 완곡하고 맛이 있다(文婉曲有味)", "좋은 구법이다(好句法)" 등등의 비어를 달아 독자가 문장을 더욱 깊이 이해할 수 있게 했다. 당연하게도 권점의 방법에는 이에 상응하는 정해진 규칙이 없어 각자의 권점은 사람에 따라 달라 일정하게 신비로운 색채가 있었다. 그렇기에 독자에게 강렬한 효과를 낳기가 어려웠다.

소설평점 중의 '권점'은 그 기능상 고문 선평의 '권점'과 큰 차이는 없었는데, 하나는 문장 가운데 일깨우고자 하는 곳에 표시하는 것이고 다른 하나는 구두의 작용이다. 소설에 다는 권점은 통속소설사에서는 일관된 측면이 있다. 명 만력 19년 완쥐러우(萬卷樓) 본 『삼국지통속연의』 중의 '지어(識語)'에서는 명확하게 그 "구두에 권점이 있다(句讀有圈點)"고 했다. 명 천계와 숭정 연간 젠양(建陽)의 정이전(鄭以楨)의 『삼국연의』 간본에는 그 서명에서 더욱 분명하게 『신준교정경본대자음석권점삼국지연의(新鐫校正京本大字音釋圈點三國志演義)』라고 밝혀두었는데, 이렇게 서명에 '권점'이라는 글자를 표시한 것은 소설평점사에서 드물게 보이는 것으로 청 이후에는 이런 현상을 거의 볼 수 없다. 이것으로 명대에는

'권점' 역시 소설 전파의 중요한 구성 부분으로 소설 간본에 들어갔으며, 이후로는 통상적인 것이 되어 더 이상 따로 표시할 필요가 없었다.

명청대의 소설평점 중의 권점 형식은 '점(點)', '단권(單圈)', '쌍권(雙圈)', '투권(套圈)', '연권(連圈)', '삼각(三角)', '직선(直線)'과 오색 표지 등으로 다양했고, 용법은 사람에 따라 달랐기에 총체적으로 서술하기가 어렵다. 그리고 소설의 권점에 대해 이론적으로 설명하는 문장 또한 극히 드물게 보인다. 이런 류의 문장은 일반적으로 해당 소설의 「범례」 가운데 보이며 현재 필자가 본 적이 있는 범례만을 근거로 설명을 하고자 한다. 비교적 이른 시기에 소설의 권점에 대해 설명한 것은 쥬화산스(九華山士) 판징뤄(潘鏡若)가 『삼교개미귀정연의(三教開迷歸正演義)』[명 만력 바이먼(白門) 완췐러우(萬卷樓) 간본]를 위해 지은 「범례」가 있다.

> 본 전의 권점은 보는 이의 눈을 분식하기 위함이 아니라, 경계가 되는 곳을 드러내고 진정으로 절실한 곳에는 권(圈)을 가하고 그다음으로 점(點)을 사용한 것이다.(本傳圈點, 非爲飾觀者目, 乃警拔眞切處則加以圈, 而其次用點.)

명 천계 연간에 간행한 『선진일사(禪眞逸史)』의 첫머리에는 샤뤼셴(夏履先)이 찬(撰)한 「범례」가 있는데, 그 가운데 이 책 속의 권점에 대해 다음과 같이 설명해 놓았다.

> 이 책에서 권점이 어찌 보는 것을 위해 꾸민 것이라 말하는가? 특별이 오묘한 것을 밝혀 드러내기 위한 것이다. 그 관목[정절을 가리킴]이 조응하고 혈맥이 연결되어 있으며 이어지는 곳을 인증하거나 확실하게 근거가 있고 중요한 곳에는 、(、를 반대로 한 것. 아래의 그림을 참고할 것)을 쓰고,

> 혹은 청신하고 준일하며 빼어나게 우아하고 투명하며 화려한 꽃이 피어난 듯 기이하고 환상적이며 묘사가 흥취가 있는 곳에는 ○을 쓰고, 혹은 밝게 일깨우고 경계가 되는 곳을 드러내며 꼭 맞아떨어지고 조리가 타당하며 힘이 있어 사람을 움직이는 곳에는 、를 쓴다.(史中圈点, 豈日飾觀, 特爲闡奧. 其關目照應、血脉聯絡、過接印証、典核要害之處,則用、.或淸新俊逸、秀雅透露、菁華奇幻、摹寫有趣之處,則用○. 或明醒警拔、恰适條妥、有致動人處,則用、.)

이상에서 설명한 것은 이 책의 문장 가운데 경계가 되는 것을 드러내는 곳에 권점을 했다는 것을 가리키고 있는데, 평자는 소설의 예술적 특성을 세 가지 유형으로 귀납했고, 아울러 세 가지 서로 다른 부호로 표지를 가해 자못 눈에 띄게 보이도록 했지만, 이 세 가지 예술적 특성은 사실 그 자체로는 내재적인 논리적 구별이 결여되어 있었기에 이런 권점의 실제적인 효용은 사실상 있기 어려웠다.

권점의 구두 작용에 관한 설명으로는 청 건륭 연간에 나온『장전산전(妝鈿鏟傳)』중의「권점변이(圈點辨異)」라는 문장에서 가장 상세하게 설명해 놓았다. 다음에 그 한 대목을 인용한다.

> 무릇 작품 가운데 홍련점과 홍련권을 사용한 것은 혹은 뜻에 따라 가한 것이거나 혹은 용법에 따라 가한 것이거나 혹은 단어에 따라 가한 것으로 모두 멋대로 그리한 것은 아니다.(凡傳中用紅連點, 紅連圈者, 或因意加之, 或因法加之, 或因詞加之, 皆非漫然.)
>
> 무릇 작품 가운데 옆에 붉은 점을 사용한 것은 하나의 문장이라는 것이고, 중간에 붉은 점을 사용한 것은 혹은 한번 쉬거나 혹은 한번 구두하는 것으로, 모두 멋대로 그리한 것은 아니다.(凡傳中旁邊用紅點者, 則系一句; 中間用紅點者, 或系一頓或系一讀, 皆非漫然.)

무릇 작품 가운데 검은색으로 둥그렇게 권을 사용한 것은 모두 지명이고, 검은색으로 뾰죽하게 권을 한 것은 모두 인명으로, 모두 멋대로 그리한 것은 아니다.(凡傳中用黑圓圈者, 皆系地名; 用黑尖圈者, 皆系人名, 皆非漫然.)

무릇 작품 가운데 '장전산'이라는 세 글자를 모두 붉은색 권으로 검은색 권을 감쌌으니 그것을 제목으로 삼은 것으로, 모두 멋대로 그리한 것은 아니다.(凡傳中'妝鈿鏟'三字, 皆紅圈套黑圈者, 以其爲題也, 皆非漫然.)

『장전산전』은 초본으로 "쿤룬 나이다이다오런 저, 쑹웨다오스 비점(昆侖褦襶道人著, 松月道士批點)"이라 제(題)하였다. 『권점변이』 문장에는 "쑹웨다오스"라 서(署)했는데, 이것으로 책 속의 권점을 평점자가 한 것임을 알 수 있다.

소설평점의 권점 문제에 관해서는 자료의 결핍으로 상술한 것으로만 설명을 끝내도록 하겠다.

이상에서 우리는 소설평점 형태의 발전과 그 가운데 몇 가지 주요한 형태에 대해 간략하게 정리해 보았다. 이것으로도 소설평점의 형태에 감추어진 합리적인 함의와 후대의 문학비평에 대한 영향을 알 수 있다. 소설평점은 중국 고대의 독특한 문화 현상으로 이론 비평과 상업적인 전파가 하나로 융합된 비평 형식이다. 소설평점의 형태는 바로 이러한 배경 하에 그 자체의 형태적인 특징을 형성했던 것이다. 이러한 형태적 특징은 대체로 다음의 두 가지 측면으로 표현된다.

하나는 평점 형태의 다원화로, 소설평점의 형태는 기나긴 발전 과정 속에서 고정적이고 획일화되지 않고 서로 다른 비평의 취지와 비평 대상에 근거해 서로 다른 평점 방식을 채용했다. 소설평점 가운데 비평 대상의 함의가 풍부하고 또 자신의 정감을 표현하는 것을 위주로 하면서도 그 형태에 있어 형식이 완비되고 논변적 색채가 강렬한 것으로는 진성탄 비 『수호전』과 마쭝강 비 『삼국연의』 등을 들 수 있다. 그리고 소설의 상업적 전파를 추진하는 데 그 뜻이 있는 평점은 형태상 간략한 형식과 감오식(感悟式)의 작문 방식을 위주로 하고 있다. 이렇듯 다원화된 평점 형태는 소설평점이 통속소설의 심미적인 틀거리에 들어맞게 했을 뿐 아니라 또 다차원적인 소설 감상의 주체에 적합하게 했는데, 이렇게 해서 소설이 전파되는 가운데 자신만의 중요한 지위를 확립할 수 있었다.

다른 하나는 평점 형태의 실용성과 통속성이다. 소설평점은 소설 작품에 부속되어 미비와 협비, 총비 등의 형식이 모두 작품 자체와 밀접하게 연관되어 있으며, 독법 류의 문장은 더더욱 작품 감상의 실용성과 통속성에 대해 지도 작용을 하고 있다. 이렇듯 작품과 하나로 융화되었을 뿐 아니라 독자의 수용을 목적으로 하는 비평 형태는 소설평점이 중국의 고대에 쇠퇴하지 않고 성행하게 된 중요한 요인이 되었다. 소설평점의 형식은 이미 역사의 진부한 흔적이 되어 현재의 문학비평에서는 이미 중요한 위치를 점하고 있지 못하다. 하지만 이렇듯 독특한 비평 형태는 여전히 그 생명력과 가치를 잃지 않고 있는데, 특히 이런 비평 형태가 체현하고 있는 다층적이고 다원화된 비평의 틀과 수용을 목적으로 하고 독자를 기본으로 삼는 비평정신은 의심할 바 없이 귀감이 될 만한 비평 전통이고 또 이것을 하나의 거울로 삼아 요즘의 문학비평 중에 만연한 허망하고 부실하면서도 독자와는 별로 관계없는 비평의 폐단을 치유할 수 있을 것이다.

2. 소설평점의 유형

평점자는 서로 다른 인생 역정과 예술적 소양, 그리고 비평의 목적을 갖고 있었기에, 그에 따라 소설평점은 서로 다른 평점의 유형을 형성했는데, 이것은 평점의 내용과 사상, 취지 등의 방면에서 소설평점을 귀납하고 분석한 것이다. 중국의 고대 문학비평사에서 소설평점이라는 것은 가장 독특한 비평 군체(群體)로 그 인적 구성도 복잡하고 평점의 목적도 상이한 데다 소설전파의 상업적 경로, 곧 서방의 영향과 통제를 매우 크게 받았다. 그래서 소설평점은 일종의 민간 색채가 농후한 문학비평 행위였다. 이렇게 농후한 민간 색채는 또 고대 통속소설의 예술 심미적 품위와 서로 일치해서 그로부터 중국 고대문학예술사상 독특한 깃발을 세우게 되었다.

소설평점의 구성에 대해 분석을 하다 보면 전통적인 문학비평가와 비교할 때 소설평점자의 사회적 지위가 낮고, 일정한 사회적 지위를 갖고 있는 사람이 참여한 것은 매우 적으며, 심지어 대량의 소설평점자의 실제 이름마저도 묻혀버려 알려지지 않은 경우도 있다. 하지만 소설평점자 역시 그 특수성을 갖고 있는데, 그 가운데 가장 분명한 것은 직업적인 성격이 명확하게 증강되었다는 점이다. 전통적인 문학비평가의 대열에서 소설평점자는 직업적인 성격이 가장 강했던 비평 군체라 할 수 있다. 중국의 고대에 소설평점자들은 대체로 문인이나 서방의 주인, 그리고 소설가 자신이라는 세 가지 유형으로 구성되었다. 이 세 가지 유형의 소설평점자들은 비평의 목적이나 정감 취지, 이론 사상 면에서 모두 아주 큰 차이를 보이고 있는데, 이에 따라 소설평점은 서로 다른 이채를 띠고 풍격이 크게 다른 국면을 맞게 되었다. 개괄해서 말하자면 문인의 소설평점은 비교적 개인의 정감을 풀어내는 것을 중시하는데, 그들이 선택한 소설 작품 역시 명확하게 정감을 지향하고 있다. 서방의 주인이나 그 주변의 하층 문인들은 소설평점에서 상업적인 전파를 그 주요 목적으로 삼고 있다. 소설과 비교적 밀접한 관계를 맺고 있는 문인 평점과 소설가 자신의 평점은 평점의 주체적인 정감과 상업적인 전파성을 모두 고려하고 있다. 당연하게도 소설평점본 하나하나를 놓고 보자면, 상황은 비교적 복잡해서 억지로 그 영역을 나눌 수 없으며, 그 가운데 비교적 중복과 교차가 많이 있기 때문에 위에서 나눈 것 역시 그 주체만을 놓고 말한 것일 따름이다. 아래에서는 이러한 구분에 따라 소설평점을 대략 세 가지 기본적인 유형, 곧 '서상 형(書商型)'과 '문인형', 그리고 '종합형'으로 나누어 서술하겠다.

1) 서상 형(書商型): 소설평점의 상업성

소설평점은 그 인적 구성으로 보자면, 서방 주인과 문인에서 그 기원을 찾을 수 있으며, 이 부류는 서방과 문인의 공동 참여로 확장된다. 비록 그 발전 과정에 변화가 있고, 인적 구성 역시 날로 복잡해지긴 했지만, 서방 주인의 참여는 여전히 소설평점의 중요한 실마리였기에 서방 주인과 그 주위의 하층 문인들은 의심할 바 없이 소설평점자 가운데 중요한 구성 부분이었다. 서방은 통속소설의 창작에 참여하는 동시에 평점을 소설 전파의 중요한 수단으로 보았다. 이렇듯 창작과 평론을 하나로 연계하는 행위는 명청, 특히 명대의 통속소설 발전사에서 중요한 현상이고, 명청대 통속소설의 예술 상품화의 중요한 징표이기도 하다.

명청대의 소설평점사에서 서방 주인과 그 주위의 하층 문인들이 소설평점에 참여한 데에는 주로 다음과 같은 두 가지 방식이 있었다.

하나는 서방 주인의 직접적인 참여로 그 이름을 명확하게 드러냈다. 이런 방식은 많이 보이지는 않으며, 필자는 소설평점사에서 위샹더우(余象斗), 샤뤼셴(夏履先), 피경산팡주런(筆耕山房主人), 위안우야(袁無涯), 루윈룽(陸雲龍) 등 다섯 가지 예만 보았을 뿐이다.

위샹더우(余象斗; 약 1560~1637년)[18]의 자는 원타이(文台)이고 호는 양즈산런(仰止山人)이며, 푸젠(福建) 젠양(建陽) 사람이다. 위 씨는 대대로 책을 찍어내던 집안 출신으로 그 조상들은 송대에 이미 각서(刻書)로 이름을 날렸다. 예더후이(葉德輝)의 『서림청화(書林清話)』에서는 다음과 같이 말했다. "대저 송대에는 각서가 극성했는데, 민중 지방이 으뜸으로 꼽을 만하다. 그리고 민중에서도 젠안이 최고였는데, 젠안에서도 위 씨 가문이 최고였다.(夫宋刻書之盛, 首推閩中, 而閩中尤以建安爲最, 建安尤以余氏爲最.)" 명 만력 연간에는 최전성기에 이르렀는데, 위샹더우는 바로 그때 위 씨 집안 각서의 대표적인 인물이었다. 일찍이 그 스스로 다음과 같이 말했다. "신묘년(만력 19년, 1591년) 가을, 재주가 없어 유가의 업을 폐하였으니[과거 시험 공부를 작파하고], 집안 대대로 서방을 하며 책 상자를 판각하는 것을 일로 삼았다.(辛卯之秋, 不佞斗始輟儒家業, 家世書坊, 鋟笈爲事.)"[19] 이것으로 그가 일찍이 독서하고 관직을

18] 위샹더우의 생졸년에 관해서는 샤오둥파(肖東發)의 「명대 소설가, 각서가 위샹더우(明代小說家, 刻書家余象斗)」[『명청소설론총(明清小說論叢)』 제4집, 춘풍문예출판사(春風文藝出版社), 1986년]를 볼 것.

구했으나 연이은 시험에 급제하지 못해 유가의 길을 접고 각서의 길로 들어섰음을 알 수 있다. 이런 특수한 경력이 이후에 통속소설의 창작과 평론, 간행에 종사하는 데 일정한 영향을 끼쳤으며, 최소한 문화 수양에 있어 그가 이런 일에 종사하게 된 기초를 마련해주었다. 곧 그가 일정한 문화적 소양을 갖춘 과거 시험에 급제하지 못한 문인이었기에 위상더우는 소설을 간행하는 동시에 자기 손으로 소설을 엮어냈던 것이고, 동시에 상업적인 이익을 목적으로 하는 서방 주인이었기에 일반 독자의 요구에 영합해 비교적 일찍부터 평점을 통속소설의 간행에 끌어들여 소설전파사와 소설평점사에서 "상평, 중도, 하문"이라는 상업적인 효과가 풍부한 소설 간행의 '평림' 체제를 만들어낼 수 있었던 것이다.

서방 주인으로서 위샹더우가 소설 창작과 평론을 하는 가운데 자신의 흔적을 남길 수 있었던 것은 당시의 독특한 상업 문화의 배경에 힘입은 바 크다. 명대의 예성(葉盛)은 『수동일기(水東日記)』 21권에서 다음과 같이 말했다. "요즘 서방에서 하는 말로 이익을 꾀하는 무리들이 허위로 소설 등의 잡서를 짓되, 남쪽 사람들은 광무왕 리쭤쥐(李左車)[20]나, 차이융(蔡邕), 양원광(楊文廣)[21]에 대

19] 명 만력 19년 각본 『신침주장원운창회집백대가평주사기품수(新鋟朱狀元芸窓匯輯百大家評注史記品粹)』.

20] 리쭤쥐는 초한전(楚漢戰) 때 조(趙)나라의 장군이다. 정형 전투에서 한신에게 패했으나, 한신은 그의 계책대로 전투가 치러졌다면 반드시 자신이 패했을 것이라고 했다. 정형 전투 후 한신은 그를 빈객으로 모셔, 군사 전략과 계책에 대해 조언을 들었다. [옮긴이 주]

21] 양원광(楊文廣)은 북송의 명장으로, 자는 중룽(仲容)이고 적관은 린저우(麟州; 지금의 산시 성(陝西省) 선무(神木)의 북쪽)이다. 양옌자오(楊延昭)의 아들로, 일찍이 판중옌(范仲淹)이 그를 발탁해 등용했다. 희곡에 등장하는

한 이야기하기를 좋아하고, 북쪽 사람들은 「칭허 현(淸河縣) 계모대현(繼母大賢)」 등과 같은 것을 즐겨 말하는 일이 매우 많았다.(今書坊相傳射利之徒僞爲小說雜書, 南人喜談如漢小王廣武, 蔡伯喈邕, 楊六使文廣, 北人喜談如繼母大賢等事甚多.)" 이것으로 당시 서방에서 소설을 각인하는 일이 성행했고, 통속소설을 엮어내는 숭다무(熊大木), 위사오위(余邵魚) 등과 같은 서방주인들이 출현했다는 사실을 알 수 있다. 서방 주인들 가운데 평점을 통속소설에 끌어들인 최초의 인물은 위샹더우로 현존하는 평점본은 『수호전』과 『삼국연의』 '평림'과 『춘추열국지전』 세 가지다.

서방 주인의 신분으로 소설을 평점한 또 다른 인물은 샤뤼셴(夏履先)이다. 그는 호를 솽거주런(爽閣主人)이라 하고 명말 항저우(杭州)의 서방 주인이었는데, 생애와 사적은 자세하지 않다. 그가 평점한 소설은 숭정 연간에 간행한 『선진일사(禪眞逸史)』이다. 이 책에는 "칭시다오런 편차, 신신셴뤼 평정(淸溪道人編次, 心心仙侶評訂)"이라 서(署)했다. 칭시다오런은 명말의 팡루하오(方汝浩)로 이 책 말고도 소설 『선진후사(禪眞後史)』, 『소매돈륜동도기(掃魅敦倫東渡記)』가 세상에 알려져 있다. 본문 앞에는 「범례」 여덟 칙(則)이 있는데, "고항 솽거주런 뤼셴 보지(古杭爽閣主人履先甫識)"이라 제하고 그 내용 가운데에는 "솽거주런이 평소 기이한 것을 좋아했는데, 조금 섭렵한 뒤에는 곧 버렸다. 칭시다오런이 이 책을 보여주니, 그것을 읽으매 아이 씨 집안의 배를 먹는 듯 상큼하였으니[22], 스스로

양원광은 양쭝바오(楊宗保)의 아들이고 양옌자오의 손자로 나온다. 양쭝바오가 무구이잉(穆桂英)과 결혼해서 그를 낳은 것으로 되어 있으나, 실제로는 양쭝바오는 허구의 인물이다. [옮긴이 주]

풀리지 않는 바가 있어 드디어 더불어 다시 순서를 엮고 평을 하고 정정을 해 간행했다(爽閣主人素嗜奇, 稍涉牙後輒棄去. 淸溪道人以此見示, 讀之如啖哀梨, 自不能釋, 遂相與編次評訂付梓)"고 하였다. 「범례」 뒤에 도장이 찍혀 있는 것으로 뤼셴의 성이 샤(夏)라는 것을 알겠고, 또 이것으로 평자인 '신신셴뤼(心心仙侶)'가 곧 서방 주인인 샤뤼셴이라는 것을 알 수 있다. 전서는 40회로 '팔괘'를 서(序)로 삼아 8권으로 나누었고, 각 권은 각각 5회이며 8권의 평점자는 제서(題署)가 하나 같지 않은데, 순서에 따르면, 신신셴뤼(心心仙侶), 비화쥐스(筆花居士), 량후위써우(兩湖漁叟), 옌보댜오투(烟波釣徒), 쿵구셴성(空谷先生), 댜오룽츠커(雕龍詞客), 슈후원모(綉虎文魔), 멍줴쾅푸(夢覺狂夫) 등이다. 이것들은 모두 샤뤼셴의 별호로, 결코 많은 사람이 평정한 것이 아니다. 이것은 각 권의 총평 가운데 이미 분명하게 정보가 드러나 있다. 이를테면, '건집총평(乾集總評)'에서는, "[신신셴뤼]는 성에 차지 않아 비화자이에서 『일사』 건집을 비교하였다.(揪然不樂, 乃于筆花齋較『逸史』乾集)" 이것으로 비화쥐스가 신신셴뤼임을 알 수 있다. 또 8칙의 총평은 일관되게 앞뒤로 서로 이어져 있는데, '감집 총평(坎集總評)'에서는 다음과 같이 말했다. "내 일찍이 술잔을 들고 홀로 서재에서 독작을 하며 『일사』를

22] 이것은 『세설신어』 「경저(輕詆)」 편에 나오는 이야기이다. "진나라 때 진링(金陵)의 아이(哀) 씨 집안에서 나는 배는 입에 넣으면 살살 녹을 만큼 맛이 좋았다. [그러나] 만약 이것을 익혀 먹는다면 맛이 변하게 된다. 대장군 환원은 매번 불만이 있을 때마다, '넌 아이 씨 배를 얻으면 다시는 익히지 마라'라고 하며 상대방의 어리석음을 비꼬았다.(晋朝時期, 金陵哀仲家种的梨味道鮮美, 入口便化解了, 如果蒸一下就會變了味道. 大將軍桓溫每對人不滿, 便說 : '你得到哀家的梨, 能不能不再蒸了.' 譏笑對方眞愚蠢.)" [옮긴이 주]

감집까지 읽었다.(余嘗把一卮, 獨酌小齋, 讀『逸史』至坎集.)" 또 '간집 총평(艮集)'에서는 다음과 같이 말했다. "좋구나. 린다쿵은 '단란'으로 호를 삼고, 나는 간집에서 '감(坎)'의 오묘함을 얻었다.(旨哉, 林大空之以'澹然'号也, 吾于艮集而得坎之妙.)" 모두 작품 속의 평점이 한 사람의 손에 의해 나온 것이라는 사실을 보여주고 있으며, 이렇듯 소설 속에 여러 명의 평점자를 드러낸 것이야말로 서방주인 특유의 상업적 수단인 것이다.

이런 상업적 수단은 명말 비경산팡(筆耕山房)에서 간행한 『의향의질(宜香宜質)』, 『변이차(弁而釵)』, 『추호로(醋葫蘆)』 세 가지 평본 중에서도 체현되었다. 이 세 가지 책의 작자와 평자는 제서(題署)가 일치하지 않는다. 『의향의질』에는 "쭈이시후신웨주런 저, 체샤오광푸룽피저 평(醉西湖心月主人著, 且笑廣芙蓉僻者評)"이라 제(題)했고, 『변이차』에는 "쭈이시후신웨주런 저, 나이허톈허허다오런 평(醉西湖心月主人著, 奈何天呵呵道人評)"이라 제(題)했으며, 『추호로』의 제서는 더욱 복잡해서 1권에는 "시쯔후푸츠쟈오주 편, 체샤오광푸룽피저 평(西子湖伏雌教主編, 且笑廣芙蓉僻者評)"이라 제하고, 2권에는 "눙웨주런, 주쭈이산런 동평(弄月主人, 竹醉山人同評)"이라 제하고, 3권에는 "다티유예 평(大堤游冶評)"이라 제하고 4권에는 "눙웨주런, 주쭈이산런 동평(弄月主人, 竹醉山人同評)"이라 제하고 권수(卷首)에는 또 「서(序)」가 있는데, "비경산방쭈이시후신웨주런 제(筆耕山房醉西湖心月主人題)"라 서했다. 우리는 어렵지 않게 이 책이 사실은 작자 자신이 짓고 간행한 것이라는 사실을 알 수 있는데, 이른바 쭈이시후신웨주런은 곧 시쯔후푸츠쟈오주이고, 또 서방주인인 비경산팡주런이다. 그리고 이 가운데 두 책에는 또 작자의 자평(自評)이 있는데, 이것에 의거하면 이렇듯 번다한 평점자는 서방 주인의 수단이기도 한데, 그런 까닭에 이 세 가지 책은 서방 주인인 비경산팡주런이 스스로 엮고, 스스로 평하고, 스스로 간행한 것일 가능성이 있다.

명대의 소설평점 가운데 위에서 말한 세 명의 서방 주인 말고도 명말 쑤저우의 각서가(刻書家)인 위안우야(袁無涯)도 일찍 『신준리씨장본충의수호전(新鐫李氏藏本忠義水滸傳)』의 평정(評定)에 참여한 바 있다. 이 책에서는 위안 씨가 양딩젠(楊定見)의 "줘우 선생이 비정한 『충의수호전』(卓吾先生所批定『忠義水滸傳』)"을 얻고 "마치 더 없는 보물을 얻은 듯 기뻐하며(欣然如獲至寶)" "세상에 공개하고자 했다(愿公諸世)"고 말했다.[23] 하지만 쉬쯔창(許自昌)의 『저재만록(樗齋漫錄)』 6권의 기록에 의하면, 위안우야, 펑멍룽 등이 일찍이 서로 교열과 대조를 위해 여러 번 주고받았는데, 그 가운데 평정(評定)을 포괄하고 있다.

> 그 무렵 민(閩)[24] 지방에 이름을 즈(贄)라고 하는 리줘우라는 이가 있어……세상사에 분노하고 증오하였는데, 그 역시도 이 책을 좋아해 장구(章句)마다 비점(批點)을 하였다.……그의 문인이 이것을 가지고 우중(吳中)[25]에 이르니 우중의 명사 위안우야, 펑멍룽이 리 씨의 비점을 몹시도 좋아해 그를 덕망이 높은 이로 떠받들고, 그것을 보고 애호하였기에, 서로 교열과 대조를 위해 여러 번 주고받으며 오류를 삭제하였다.(傾閩有李卓吾名贄者……乃憤世疾時, 亦好此書, 章爲之批, 句爲之點……李有門人, 携至吳中,

---

23] 양딩젠, 「『충의수호전서』소인(『忠義水滸全書』小引)」, 명 위안우야 간본 『신준리씨장본충의수호전(新鐫李氏藏本忠義水滸傳)』

24] 지금의 푸젠 성(福建省) 일대를 가리킨다. [옮긴이 주]

25] 지금의 쑤저우(蘇州)를 가리킨다. [옮긴이 주]

吾士人袁無涯, 馮夢龍, 酷嗜李氏之學, 奉爲蓍蔡[26], 見而愛之, 相與校對再三, 刪削訛謬.).

또 위안중다오의 『유거시록(游居柿錄)』 9권에서는 위안우야가 남긴 "신각탁오비점수호전(新刻卓吾批點水滸傳)"을 얻었는데, 그가 알고 있는 리줘우 비본과는 "약간 증가되었을 따름(稍有增加耳)"이다. 이것으로 위안우야가 『수호전』의 평정에 참여했다는 사실은 의심할 바 없는 사실이라는 것을 알 수 있다.

루윈룽(陸雲龍) 역시 명대 소설평점사에서 중요한 위치를 차지하고 있다. 루윈룽의 자는 위허우(雨侯)이고 호는 추이우거주런(翠娛閣主人)으로 첸탕(錢塘)[27] 사람으로, 생졸년은 대략 명 만력 14년에서 청 순치 10년(1586~1653년)[28]이다. 루윈룽은 어려서 집안이 가난했지만 고생을 해가며 끊임없이 공부했고, 명예와 절개를 중시하고 덕행을 쌓았다. 일찍이 여러 차례 과거에 응시했지만 모두 실패하고 고향으로 돌아왔다. 숭정 연간 이후에는 벼슬길에 나아갈 생각을 끊고 저술에만 전념하면서 각서(刻書)를 운영했다. 각서하는 가게의 이름은 정샤오관(崢霄館)이라 하고, 이곳에서 엮어내고 평정(評定)한 고금의 시문과 명말 소품들은 당대에 매우 높은 명성을 얻었다. 이를테면 『명문귀(明文歸)』, 『황명십륙가소품(皇明十六家小品)』, 『추이우거 평선 중보징 합집(翠娛閣評選鍾伯敬合集)』 등이

26] '시채(蓍蔡)'는 덕망이 높은 사람을 비유하는 말이다. [옮긴이 주]

27] 지금의 저장 성(浙江省) 항저우(杭州)를 가리킨다. [옮긴이 주]

28] 루윈룽의 생졸년에 관해서는 샤셴춘(夏咸淳)의 고증에 따랐다. 『중국 통속소설가 평전・루윈룽(中國通俗小說家評傳・陸雲龍)』, 중저우고적출판사(中州古籍出版社), 1993년.

그러한데, 그런 까닭에 그는 다른 무엇보다 선문가와 평점가로 '명사'가 되었다. 그가 지은 소설로 주요한 것은 『위충현소설척간서(魏忠賢小說斥奸書)』와 『형세언(型世言)』 등이 있다. 전자는 "정샤오관 평정(峥宵館評定)"이라 서(署)했으며, 이것으로 이 책이 루윈룽이 스스로 엮고 스스로 평한 것임을 알 수 있다.

소설평점사에서 서방 주인이 직접 소설의 평점에 참여한 것은 단지 이상의 다섯 예에 지나지 않는다. 청대에 들어온 뒤에는 이런 현상이 이미 드물게 보이는데, 이것으로 소설평점이 명말청초의 단계를 지난 뒤에는 이미 점차 문인들의 손에 넘어갔고, 청 이후에는 문인들의 평점이 분명하게 주류가 되었다는 사실을 알 수 있다.

명대의 소설평점가는 매우 큰 정도로 서방 주인의 손에 장악되어 있었는데, 서방 주인들은 문화 예술상의 소양이 제한적이었기에, 소설을 간행하는 모든 서방 주인들이 소설평점에 종사했던 것은 아니다. 그래서 소설평점(주로 명대의 소설평점) 역사에서 서방이 소설평점에 참여하는 가장 통상적인 방식은 그 주변의 하층 문인들을 모아 평점에 종사하게 만들고 유명한 사람의 이름을 빌어 간행하는 것이었다.

비교적 이른 시기에 이런 방식을 채용한 것은 런서우탕(仁壽堂) 주인인 저우웨자오(周曰校)가 간행한 『삼국지통속연의』이다. 이 책의 표지에 있는 '지어(識語)'에서는 다음과 같이 말했다.

> 이 책은 이미 몇 종이 간행되어 나왔는데, 모두 잘못되고 어그러졌다.…… 어쩌다 고본을 구매해 명사들을 모셔다가 거울에 비추듯 참고하고 재삼 원수를 대하듯 교열을 본 뒤 구두가 필요한 곳에는 권점을 하고 어려운 글자에는 음주(音注)를 달았으며, 지리에는 뜻풀이를 하고 전고는 고증을

하는 한편 빠진 곳은 보충하고 절목에는 그림을 넣었다.(是書也, 刻已數种, 悉皆僞舛, 輒購求古本, 敦請名士按鑒參考, 再三讎校. 俾句讀有圈点, 難字有音注, 地里有釋義, 典故有考証, 缺略有增補, 節目有全像)

이것은 명확하게 책 속의 평점이 서방 주인이 "명사들을 모셔다가" 한 것이라는 사실을 밝히고 있다. 위샹더우가 '평림' 본 『삼국지』를 간행할 때에도 그 가운데 어떤 평점들은 '명사'가 한 것이라는 사실을 설명했다. 그의 「삼국변(三國辨)」 문장에서는 다음과 같이 말했다.

서방에서 상재한 『삼국연의』가 어찌 수십가에만 이를까만, 그림이 있는 것은 류 씨나, 정 씨, 슝 씨, 황 씨 네 가지 성바지밖에 없으니, 쭝원탕은 인물이 추레하고 글자 역시 틀린 곳이 있어 오래 가지 못했고, 중더탕의 경우는 그 서판이 빠진 곳도 있고 글자 역시 좋지 않았다. 런허탕의 경우는 비록 지판(紙板)이 새롭긴 했지만 그 안의 내용에서는 인명이나 시사(詩詞)가 일부 제거된 것도 있었다. 다만 아이르탕 것은 그 판이 오류가 없어 선비들이 보고 좋아했지만, 지금은 그 판목이 이미 [오랜 사용으로] 뭉개져서 보기에 불편하다. 우리는 명사들을 청해다 비평과 권점을 하여 교정에도 잘못이 없고, 인물이나 글자와 그림 역시 각각 생략되고 추레한 것이 없어 천하의 선비들이 보기에 편하다. 왕림하신 분들은 인정할 수 있을 것이다. 솽펑탕에서 기록하다.(坊間所梓『三國』何止數十家矣, 全像者止劉鄭熊黃四姓. 宗文堂, 人物丑陋, 字亦差訛, 久不行矣. 種德堂, 其書板欠陋, 字亦不好. 仁和堂, 紙板雖新, 內則人名, 詩詞去其一分. 惟愛日堂者, 其板雖無差訛, 士子觀之樂然, 今板已朦, 不便其覽矣. 本堂以請名公批評圈點, 校正無差, 人物, 字畵各無省陋, 以便海內士子覽之. 下顧者可認雙峰堂爲記.)

이상의 두 가지 언명은 분명하게 광고의 의미를 갖고 있는데,

서방 주인들의 평점에 대한 중시를 엿볼 수 있다. 그들은 이미 '명공(名公)'과 '명사(名士)'의 평점이 소설의 판로를 확대할 수 있다는 사실을 인식하고 있었다. 그 뒤로 서방 주인들은 통속소설을 간행할 때 '평점'으로 서로 호소하며, 이미 두루뭉실하게 '명공'이나 '명사'로 사람들을 불러모으는 데 만족하지 않고 당당하게 당시의 사회 명사들, 특히 사람들 사이에서 명성을 떨치고 있던 인물들을 "청"했다. 이러한 예가 가장 성행했던 것은 만력 중후기에서 명말까지의 단계로 이름을 도용당한 유명 인사들 가운데 가장 이름을 떨쳤던 이는 리줘우(李卓吾), 천메이궁(陳眉公), 중보징(鍾伯敬), 탕셴쭈(湯顯祖) 등이었다. 대략적인 통계에 의하면 이 시기에 리줘우 평점이라 제(題)한 소설은 대략 10종 정도고, 중보징 평점이라 제한 것은 7종, 천메이궁 평점으로 제한 것은 4종, 위밍탕(玉茗堂) 평점으로 제한 것은 3종이었다. 나머지는 양성안(楊升庵)과 쉬원창(徐文長)이라 제한 것 역시 몇 종이 있었다. 그들은 소설 속에서 직접 평점자를 드러냈을 뿐 아니라 어떤 서방 주인은 표지의 '지어(識語)'에서도 특별히 설명을 덧붙였다. 이를테면 만력 43년에 간행된 구쑤(姑蘇) 궁사오산(龔紹山) 재본(梓本) 『춘추열국지전(春秋列國志傳)』은 책 이름 앞에 "천메이궁 선생 비평(陳眉公先生批評)""이라는 글자를 올려놓았고, 특별히 '지어'에서는 "본 서방에서 새로 펴낸 『춘추열국지전』은 모두 천메이궁이 손수 교열한 것이다(本坊新鐫『春秋列國志傳批評』, 皆出自陳眉公手閱)"라고 밝혔다. 그러나 사실상 상술한 평점은 대부분 서방이 거짓으로 탁명한 것이다.

명대에는 서방 주인이 때로 장원 급제한 인물에 탁명한 평점으로 손님을 불러모았는데, 이를테면 만력 연간의 주즈판(朱之蕃)이 그러하다. 주즈판은 자가 위안제(元介)이고 호는 란위(蘭嵎)이며 난징

(南京) 상위안(上元) 사람으로, 만력 23년(1595년) 진사가 되었는데, 전시(殿試)에서 일등으로 급제하여 한림원 수찬(修撰)을 제수받고 벼슬이 이부우시랑(吏部右侍郎)과 협리첨사부사(協理詹事府事) 겸 한림원시독학사(翰林院侍讀學士)에 이르렀다. 그가 평한 소설은 만력 연간에 간행된 『삼교개미귀정연의(三教開迷歸正演義)』로 "쥬화 판징뤄 편차, 란위 주즈판 평정(九華潘鏡若編次, 蘭嵎朱之蕃評訂)"이라 서했다. 그러나 소설 속의 평어를 보면 간략한 미비에 지나지 않아 탁명한 것일 가능성이 크다. 또 주즈판은 만력 시기의 서방 가운데 늘상 이름을 도용당했던 명사로 이를테면 위샹더우(余象斗)가 간행한 『사기품수(史記品粹)』에는 "장원 주즈판 휘집, 회원[29] 탕빈인 교정, 한림 황즈칭 동정(狀元朱之蕃匯集, 會元湯賓尹校正, 翰林黃志淸同訂)"이라고 서(署)했지만, 실제로는 모두 허구에 불과하다.

청대에 들어서자 명대의 여러 명사들은 이미 비교적 적게 탁명당했고, 명말청초의 펑멍룽(馮夢龍)이나 진성탄(金聖嘆), 리위(李漁) 등이 서방의 탁명 대상이 되어, "성탄외서(聖嘆外書)"와 같은 글자가 통속소설 간본 중에 항상 출현했다. 당연하게도 청대의 소설평점이 점차 서방 주인에서 문인들의 손으로 넘어감에 따라 청대 이래로 서방에서 탁명하는 현상 역시 천천히 소멸해갔다.

서방에서 탁명한 것은 소설 영역에만 그치지 않았는데, 이것은 명말 서방의 보편적인 현상이었다. 명말 희곡가 선쯔진(沈自晋)은 당시 희곡 출판계가 탕셴쭈(湯顯祖)의 평점을 탁명한 데 대해서

29] '회원(會元)'은 명청(明淸)대의 과거 시험인 '회시(會試)'의 장원을 가리킨다. [옮긴이 주]

다음과 같이 풍자했다. "되는 대로 권점을 해 사람들 눈을 호도하고, 멋대로 위밍탕 비평이라는 이름을 도용하는 것이 서방의 수단이다.(那得胡圈亂點涂人目, 漫假批評玉茗堂, 坊間伎倆.)"30] 쑤스쉐(蘇時學)의 『효산필화(爻山筆話)』에서도 탁명하는 풍조에 대해 날카롭게 비판했다.

> 명대 사람들이 옛사람들의 책을 찍어낼 때, 왕왕 옛사람의 평주를 거짓으로 편찬했으니, 이를테면, 『관자』, 『장자』……등은 모두 당송 제가의 평이 있으니, 그 의도하는 바는 옛 책에는 반드시 이를 빙자해 증보한 것인 양하는 것인데, 점차 경전 역시도 거짓으로 하는 데 이르렀다. 요즘 저자에서 전하는 『쑤스 비 맹자(蘇批孟子)』를 쑤스(蘇軾)에게서 나온 것으로 여긴다면, 더더욱 웃기는 얘기다.(明人刻古人書, 往往僞撰古人評注, 如『管子』、『莊子』……等皆有唐宋諸公評, 意若古書必藉此而增重者, 漸而至于經傳亦僞之, 今市上所傳有『蘇批孟子』, 以爲出于老泉31], 尤可哂也.)

서방에서 탁명하는 풍조는 당연하게도 정상적인 현상은 아니고, 문학 예술이 상업성에 물들어 도드라지게 드러난 것이다. 하지만 객관적으로는 통속소설의 유포를 촉진시켰는데, 특히 통속소설이 사람들로부터 중시되지 못했던 시대에는 이렇게 명인의 이름을 도용해 평점하는 행위가 어느 정도 통속소설의 사회적 지위를 제고시켰다. 하물며 서방 주인 자체의 문화 수준 역시 끊임없이 제고되었

30] 선쯔진(沈自晋), 【해성악(解醒樂)】『우작 · 절소사가살풍경사(偶作 · 竊笑詞家煞風景事)』[쉬쉬팡(徐朔方), 「『만명곡가연보(晩明曲家年譜)』 · 자서(自序)」, 『쉬쉬팡집(徐朔方集)』 제2권, 저장고적출판사(浙江古籍出版社), 1993년]

31] 라오취안(老泉)은 쑤스의 자호(自號) 가운데 하나다. [옮긴이 주]

는데, 이를테면 구쑤(姑蘇)의 수중탕(書種堂) 주인 위안우야(袁無涯)와 항저우의 정샤오관(崢宵館) 주인 루윈룽(陸雲龍)은 당시 사회에서 모두 일정한 명성을 갖고 있었다. 이들은 문화 명사와 각서가(刻書家)가 한 인물에 체현한 것이었기에, 그들이 소설평점자의 대열에 합류한 것은 소설의 영향력을 확대하는 데 비교적 크게 작용했다. 총괄해서 보자면, 명대의 소설평점자는 서방 주인과 그 주변 문인이 주류를 형성하였기에 우리는 이 단계를 "서방이 소설평점을 장악한 단계"라고 불러도 좋을 것이다.

서상 형(書商型)은 소설평점에서 비중이 비교적 큰 평점 유형으로 실제로는 두 가지 평점자의 평점 작품을 포괄하고 있다. 하나는 당연히도 서방 주인과 그 주변의 하층 문인에게서 나온 평점 작품이고, 다른 하나는 상황이 조금 특수한데, 평점자는 문인이지만 그들이 소설을 평점한 것은 그 자신이 정감을 표현할 필요가 있어 그리한 것이 아니라 친구의 부탁을 받거나 서방의 요청을 수락해 간행한 소설을 위해 깃발을 흔들어 격려하기 위한 것이었기에 그들은 비록 서상은 아니었을지라도 그 평점에는 명백하게 상업적인 전파라는 특성을 갖고 있었다. 이 양자는 상업적인 전파라는 측면에서는 공통의 추구점을 갖고 있었기에, 하나의 평점 유형으로 귀납할 수 있어 잠시 '서상 형'으로 부르고자 한다.

서상 형 소설평점에는 다음의 세 가지 주요한 특색을 갖고 있다.

첫째, 서상 형의 소설평점은 평점의 목적상 그 자신의 추구하는 바가 있었는데, 주로 소설의 전파를 촉진하고 보통의 독자가 읽기 편하게 하기 위함이었다. 그리하여 이것은 초창기의 통속소설과 예술적 개성이 서로 일치하는 평점 유형으로 민간성과 대중화를 추구한 것이었다. 이런 평점 유형에는 심원한 이론과 사상의 서술이 없었으며 문인 투의 개인의 정감의 발로 역시 아주 드물었는데, 주로 간략한 평론과 수준이 낮고 비루한 주석이 대부분으로 일반 독자의 수요에 부응하기 위한 것이었다.

이것은 하나의 발전 과정일 수도 있다. 명대에는 통속소설의 주요 부류가 역사연의소설이었고, 그 창작자 역시 주로 서방의 주인이나 그 주변의 하층 문인이었다. 그들은 연의라는 말대로 역사를 통속화했다. 이와 상응해서 소설평점 역시 서방의 통제하에 문장의 의미를 통하게 하고, 전고나 주음(注音)을 위주로 하여 일반 독자가 좀더 수월하게 소설을 읽을 수 있도록 했다. 이런 주평(注評)의 문장은 극히 통속적이어서 쉽게 알아볼 수 있었는데, 이를테면 만력 연간 싼타이관(三台館) 간본 『전한지전(全漢志傳)』에는 "중보징 선생 평(鍾伯敬先生評)"이라 서(署)했지만, 소설 속의 평점은 자못 간략하고 쉬웠고, 내용 가운데 나오는 명의(名醫) 쑨쭈(孫祖)에 대해 협비에서는 "후당 쑨쓰먀오가 의술에 능했는데, 그 적손이다(後唐孫思邈善醫, 乃其嫡派也)"라고 하였다. "모한자이 신편(墨憨齋新編)"이라는 서명이 있는 『신열국지』 역시 그러한데, 그 평점은 지명과 관명, 그리고 주음을 위주로 하고 있으며, 그중 제1회에서는 "태종백(太宗伯)"을 "지금의 예부상서"라 해석하고, "태재(太宰)"는 "지금의 이부상서"라고 풀이했다. 이런 평주는 의심할 바 없이 일반 독자들의 열독을 위한 것이다. 그리고 이런 특색은 명대 서상 형 소설평점의 보편적인 상황이었다. 이와 동시에 서상 형의 소설평점 가운데 평론적인 성분이 비록 날로 증강되기는 했지만, 역사 사실에 대한 간략한 평술(評述)에 불과했고, 평점자가 그 가운데 기탁한 정감이나 사상은 매우 적었다. 『양한개국중흥지전(兩漢開國中興志傳)』에서는 샹위(項羽)가 처음 궐기한 것을 평하면서 다음과 같이 말했다. "생각컨대, 샹위가 처음 일어났을 때 자제 병사 8천뿐이었으나, 다시 천리마를 만나고 순식간에 장병들이 구름처럼 모여 2, 3년도 되지 않아 왕이 되고 황제를 칭하게 되었으니, 어찌 하늘의 뜻이 아니겠는가?(按項羽初起, 卽有子弟兵八千, 又遇龍駒, 頃刻之間, 軍將雲集, 不二三年, 爲王称帝, 豈非天耶?)[『양한개국중흥지전(兩漢開國中興傳志)』, 만력 을사(万歷乙巳; 1605년) 동월(冬月) 잔슈민(詹秀閩) 간본.] 그 사상은 평범하고 분명해 쉽게 알아볼 수 있다. 그래서 명대 소설의 서상 형 평점은 비록 유명 인사에 탁명했지만, 가치 있는 평점은 오히려 미미하다. 청대에 들어선 뒤에는 서상 형 소설평점에 변화가 생겼는데, 주석적인 성격의 문장들이 점차 감소해 차츰 없어졌다. 하지만 소설평점의 평범한 사상 수준은 여전히 그대로 남아 있었는데, 이것은 문인의 손에서 나온 평점들이 그 평점의 목적이 공리적이었고, 작품 자체가 평범했기 때문으로, 평점에 사상의 불꽃을 피워 올리기 어려웠으며, 일반적으로 사물의 표면적인 현상만을 논해 간략한 평술에 머물렀다.

둘째, 서상 형의 소설평점은 평하고 있는 소설을 고무하고 소설의 정절을 간략하게 평술하는 것을 주요 내용으로 하고 있다. 이런 류의 평점은 소설의 전파를 목적으로 삼고 있기 때문에 독자의 구매를 촉진하는 것을 추구하여, 구체적인 평점 중에 찬양하는 말에 인색하지 않다. 장원 주즈판(朱之蕃) 평점이라 탁명한 『삼교개미귀정연의』는 이 책을 다음과 같이 평가하고 있다.

『서유기』와 『수호전』은 소설 가운데 우러름을 받는 것들이다. 그러나 『서유기』는 황당한 설에 가까워서 모두 세속적인 이야기다. 『수호전』은 유협들의 일이라 모두 난폭한 행실뿐이다. 세상 인심을 교화하고 풍속을 바꾸며 문득 신으로 화하는 데 있어 어찌 『파미정속연의』를 얻어 그 우열을 비교하지 않는가?(『西游』, 『水滸』皆小說之崇閎者也, 然『西游』近荒唐之說, 而皆流俗之談; 『水滸』游俠之事, 而皆無狀之行. 其于世敎人心, 移風易俗, 俄傾神化, 何居而得與『破迷正俗演義』相軒輊也.[『삼교개미귀정연의(三敎開迷歸正演義)』, 명 만력(萬曆) 연간 바이먼(白門) 완쥐러우(萬卷樓) 간본(刊本)]

『삼교개미귀정연의』는 만력 연간 린자오언(林兆恩)과 그 제자 쭝리(宗禮)와 승려 바오광(寶光), 도사 위안링밍(袁靈明)이 삼교성회(三敎盛會)를 일으켜 세 종교를 하나로 합하는 이야기를 서술한 것이다. 전서(全書)는 신마와 설교, 사회 비평을 잡스럽게 뒤섞어, 내용이 자못 풍부한데, 때로 해학도 있어 그런대로 읽을 만한 작품이다. 하지만 평점자가 이것을 『수호전』이나 『서유기』와 비교한 것은 당연히 말도 안 된다. 그 설교적인 측면이 두드러진 것은 더더욱 부당하다. 소설 속에서는 아무 때나 의론이 튀어나오는데, 계속 읽어나갈수록 염증이 일어 이 소설을 성공적인 작품으로 보기 어렵게 만들었다. 이렇듯 지나치게 과장된 필치는 서상 형 소설평점에서 모두 발견되는 것이다. 솽거주런(爽閣主人) 샤뤼셴(夏履先)의 『선진일사』에서는 다음과 같이 말했다. "이 책은 비록 일사라고는 하나, 소설 나부랭이와는 크게 다르다. 사건에는 근거가 있고, 말에는 조리가 있으며, 백성들의 교화를 위주로 하면서 사람들 마음을 다잡는다.……곧 역사가로는 둥후(董狐)[32]라 할 수 있고, 진정 문장

32] 춘추 시대 진(晉)나라 사람으로, 사관(史官)이며, 스후(史狐)로도 불린다. 주(周)나라 사람 신유(辛有)의 후예로, 태사(太史)를 세습했다. 『춘추좌씨전(春秋左氏傳)』선공(宣公) 2년 조에 그에 대한 이야기가 나온다. 진 영공(晉靈公)은 사치하고 잔인하며 방탕한 폭군이었다. 14년 정경(正卿)으로 있던

가로는 쓰마쳰(司馬遷)과 반구(班固)라 하겠다.(是書雖逸史, 而大異小說稗編. 事有据, 言有倫, 主持風敎, 范圍人心.……乃史氏之董狐, 允詞家之班馬)" 이 책은 "마땅히 『수호전』, 『삼국연의』와 함께 영원히 불후의 명작으로 남을 것이니, 『서유기』와 『금병매』 등은 여기에 비하면 별 것이 아니다.(當與『水滸傳』、『三國演義』幷垂不朽, 『西游』、『金瓶梅』等方之劣矣.)"[솽거주런(爽閣主人), 「『선진일사』 범례」] 여기에서 과분하게 칭찬하는 부분이 명확하게 드러난다. 곧 문인들 손에서 나온 몇몇 평점 역시 이렇게 상업적으로 고무하는 것을 벗어나지 못했는데, 가장 전형적인 것은 청대 강희 연간 뤼숑(呂熊)의 『여선외사(女仙外史)』 평점이다. 이 책에는 60여 명의 평점이 있는데, 그 자체로 농후한 상업적 의미가 있으니, 작품 속의 평점은 진정한 의미에서의 예술 감상평은 적고 대부분이 고무하는 것을 평론의 주체로 삼고 있다. 광저우 부(廣州府) 태수

자오둔(趙盾)이 이를 간하자, 귀찮게 여긴 영공은 자객을 보내 그를 죽이려 했다. 그러나 자객은 그의 인품에 반해 나무에 머리를 찧어 스스로 목숨을 끊었다. 그러자 술자리로 유인해 그를 죽이려 했지만, 병사들이 그 사실을 미리 알고 자오둔을 이끌고 달아났다. 자오둔은 국경을 넘으려는 순간, 영공이 자오촨(趙穿)이라는 사람에게 도원(桃園)에서 살해당했다는 말을 듣고는 다시 도읍으로 돌아왔다.
그런데 태사(太史)로 있던 둥후(董狐)는 국가 공식 기록에 이렇게 적었다. "자오둔이 군주를 살해하다." 자오둔이 이 기록을 보고 항의하자, 둥후는 이렇게 말했다. "물론 대감께서 직접 영공을 살해하지는 않았습니다. 그러나 그때 대감은 정경으로서 국내에 있었고, 또 조정에 돌아와서는 범인을 처벌하려 하지도 않았습니다. 그러니 살해한 사람이 대감이 아니라면 누구이겠습니까?" 이 말을 들은 자오둔은 자신이 직무를 제대로 수행하지 못했음을 인정하고 둥후의 뜻에 따랐다. 쿵쯔(孔子)가 이 이야기를 듣고 옛날의 양사(良史)라 평했다.(이상의 내용은 네이버 검색 참조.) [옮긴이 주]

예난톈(葉南田)은 『여선외사』를 특히 찬미했다. "정사와 비슷하며 스스로 사람들 마음에 믿음이 가게 하는 구석이 있어 우주에 영원히 불후의 작품으로 남으리라(與正史相類, 自有孚洽于人心者, 垂諸宇宙而不朽)"[예난톈, 「『여선외사』발어(『女仙外史』跋語」, 청 강희 연간 댜오황쉬안(釣璜軒) 간본] 그다지 높지 않은 수준이라고 말할 수는 없지만, [그렇다고는 해도] 실제 가치와는 실제로 많은 차이가 있다.

서상 형의 소설평점은 작품의 고취에 온 힘을 다 기울였지만, 가치 있는 사상과 예술 방면의 감상평은 상대적으로 빈약하다. 일반적으로 말해서 이런 류의 소설평점은 미비의 경우 대부분 두서너 마디의 말로 되는 대로 점평(點評)을 하고 있으며, 협비는 주석이 대부분을 차지하고, 회말총비는 해당 회의 정절과 인물에 대한 간략한 평술에 그치고 있다. 어떤 평어는 하나마나 한 것도 있으니, 이를테면 '삼종(三從)'을 풀이하면서 "집에 있을 때는 아비를 따르고, 출가하면 지아비를 따르며, 지아비가 죽으면 아들을 따른다(在家從父, 出嫁從夫, 夫死從子)"고 하는 등 극히 간단한 내용이 평점 가운데 종종 출현한다. 그리고 어떤 것은 취미가 더욱 낮아서 이를테면, 『금란벌(金蘭筏)』 평점에서는 "구탑상수(勾搭上手)"를 풀이하면서, "언어로 도발해서 춘심이 일게 하는 것을 일러 구탑이라 한다. [남녀] 두 사람이 고개를 맞대고 자는 것을 상수라 한다(言語挑動, 打動春心, 謂之勾搭也 兩人交頸而睡, 謂之上手也.)"로 하였다. 이런 내용은 서상 형 평점의 세속성과 민간성을 충분히 설명해 주는 것이다.

셋째, 서상 형의 소설평점은 평점형태상으로도 자못 특색이 있다. 평점자는 소설의 상업적인 전파를 목적으로 하기에 평점을 판매 촉진 수단으로만 보았다. 따라서 평점에는 그다지 많은 정력을 쏟지 않았고, 형식 역시 비교적 간단했다. 명대에는 서상 형의 소설평점이 미비와 협비 위주였는데, 협비의 평론 성분은 자못 담박했고, 성질은 협주(夾注)와 비슷했다. 청대에 들어선 뒤에는 협주 형식은 점차 소실되고, 서상 형의 평점 형태는 미비와 총평이 주류를 이루었다. 총괄하자면, 이것은 일종의 간이(簡易)한, 심지어 간루(簡陋)한 평점 형태라 말할 수 있다. 첸중수(錢鍾書) 선생이 『관추편(管錐篇)』에서 루윈(陸雲)의 「여형평원서(與兄平原書)」를 논할 때 다음과 같이 말한 바 있다. "생각컨대 별다른 뜻없이 글을 짓되 일상적인 말로 담담하게 직서했으면서도 난해한 곳은 왕시즈(王羲之)와 왕셴즈(王獻之) 부자의 여러 『첩』만 못하지 않다. 열에 아홉은 문장을 논했으되, 착안한 바는 크지 않고 말도 많지는 않으니, 그 언어의 기세는 특히 후대의 평점이나 비개와 닮은 바가 있다. 이른바 '작업장 비평'이다.(按無意爲文, 家常白直, 費解處不下二王諸『帖』. 什九論文事, 著眼不大, 著語無多, 詞氣殊肖後世之評點或批改, 所謂'作場或工房中批評'(workshopcriticism)也.)"[33] 이 가운데 "작업장 비평"이라는 말이야말로 이와 같은 '서상 형' 평점과 비슷하다.

이상의 세 가지 특징을 총괄하면, 우리는 어렵지 않게 서상 형 소설평점이 드러내고 있는 문학비평의 상업적인 성격을 알 수 있다. 그렇다면 이와 같은 평점 유형을 어떻게 평가할 것인가? 우선 서상 형 소설평점은 고대 통속소설 예술이 상품화됨으로써 나타난 필연적인 결과물로 통속소설의 창작과 상업성이 없다면 서상 형 소설평점 역시 설 자리를 잃게 된다. 그런 까닭에 이런 평점 유형의 출현에도

33] 첸중수, 『관추편』, 중화서국(中華書局), 1979년. [옮긴이 주]

합리성과 현실적인 근거가 있는 것이다. 확실히 통속소설의 발아기에는 이것이 통속소설의 전파를 추동했으며, 특히 명 만력 이후 소설의 전파에 끼친 공은 무시할 수 없다. 그래서 이런 문학비평의 상업성이 통속소설의 상품화라고 하는 특색과 일치하는 바가 있다고 말할 수 있다. 다음으로 서상 형 소설평점은 소설로 가장 평범하고 가장 광대한 하층 독자를 대상으로 삼은 것으로, 이것은 고대 통속소설의 가장 기본적인 감상 대열이다. 동시에 이와 같은 평점 유형이 다루고 있는 측면은 넓고, 이것이 평하고 있는 소설에는 과도한 선택의 제한이 없었기에, 독자와 작품이라는 양 극단을 놓고 말하자면, 서상 형 소설평점은 고대 소설 독자와 작자가 가장 많은 "혜택을 받은" 평점 유형이었다. 그래서 그 천박한 이론과 비루한 사상 때문에 그것이 갖고 있는 전파 가치를 부정할 수 없는 것이다. 당연하게도 문학비평이 상업성에 물드는 것은 합리적인 현상은 아니다. 문학비평은 고상한 정신 활동이어야 하며, 민감하고 예리한 시각과 초월적인 사상, 그리고 재기 발랄한 언어로 창작을 단련하고, 독자를 감화해야 한다. 이런 추구하는 바를 잃으면, 문학비평은 상업 광고의 효용만 갖게 된다. 서상 형 소설평점은 비평의 상업성을 지나치게 강화하다가 비평 자체의 사상과 정신, 그리고 이론적 생명을 잃었던 것이다. 그리하여 이것이 그 존재의 현실적인 합리성이었으면서도 아주 큰 정도로 문학비평의 본성을 잃어버린 소설평점 유형이 되어버렸다.

2) 문인 형(文人型): 소설평점의 주체성

'문인'이라는 단어는 그 함의가 경계를 규정하기 어려운데, 중국 고대에는 그 상황이 더욱 복잡하다. 중국 고대에는 직업적인 문학가가 비교적 적었고, 문학 창작으로 생계를 이어간 작가는 더욱 적었다. 그래서 이른바 문학 창작은 정사를 돌보는 여유 시간에 회포를 풀고 자신의 뜻을 서술하거나 생계 이외의 영역에서 오락의 차원에서 소일거리 삼아 했던 것이다. 송원 이래로 속문학이 일어남에 따라 문학의 상품화가 점차 대두되어 송원 시기 구란(勾欄)을 위해 전문적으로 극본을 엮어내는 '서회재인(書會才人)'과 같은 직업적인 창작자들이 출현했다. 명 중엽 이후에는 통속소설이 흥성함에 따라 직업적인 소설가가 먼저 서방 주인의 주변에서 형성되었고, 명말청초에는 하층 문인민들이 주체가 된 전업적인 창작 계층이 나타났다. 그리하여 속문학의 흥기는 고대 문학 창작 계층의 분화를 촉진했고, 아울러 창작 계층은 날로 다양화되고 직업화로 나아갔다. 당연하게도 진정으로 직업화된 작가는 근대 문화의 산물로 근대의 신문과 잡지, 그리고 인쇄업의 발전에 따라 점차 정형화되어 갔다. 고대의 문학비평가의 상황 역시 대체로 이와 같았으니, 다양화된 비평가 계층 역시 속문학이 발전한 뒤에야 나타나기 시작했다.

통속소설의 문인 평점은 명대에 그 기원을 두었는데, 리줘우(李卓吾)가 그 선구가 된다. 리줘우에서 진성탄(金聖嘆)에 이르기까지 문인 평점은 눈부신 역사를 거치게 된다. 이것은 명대 소설평점이 서방의 통제에서 벗어나 사상적 가치가 가장 풍부했던 일련의 평점 계열로, 사람의 숫자는 많지 않지만, 영향력은 매우 커서 청대 통속소설의 문인 평점의 개조가 되었다.

문인이 평점한 통속소설은 처음에는 흥취에서 출발했다. 리줘우는 "『수호전』의 비점도 사람을 무척 상쾌하게 만들지만, 『서상기』와 『비파기』의 가필과 수정 작업은 더한층 오묘합니다(『水滸傳』批點得甚快活人, 『西廂』, 『琵琶』涂抹改竄得更妙.)"[리줘우, 『속분서(續焚書)』 1권 「여초약후(與焦弱侯)」]라고 말했으며, 또 "『파선집』은 내가 직접 교정을 보고 주석을 단 책입니다. 매번 열어볼 때마다 저절로 기분이 좋아지니, 나에게는 마음을 상쾌하게 하고 병을 물리쳐주는 종류의 책이라 하겠습니다.[34](『坡仙集』我有披削旁注在內, 每開卷便自歡喜, 是我一件快心却疾之事.)"[리줘우, 「기경우서(寄京友書)」, 『분서(焚書)』 2권]라 하였다. 이것으로 통쾌함을 추구하고 흥취를 기본으로 하는 것이 리줘우 평점 문학의 기본적인 특색이라는 사실을 알 수 있다. 진성탄이 소설을 비점한 것 역시 우선은 『수호전』에 대한 강렬한 흥미에서 나온 것이다. 그는 『수호전』을 재자지서(才子之書)로 보았기에 재자의 마음으로 그것을 읽고 비했다. 청대에 들어선 뒤에는 문인들 사이에서 통속소설의 지위가 날로 높아져서, 문인들이 통속소설을 읽는 일이 이미 통상적인 일이 되어버렸다. 위로는 왕공 귀족이나 고관대작으로부터 아래로는 낙제수재(落第秀才)나 민간의 문인에 이르기까지 통속소설은 이미 서안(書案)에 올리는 상비(常備)의 책이 되어버렸다. 이런 상황은 문인들의 소설에 대한 평점을 자극했다. 청대에 문인들이 끊임없이 소설을 평점했던 현상은 바로 이렇듯 소설을 열독했던 환경을 근거로 한 것이다. 근대에는 문인들이 소설을 창작하는 것보다 소설을 평점하는 것을 더 즐거운 일로 여겼다. 멍성(夢生)은

34] 번역문은 김혜경 역 『분서 Ⅰ』(한길사, 2004년), 271쪽을 참고했음. [옮긴이 주]

다음과 같이 말했다.

> 소설을 짓느니 소설을 평하겠다. 대저 작자로서의 나는 얼마나 많은 계획과 기획을 기울였는지 모르지만, 결국은 나보다 앞선 사람이 지은 것만 못하니, 차라리 앞선 사람이 계획하고 기획한 것을 가지고 내 멋대로 평을 하고 나에게 평을 하라고 시키면 좋겠다. 그러면 온몸이 통쾌해서 책을 짓는 것과 마찬가지일텐데……평범한 소설을 평하느니 가장 훌륭하고 가장 아름다운 소설을 평하겠다. 평범한 소설을 평하려면 다소간의 생각을 쏟아야 하고 온몸이 불쾌한 것을 느끼게 되어 가장 훌륭하고 가장 아름다운 소설을 평하다가 모든 게 들어맞아 나도 모르게 손과 발을 움직여 춤을 추는 것만 못하다.(與其作小說, 不如評小說. 蓋以我之作者, 不知費幾許經營籌劃, 尙遠不能如前人所作, 不如擧前人所經營籌畫成就者, 而由我評之, 使我評而佳, 則通身快活, 當與作書相等.……與其評尋常小說, 不如評最佳最美之小說, 蓋評尋常小說, 旣需我多少思量, 且感得一身不快, 不如評最美最佳之小說, 頭頭是道, 不覺舞之蹈之.)[명성, 「소설총화(小說叢話)」, 1914년 『아언(雅言)』 제1권 제7기]

소설평점사에서 이렇게 독서의 흥취를 평점의 기초로 삼은 문인 평점자들은 이루 헤아릴 수 없을 정도로 많은데, 특히 소설사상 우수한 작품에 대한 평점은 더욱 그러하다. 이런 평점들은 대부분 소설평점의 상업적 전파성을 내던져 버렸기에, 소설평점에서 이론과 사상적 가치가 가장 풍부하다.

소설평점에 문인이 대량으로 뛰어듦으로 해서 소설평점 계층의 사회적인 수준이 명백하게 제고되었다. 만약 명대의 소설평점이 '명사'들에 탁명한 것이 대부분을 차지하고 그 문인 평점은 개별적인 진실성은 제외하고도 대부분 허구성이 농후했다고 말한다면, 청대의 문인 평점은 상대적으로 실제적이다. 『요재지이』를 평한 왕스전

(王士禎), 『여선외사』를 평한 훙성(洪昇) 그 밖에도 두쥔(杜濬), 자지쭤(査繼佐), 황저우싱(黃周星) 등과 같은 문학계의 명사나 쟝시(江西) 염사(廉使)였던 류팅지(劉廷璣), 쟝시 난안(南安) 군수 천이시(陳奕禧), 광저우 태수로 『여선외사』를 평한 예난톈(葉南田), 감찰어사 쉬바오산(許寶善)과 같이 관직에 있으면서 문학을 했던 인사들은 모두 당대에 일정한 영향력이 있었던 인물들이었다. 이렇게 문인들이 소설평점에 종사한 것은 소설의 지위 제고와 소설의 영향력 확대에 중요한 작용을 했다. 동시에 명대와는 비교되는 것이 청대의 소설가들의 사회적인 수준 역시 이에 상응하게 제고되었다는 사실이다. 문인들이 독창적으로 작품을 엮고 창작해내는 방식과 문인적인 품위를 갖춘 소설 작품들 역시 점차 주류를 이루었다. 그리하여 소설평점자의 문인화는 이러한 창작 현상과 서로 맞물려 이로부터 소설 예술의 발전을 공동으로 추진해나갔다.

'문인형' 소설평점은 소설평점사에서 뿌리깊은 근원을 갖고 있다. 리줘우는 소설평점 중 문인 평점의 초기를 대표하는 인물이다. 소설평점이 서방 주인의 통제 하에 완만하게 전진해 가면서 서방 주인들이 소설에 대해 간략하고 공리적인 감상평과 주석을 해나갈 때 리줘우는 그 혜안과 탁견으로 소설평점에 새로운 피를 주입했다. 그는 먼저 그 자신의 광기 어린 오만(狂傲)한 성격과 정감의 핵심을 소설평점에 융합시켜 소설평점이 개체의 창조성을 띤 비평 활동이 되게 했다. 리줘우는 명 중엽의 중요한 사상가로 그의 이단적인 사상에는 농후한 사상 해방과 인문주의적 색채가 담겨 있는데, 명 중후기에 깊은 영향을 주었다. 그러므로 그는 한 명의 사상가의 신분으로 소설을 돌아본 것이기에, 기교라는 차원에서 소설을 주목한 게 아니라 높은 건물에서 병에 든 물을 쏟아 붓듯 [기왕의 평점가들과는 차원이 다른] 감상 평을 하고, 그 전체적인 사상의 하나로 통일된 지도 하에 소설에 대해 의미를 중시하고 주체를 중시한 비평을 한 것이다. 리쥐우의 소설평점사에 대한 영향은 심원한 것이어서, '문인형'의 소설평점은 그에게서 비롯되어 소설평점사에 연면히 이어오다 사상과 주체의 특성이 풍부한 평점 계열을 이루게 되었다.

'문인형' 소설평점의 근본적인 특성은 평점자의 주체 의식을 강화한 것이다. 그래서 그들의 소설평점은 소설의 함의를 드러내는 동시에 소설에 규정되어 있는 상황을 통해 자신의 정감과 사상, 그리고 현실에 대한 감개와 정치 이상을 풀어내는 것을 중시했다. 이런 근본적인 특성에 바탕해 '문인형'의 소설평점은 몇 가지 분명한 특징을 만들어냈다.

우선 문인형 소설평점이 막 시작되었을 때는 대부분의 사람들이 소설평점을 자기 자신의 오락 활동으로 여겼는데, 이후에 자기 오락적인 성분은 점차 감소했지만, 평점으로 개인의 감정을 서사(抒寫)하는 것이 점점 더 문인형 평점의 주류가 되었다.

소설평점을 공리적인 목적을 띠지 않는 자기 오락적 활동으로 본 것이 문인들이 소설을 읽으면서 감상평을 쓰게 된 최초의 동기다. 리쥐우가 그랬다. 그의 소설평점은 소설을 읽는 가운데 생각나는 대로 "비말(批抹)"한 것이다. 『분서』 6권 중에서 리쥐우는 「독서락(讀書樂)」이라는 시에서 이렇게 소설을 읽으며 감상평을 쓰는 행위의 특색을 다음과 같이 개괄했다.

하늘이 룽후(龍湖)를 만드사 줘우를 기다리셨네. 하늘이 줘우를 낳으사 룽후가 존재하는구나. 룽후에 줘우 있으니 그 즐거움 어떠한가? 사시사철

책만 읽을 뿐 그 밖의 일은 모르는구나. 독서란 무엇인가? 나를 많이 만나는 기회. 오롯이 마음과 만나서 혼자 웃고 노래하네. 노래하길 그치지 않다 연이어 부르짖기도 하지. 통곡하고 울부짖다 눈물범벅이 되기도 하지. 노래함에 이유가 없질 않으니, 책 속에 사람이 있어서이네. 나는 그 사람을 보지만 사실은 내 마음을 얻는 것이라.……[35](天生龍湖, 以待卓吾. 天生卓吾, 乃在龍湖. 龍湖卓吾, 其樂何如? 四時讀書, 不知其余. 讀書伊何? 會我者多. 一與心會, 自笑自歌. 歌吟不已, 継以呼呵. 慟哭呼呵, 涕泗謗沱. 歌匪无因, 書中有人. 我觀其人. 實獲我心.……)

「기경우서(寄京友書)」의 한 문장 속에서 리줘우는 또 "대저 나의 저서는 모두가 내 자신의 즐거움을 추구하기 위해 쓴 것으로, 남을 위해 짓지는 않았습니다.(大凡我書皆爲求以快樂自己, 非爲人也.)"[36] [리줘우, 「기경우서(寄京友書)」, 『분서(焚書)』 2권]라고 하였다. 리줘우의 소설평점은 이런 열독 감상평과 서로 일치하는데, 그가 추구했던 것은 바로 "오롯이 마음과 만나서 혼자 웃고 노래하네. 노래하길 그치지 않다 연이어 부르짖기도 하"는 경계로, 작품에 규정되어 있는 상황에서 내심의 정신적 쾌락과 위로를 구하기 위한 것이고, 이러한 정신적 쾌락과 위안은 마음속에 울결되어 있는 정감과 사상을 직접 풀어내는 것이다. 비록 우리가 리줘우 평본의 진위를 가려내기는 어렵지만, '룽위탕(容與堂) 본' 「비평『수호』술어」에서는 "나의 심사는 시의에 들어맞지 않았으나, 『수호전』만은 나의 분노를 풀어내기에 족했으므로, 특히 상세하게 평했다(和尚一

35] 시의 번역은 김혜경 역 『분서 II』(한길사, 2004년), 292~293쪽을 참고했음. [옮긴이 주]

36] 번역문은 김혜경 역 『분서 I』(한길사, 2004년), 271쪽을 참고했음. [옮긴이 주]

肚皮不合時宜, 而獨『水滸傳』足以發抒其憤慈, 故評之爲尤詳)"고 말했고, 또 "내가 평한 『수호전』에 의하면, 세상을 조롱하는 사가 열 일곱이요, 세상을 지지하는 말이 열 셋이다. 그러나 세상을 조롱한 곳에도 세상을 지지하는 마음이 있지만, 실없는 소리에서 나온 것일 따름이다(据和尙所評『水滸傳』, 玩世之詞十七, 持世之語十三, 然玩世處亦俱持世心腸也, 但以戲言出之耳)"라고 말했다. 이것들은 모두 리줘우 평점의 정신적 실질을 반영하고 있다. 소설평점사에서 이런 평점 정신이 끼친 영향은 심원한데, 특히 진성탄과 장주포 등 평점 대가들의 몸에 더욱 깊은 낙인을 찍어 놓았다. 건륭 연간의 저우앙(周昻)은 진성탄의 『서상기』 평점에 대해 다음과 같이 평술했다.

> 나 역시도 성탄이 어느 해 어느 달에 이 책의 비(批)에 착수해 후대 사람에게 남겨주려고 했는지 모른다. 어느 날 아침 거침없이 써내려 가 붓놀림을 멈추지 않았으니, 실사(實寫) 한 번에 공사(空寫) 한 번이라. 실사라는 것은 『서상기』의 일이면 『서상기』의 말로 권점과 평주를 하니, 눈 속의 동자와 같고 뺨 위의 터럭과 같이 생생한 것이다. 공사라는 것은 자기의 필묵으로 자기의 심령을 묘사하고 자기의 의론을 펴나간 것으로, 『서상기』의 정절을 들어 그것을 채우고, 『서상기』의 문장으로 그것을 증명한 것이다. (吾亦不知聖嘆于何年何月發愿動手批此一書, 留贈後人. 一旦洋洋灑灑, 下筆不休, 實寫一番, 空寫一番. 實寫者, 『西廂』事卽『西廂』語, 點之注之, 如眼中睛, 如頰上毫. 空寫者, 將自己筆墨, 寫自己心靈, 抒自己議論, 而擧『西廂』情節以實之, 『西廂』文字以證之.)[「『관화당제육재자서서상기』후후(「『貫華堂第六才子書西廂記』後候)」 총비지비(總批之批), 『차의각증정김비서상(此宜閣增訂金批西廂)』]

저우양이 "실사 한번", "공사 한번"이라는 말로 진성탄의 『서상기』 평점을 개괄한 것은 자못 식견이 있는 것이다. 사실 "자신의 심령을 묘사하고, 자기의 의론을 풀어내는" 특색은 『수호전』 평점 중에 더욱 두드러지게 표현되어 있다. 첫째, 『수호전』 평점은 진성탄의 초기작으로, 개체의 감정이 비교적 풍부하고, 광기와 오만(狂傲)의 개성 역시 비교적 현저하기에 그의 평점은 곳곳에서 급하게 표현하고자 한 주체적 특성이 드러나 있다. 『서상기』 평점은 상대적으로 비교적 평화롭고 은인자중하고 있다. 둘째, 『수호전』의 정감의 함의는 명말의 사회 상황 및 진성탄의 당시의 사상 정감과 더욱 맞아떨어졌기에, 진성탄은 『수호전』에 규정되어 있는 상황을 빌어 자신의 현실에 대한 감개를 풀 수 있었다. 장주포가 『금병매』를 평점한 것 역시 그러하다. 그는 우선 『금병매』의 창작이 "작자가 불행해 그 몸이 어려움에 처했을 때 그것을 토해낼 수도 삼켜버릴 수도 없고, 아둥바둥해도 소용없고 비탄에 빠져 울부짖어도 무익하매, 이것을 빌어 스스로 풀어낸 것이라(作者不幸, 身遭其難, 吐之不能, 呑之不可, 搔抓不得, 悲號無益, 借此以自泄.)"는 사실을 인정했다. 그래서 그 평점 역시 "빈곤과 슬픔으로 마음이 짓눌리고 염량세태에 부대껴(窮愁所逼, 炎脈所激)", 평점을 빌어 "답답한 소회를 풀고(排遣悶懷)" 감정을 배설했던 것이다[「주포 한화(竹坡閑話)」]. 이런 식으로 평점을 빌어 개인의 감정을 배설하는 행위야말로 문인형 소설평점의 중요한 특색이고, 소설평점이 시종일관 문인들의 시선을 끌어들였던 중요한 원인이다. 이러한 배설적인 성격과 일치하게 문인형 소설평점에는 사회와 도덕, 그리고 역사에 대한 평론과 비판 및 정치 이상의 선전으로 가득했다. 총괄하자면 그들은 소설을 빌어 그들이 사상과 정감을 표현하는 창구로 삼았다. 근대의 소설평점 중에서 이러한 특색은 극에 달했다고 말할 수 있다. 이런 소설평본들 속에서 평점은 이미 그들이 정치 이상을 선전하는 도구가 되어버렸다. 가장 두드러진 것은 옌난상성(燕南尙生)이 광서 34년(1908년)에 내놓은 『신평수호전(新評水滸傳)』이다. 이해는 청나라 조정이 9년 입헌을 선포한 기간으로 옌난상성은 그의 평점 속에서 이런 정치 주제를 대량으로 쏟아냈는데, 심지어 멋대로 날조하기까지 했다. 이제 그가 『수호전』의 인물에 대한 '이름 풀이(釋名)'를 몇 가지 보기로 하자.

쑹쟝: 쑹은 송 왕조의 쑹이고 쟝은 강산의 강이다. 공은 사적인 것의 반대이고 명은 어둠의 반면이다. 송 왕조의 사적을 기록했기에 쑹쟝을 주인공으로 갖다 쓴 것이니 스나이안(施耐庵)이 급진파의 일류 인물이 아니라는 것을 알 수 있다. 그러나 사견을 깨뜨리고 공리를 드러내 밝혀 암흑의 지옥에서 백성들을 구해내고 사람들을 문명 세계로 교화해 입헌군주국을 세우고자 했다.(宋江: 宋是宋朝的宋, 江是江山的江. 公是私的對頭, 明是暗的反面. 紀宋朝的事偏要拿宋江作主人公, 可見耐庵不是急進派一流人物. 不過要破除私見, 發明公理, 從黑暗地獄里救出百姓來, 敎人們在文明世界上, 立一個立憲君主國.)

스진: 스는 『사기』를 의미하고 진은 진화를 의미한다.……헌정국가를 세우면 중국의 역사는 자연스럽게 문명으로 나아가게 된다.(史進: 史是史記的意思, 進是進化的意思.……鑄成一個憲政國家, 中國的歷史, 自然就進于文明了.)

차이진: 차이는 우리들을 의미하는 단어 '오제(吾儕)'의 '제(儕)'이고 진은 '진취'적이라 할 때의 '진'이다. 차이진을 후주 세종의 후손으로 꾸며낸 것은 우리가 이러한 계급에 따라 나아갈 때에만 황제의 자손으로서 부끄럽지 않다는 것을 말한다.(柴進: 柴是吾儕的儕, 進是進取的進. 柴進捏成周世宗的後代, 犹言吾儕沿着這個階級進取, 才不愧是黃帝的兒孫.[아잉(阿英) 『청말문학총초・소설희곡연구권(晩淸文學叢鈔・小說戱曲硏究卷)』]

이상의 이른바 '이름 풀이(釋名)'는 그 억지스럽게 날조한 의미야 말할 필요도 없는 것이지만, 평점자가 이것을 그의 정치 이상의 선전으로 삼았다는 사실 하나만큼은 명백하게 드러난다. 이러한 현상은 문인 소설평점의 일관성을 체현하고 있는 동시에 근대소설과 소설 비평의 중요한 특징이기도 하다.

다음으로 문인형 소설평점은 그 정감과 사상을 표현해내는 것이 중요한 목적이기에 작품에 대한 구체적인 해석에 있어 '석의(釋義)'가 그들의 평점의 주요한 내용이 된다. 진성탄은 다음과 같이 말했다.

> 『수호전』에서 서술하고 있는 108명의 경우 그 사람들은 녹림 출신에 불과하고, 그들의 사적 역시 사람을 겁탈하고 죽인 것에 불과해 예의에서 벗어나고 이성을 잃은지라 진정 교훈이 될 수 없다. 그러나 나는 홀로 그들의 외형의 자취를 살펴보고 그 안에 담긴 신묘한 이치를 펼쳐내고자 한다. 대개 이 소설은 70회에 수십만 단어에 이르러 [그 분량이] 많다고 할 수 있다. 아울러 그 신묘한 이치를 펼쳐보이자면, 바로 『논어』의 한두 구절과 같아 급히 흐르는 물처럼 맑고, 깊은 물처럼 밝으며, 드높은 하늘처럼 가볍고, 말끔히 씻어내리는 듯 새롭다. 이 어찌 『장자』나 『사기』와 같은 부류가 아니겠는가?(『水滸』所叙, 叙一百八人, 其人不出綠林, 其事不出劫殺, 失教喪心, 誠不可訓. 然而吾欲獨略其形迹, 伸其神理者. 蓋此書七十回數十万言, 可謂多矣, 而擧其神理, 正如『論語』之一節兩節, 瀏然以淸, 湛然以明, 軒然以輕, 濯然以新, 彼豈非『莊子』·『史記』之流哉.) [「제오재자서수호전(第五才子書水滸傳)」「서삼(序三)」]

여기서 진성탄은 소설 작품 속의 '외형의 자취(形迹)'와 '신묘한 이치(神理)'의 차이를 구분했다. 이른바 '외형의 자취(形迹)'는 소설 작품의 외재적인 정절의 틀거리이고, 이른바 '신묘한 이치(神理)'는 작품의 정절 속 심층에 감추어져 있는 '의(義)'를 가리킨다. 진성탄이 '신묘한 이치'의 탐구에 중점을 둔 것은 소설평점의 '석의성'을 강조한 것이다. 진성탄이 이러한 평점 관념을 내놓은 것은 그의 소설 창작의 주체성에 대한 인식에 그 뿌리를 내리고 있다. 『수호전』 평점 속에서 그는 '문(文)'과 '사(史)'를 구별했다. 진성탄은 "대저 사서를 편찬하는 것은 국가적인 차원의 일이고, 붓을 놀려 문장을 쓰는 것은 문인의 일(夫修史者, 國家之事也, 下筆者, 文人之事也)"이며, "국가적인 차원의 일은 사건의 서술에 그칠 따름이고, 문장은 힘써 할 일이 아니(國家之事, 止于叙事而已, 文非其所務也)"라고 여겼다. 문인이 하는 일은 그렇지 않다. 그들은 "진정 사건의 서술에 그쳐서는 안되고(固當不止叙事而已)" 마땅히 "마음을 날실로 삼고, 손을 씨줄로 삼아 주저하며 변화하는 가운데 힘써 절세의 기이한 문장을 엮어 이루어내야 하는 것(心以爲經, 手以爲緯, 躊躇變化, 務撰而成絶世之奇文)"이다. 곧 '사건(事)'의 기초 위에 창작 주체의 '지(志)'의 함의를 융합시킬 수 있는 것인데, 이를테면, 『사기』에서 "쓰마쳰이 전하는 보이(伯夷)는 그 사적은 보이나, 그 뜻은 반드시 보이일 필요가 없는 것(馬遷之傳伯夷也, 其事伯夷也, 其志不必伯夷也)"이다. 그렇다면 "뜻은 어디에 있는가? 문장이 바로 그것이다(惡乎志? 文是也)" 바꾸어 말하자면, 문장이 곧 뜻(志)이다. 그래서 주체의 창작으로서 '문'은 반드시 심각한 주체성이 있어야 하고, 그런 까닭에 소설평점 역시 '사건(事)'에 대한 해석일 뿐만 아니라 주체의 특성을 체현하는 '뜻(志)'의 천명이어야 하는 것이다. 다음 문장은 진성탄의 이러한 비평적 주장을 대표한다.

"내가 특히 슬퍼한 것은 독자의 정신이 일어나지 않아 작자의 뜻을 다

펼쳐내지 못하고 그 마음의 고통을 모르는 것인데, 실제로는 훌륭한 기교를 부린 것이었기에 나의 불민함을 사양치 않고 이렇게 비(批)한 것이다.(吾特悲讀者之精神不生, 將作者之意思盡設, 不知心苦, 實負良工, 故不辭不敏而有此批也.)"[진성탄 평 『수호전』 권지오(卷之五) 「설자(楔子)」]

진성탄의 이런 주장은 문인형 소설평점 가운데 일정한 대표성을 띠고 있다. 그래서 이른바 '석의' 역시 문인형 소설평점의 중요한 내용이고, 특히 소설사상의 몇몇 중요한 작품들은 그들이 흥미진진하게 논하고 반복적으로 해석하는 대상이기도 하다.

명청대의 소설평점사에서 『수호전』과 『금병매』, 『서유기』, 『삼국연의』, 『홍루몽』은 평점자들로부터 가장 주목을 받았던 소설 작품들이다. 특히 문인 평점은 작품에 대한 그들의 선택이 그들의 정감의 수요와 밀접하게 연관이 있었기에, 이런 류의 풍부한 내용과 심각한 사상을 담고 있는 작품들이 평점의 주요 대상이 되었고, 각자의 정감의 수요에 근거해 작품이 표현하고 있는 함의를 해석했던 것이다. 이를테면, 『수호전』의 경우 리줘우(李卓吾)는 '충의'를 근거로 '수호'의 영웅들을 찬미하는 동시에 『수호전』이 작자의 '발분지작(發憤之作)'이라 여겨, "분노를 풀어낸 이는 누구인가? 전날에 수호에 울부짖으며 모여들었던 강도들이다(泄憤者誰乎? 則前日嘯聚水滸之强人也)"라고 말했다. 그가 보기에 '충의'라고 하는 것은 수호에서는 좋은 일이 아니었기에, 그는 '충의'가 조정에 있고 군주의 곁에 있어 당시의 조금 똑똑한 자가 사람들을 부리고(小賢役人) 대단히 현명한 자가 남에게 부림을 당하는(大賢役于人) 상황을 바꿀 수 있기를 바랐다[리줘우, 「충의수호전서(忠義水滸傳序)」, 『분서』 3권]

이런 관점의 영향은 매우 컸다. 진성탄 평점 『수호전』은 리쥐우의 '발분지작'의 사상 전통을 계승했는데, 리쥐우가 '충의'로 '수호'의 영웅들을 용납한 것에 대해서는 이의를 제기했다. 그래서 '수호'라는 단어에 대한 이름 풀이에서 『수호전』을 요참하고 '악몽에 깨어나다(驚惡夢)'라고 하는 한 절을 멋대로 증보한 것까지 진성탄은 이성적인 측면에서 세상을 어지럽히고 분란을 일으킨 데 대해 불만을 표출했다. 그 구체적인 평점에서 우리는 진성탄 사상 가운데 두 가지 측면을 분명하게 느낄 수 있다. 그것은 명말 사회의 암흑에 대한 강렬한 분개와 반란의 기치를 내건 자들이 여기저기서 일어나는 현실에 대한 깊은 우려다. 이런 사상은 이미 명말의 독특한 사회 현실을 반영하고 있으며, 또 영달하지 못한 문인이 고요하고 안정적인 생활을 희구하는 특수한 심리 상태를 절실하게 표현해내고 있다. 그러므로 이런 사상에 바탕해 진성탄은 『수호전』이 표현하고 있는 함의에 대해 새로운 '석의'를 하고 있다. 그는 '반란은 위에서부터 일어난다(亂自上作)'고 주장해 작품이 갖고 있는 사회 현실에 대한 강렬한 비판성을 드러냈으며, 아울러 수호 영웅에 대해서는 '어쩔 수 없어 량산보에 올랐다(逼上梁山)'는 논리로 깊은 동정과 이해를 표명했다. 하지만 동시에 '악몽에 놀라 깨어나다(驚惡夢)'라는 절을 멋대로 증보함으로써 이러한 행위의 현실적인 합리성을 부정했다. 그래서 『수호전』의 평점에서 진성탄은 깊은 모순에 빠지게 되는데, 현실에 대한 그의 불만은 수호 영웅에 대해 찬미의 말을 아끼지 않게 했고, 명말의 분란에 빠진 사회 현실은 또 그가 심리적으로 이런 행위를 진정으로 받아들이기 어렵게 만든 것이다. 이에 그 구체적인 평점 속에서 우리는 자못 흥미로운 모순을 발견하게 되는데, 그것은 반란 행위에 대한 전체적인 부정과 개별적인 영웅들에 대한 적극적인 찬미다. 이것은 진성탄이 시대의 상황과 개인의 심리라고 하는 이중의 제약 속에서 그것을 뛰어넘을 수 없어 발생한 모순이다. 그렇기에 그의 '석의' 역시 독특한 시대와 개인의 성질을 체현하고 있는 것이다.

마오 씨 부자가 『삼국연의』를 평점한 것 역시 그러하다. 촉과 위나라의 관계상 그들은 천서우(陳壽)와 쓰마광(司馬光)이 차오차오(曹操)의 위나라를 정통으로 삼은 것을 비판하고 주시(朱熹)의 『통감강목』이 촉한을 정통으로 떠받들었던 관점을 긍정했다. 이러한 취사선택은 명확하게 청초의 한족 지식인들이 명나라를 위해 정통성을 다투었던 현실적인 함의를 반영한 것이다. 청대 이후에는 『서유기』와 『홍루몽』에 대한 석의가 한바탕 뜨거운 쟁점이 되었는데, 건륭과 가경 시기의 류이밍(劉一明)은 『서유기』의 여러 평점가들을 평하며 다음과 같이 말했다.

> [왕샹쉬는] 멋대로 의론하고 사사롭게 의심하여 단지 한 쪽 반의 [적은] 분량만을 취해 마음가는 대로 전서의 대지를 다하였다.……그것에 이어서 혹은 '완공(頑空)'[37]으로 보거나, 혹은 '집상(執相)'[38]을 가리킨다 하고, 혹은 '규단(閨丹)'[39]이라 의심하거나, 혹은 '채보(采補)'[40]라는 의혹을 제기했다. 이 모든 것들이 각각 그 자신의 설을 내어 마음에 의지해 스스로 만들어낸 것이니, 그 기괴함이란 이루 헤아릴 수가 없다.([汪象旭]妄議私猜, 僅取一葉半

37] 불교 용어로 지각도 없고, 행위나 사유도 없는 허무의 경계를 가리킨다. [옮긴이 주]
38] 형상에 집착하는 것. [옮긴이 주]
39] 규단은 방중술의 일종이다. [옮긴이 주]
40] '채보(采補)'는 다른 사람의 원기(元氣)와 정혈(精血)을 빨아들여 자신의 몸을 보(補)하는 것을 말한다. [옮긴이 주]

簡, 以心猿意馬畢其全旨, ……繼此, 或目以頑空, 或指爲執相, 或疑爲闔丹, 或猜爲采補. 千枝百葉, 各出其說, 憑心自造, 奇奇怪怪, 不可枚擧.)

바로 이런 배경 하에 류이밍은 "우둔함을 헤아리지 않고(不揣愚魯)", "재삼 퇴고하고 세밀하게 해석하여(再三推敲, 細微解釋)" 석의를 더했던 것이다. 그는 스스로 그 석의가 "사물 발전의 기원과 결과를 탐구한 것이 일목요연하며(原始要終, 一目了然)", 『서유기』의 요지는 "세 가지 종교가 하나의 이치로, 본성과 명운을 동시에 닦는 도(三敎一家之理, 性命雙修之道)"라고 과장했다. 그는 심지어 "문장이 뛰어나고 졸렬하고는 내가 알 바가 아니(至于文墨之工拙, 則非予之所計也)"라고까지 선언했다[류이밍, 「서유원지서(西遊原旨序)」].

『홍루몽』에 대한 석의는 건륭 이후에 쏟아져 나왔는데, 고거(考據)와 색인(索引)에 대한 의견이 분분했다. 도광 연간의 왕시롄(王希廉), 장신즈(張新之) 두 사람은 특히 "[작품의] 함의의 소재를 드러내 밝히는 것(括出命意所在)"[위안후웨츠쯔(鴛湖月痴子), 「먀오푸쉬안 평 석두기 서(妙復軒評石頭記序)」]를 임무로 삼아 평점자의 주관적인 추단과 연역에 근거해 『홍루몽』을 성리(性理)를 부연해 설명하는 권선징악의 작품으로 해석했다. 『서유기』와 『홍루몽』의 석의는 평점자의 주관적인 바람에 의거해 해당 작품들을 '유희'나 '음탕함을 가르치는 것(誨淫)'으로 보는 사회적인 편견을 깨기 위한 것이었다. 다만 이런 석의는 작품의 실제 함의와는 상당히 거리가 있는 것이었다.

석의는 문인 평점소설의 주요한 내용이고, 문인이 소설평점에 종사하는 기본적인 목적이다. 석의는 일종의 문화 현상으로 고대의 문화 연원으로 말하자면, 이것은 유가의 경전에 대한 주석에 뿌리를 둔 것이라 말할 수 있다. 경전의 원래 의미가 어느 한 시대의 수요에 부합하지 않을 때, 사람들은 견강부회하거나 심지어 고서를 멋대로 고쳐 경전을 당시의 특수한 수요에 들어맞게 했다. 이런 류의 예는 이루 헤아릴 수 없는데, 송대의 유학자들이 그 전형적인 예이다. 피시루이(皮錫瑞)는 다음과 같이 말했다. "송대 유학자들은 [전대 사람들이나 혹은 성현의 글을 읽으면서 그 속에 담겨있는] 의미[글 속의 뉘앙스]를 이해하는 능력은 그 이전 [한대(漢代)와 당대(唐代)] 사람들보다 낫지만, 엄연히 있는 그대로의 사실을 바꾸거나 어지럽게 한 것 등을 배워서는 안 될 것이다.(宋儒體會語氣勝于前人, 而變亂事實不可爲訓)"[41] 이런 행위는 실용성을 근본으로 하고 있지만, 어느 정도는 경전의 국부적인 가치를 "자극해 살려냄으로써(激活)" 당대의 수요에 들어맞게 할 수 있다. 동시에 이것은 일종의 세계적인 행위이기도 해 고대 중국에만 국한된 것은 아니었다. 미국의 수전 손택(Susan Sontag, 1933~2004년)은 『해석에 반대한다』에서 다음과 같이 말했다.

해석은 과학적 계몽주의의 '사실주의적' 세계관이 신화가 지녔던 권능과 신화에 대한 믿음을 깨부숴버린 고대의 후기 고전주의 문화에서 처음 나타난다. 신화 이후 시대의 의식에 이 의문-종교적 상징의 고상함에 대한 의문-이 들어서자, 더 이상 옛 형식 그대로 옛 텍스트를 받아들일 수 없게 됐다. 그러자 옛 텍스트를 '현대적' 요구에 일치시키기 위해 해석이 필요하게 됐다.……인간의 의식을 역사적으로 바라보는 관점 안에서, 해석 자체도

41] 피시루이, 『주석학강요(注釋學綱要)』, 어문출판사(語文出版社), 1991년.

> 분명히 평가를 받아야 한다. 어떤 문화적 맥락으로 보면 해석은 해방 행위다. 거기서 해석은 수정하고 재평가하는, 죽은 과거를 탈출하는 수단이다. 다른 문화적 맥락에서 보면, 이는 반동적이고 뻔뻔스럽고 비열하고 숨통을 조이는 훼방이다.[42]

소설평점 중의 석의의 출현과 변이(變異)는 상술한 관점과 기본적으로 일치한다.

평점의 정감 표현을 추구하고 석의에 중점을 두는 것은 사실상 문인형 소설평점들 모두에서 나타나는 두 가지 측면이다. 그것은 석의가 평점자의 정감 수요를 귀착점으로 삼고 있기 때문이다. 명청대 소설평점사에서는 문인형 평점이라는 하나의 노선이 나타났으니, 특히 문인형 평점은 석의를 그 으뜸가는 임무로 삼아 소설평점에 이론적인 심도와 사상적인 역량을 더해주었다. 중국의 고대 문화사상사에서 속문학은 어느 정도 전체 이데올로기에서 벗어나 있었다. 이를테면 희곡과 예술 가운데 보이는, 전통적인 윤리 사상에 대한 애정관이나, 전통적인 의리 관념에 대한 가치관, 그리고 농민 반란에 대한 인식이나 역사 진화에 대한 사고 등은 모두 독창적인 사상적 가치를 갖고 있다. 이런 일련의 사상은 비록 전통 문화에서는 주류적인 지위를 점하고 있지 않았지만, 오히려 심원한 의의를 갖고 있는 사상 체계라 할 수 있다. 아울러 소설평점은 석의를 임무로 삼았는데, 그 가운데 사상적으로는 다 일치하지 않지만, 몇몇 뛰어난 평점 작품들은 오히려 속문학에 담겨 있는 이런 사상적 의의를 심각하게 드러내고 있으며, 서로 표리를 이루는 가운데

42] 수전 손택(이민아 옮김), 『해석에 반대한다』, 이후, 2002. 22~25쪽. [옮긴이 주]

그것을 크게 빛냈다.

문인형 소설평점은 한 가지 생각, 하나의 유형으로 표현되는데, 개별적인 평점본으로 말하자면, 정감과 석의만을 토로한 평점본은 극히 드물게 보인다. 소설평점사에서 비교적 전형적인 '문인형' 평점은 리줘우의 『수호전』 평점과 왕단이(汪憺漪), 류이밍(劉一明), 천스빈(陳士斌), 장수선(張書紳) 등의 『서유기』 평점, 장신즈(張新之), 왕시롄(王希廉) 등의 『홍루몽』 평점과 청말 량치차오(梁啓超), 옌난상성(燕南尙生) 등의 소설평점이다. 그리고 이에 그치지 않고 수많은 평점들, 이를테면 진성탄, 마오 씨 부자, 장주포 등의 소설평점이 모두 그러했다. 따라서 이상의 분석은 하나의 현상, 한 가지 생각만을 드러내 보여줄 따름이다.

3) 종합 형(書商型): 소설평점의 독서 지도적 성격(導讀性)

소설평점 가운데 가장 가치 있는 것은 종합형의 평점 유형이다. 이른바 '종합형'이란 이런 유형의 소설평점이 이미 '문인형'과 같이 주로 개인의 정감 표현과 함의 해석을 목적으로 하지 않고 있으며, '서상형'의 소설평점이 상업적인 전파를 귀착점으로 삼은 틀거지와도 서로 다르다는 것을 가리킨다. 이것은 상술한 두 가지 생각을 융합하면서 '독서 지도적인 성격'을 그 주요한 특색으로 삼은 평점 유형이다. 위안우야(袁無涯) 본 『수호전』 가운데 「『충의수호전서』 발범(忠義水滸全書』發凡)」의 한 문장에서 '평점'에 대해 다음과 같이 풀이한 것은 이런 평점 유형의 고갱이를 보여준 문장이라 할 수 있다.

소설이 평점을 숭상하는 것은 작자의 의도를 꿰뚫어보고, 독자의 마음을 열게 할 수 있기 때문이다. 장점으로 말하자면, [진대(晉代)의 유명한 화가인 구카이즈(顧愷之)가 그림을 그릴 때] 뺨 위에 털을 그리고 눈동자를 그려 넣어 신비로운 모습을 남김없이 드러내는 것과 같고, 단점이라고 한다면 뺨을 때리고 얼굴에 회칠을 하는 것과 같이 본래의 면모를 욕되게 하는 것이니, 함부로 할 수 있는 것이 아니다. 지금 전체의 취지, 한 회의 계책, 한 글자 한 구절의 정신을 모두 그려내어 사람으로 하여금 이것이 소설가의 필치이며 세상의 이치와 관련 있고 문장에 유익해 이제까지의 서점본과 대단히 다르다는 것을 알게 한다. 이를테면 마치 곡보에 근거하여 박자를 맞추고 동상(銅像)에 침을 놓고 경혈에 맞추며 붓끝에 눈과 혀가 있어서 사람으로 하여금 보고 듣게 할 수 있으니 이것은 평점이 가장 귀하게 여기는 바일 뿐이다.(書尙評點, 以能通作者之意, 開覽者之心也. 得則如着毛點睛, 畢露神彩; 失則如批頰面, 汚辱本來, 非可苟而已也. 今于一部之旨取, 一回之警策, 一句一字之精神, 無不拈出, 使人知此爲稗家史筆, 有關于世道, 有益于文章, 與向來坊刻, 乎不同, 如按曲譜而中節, 針銅人而中穴, 筆頭有舌有眼, 使人可見可聞, 斯評點所最貴者耳.)[『리줘우 평 충의수호전(李卓吾評忠義水滸傳)』 권수(卷首), 명 만력 연간 위안우야(袁無涯) 간본]

고갱이를 보여주는 이 문장 가운데 이른바 "작자의 의도를 꿰뚫어 본다(通作者之意)"는 것은 평점자의 정감의 함의로 작품의 사상과 주지를 역으로 되짚어가는 것으로 곧 '석의'다. "독자의 마음을 열게 할 수 있다(開覽者之心)"는 것은 작품의 사상 함의와 형식 기교에 있어 독자에게 독서 지도를 해주는 것으로, 곧 '전파'다. 그 요점을 총괄하자면, 전체적으로는 작품의 사상과 형식적 특징을 전면적으로 열어 젖혀 소설평점의 '향도(向導, 길 안내)'로서의 목적을 완성한 것이다.

'종합형' 소설평점 역시 뿌리 깊은 근원을 갖고 있다. 이것은

'서상형'과 '문인형' 평점이 결합하는 과정 속에서 배태해 점차 성숙한 것이다. 위의 글에서 말한 바대로 소설평점이 탄생한 그 최초의 동기는 소설의 유전을 촉진하기 위한 것으로 명백한 상업적 목적을 띠고 있었는데, 이것이 '서상형' 소설평점의 발원지다. 그리고 문인들이 참여함에 따라 소설평점은 점차 그 이론적 품격을 제고해 나갔다. 하지만 문인들이 최초로 소설평점에 종사한 것은 오히려 그들이 독서하는 과정에서 심득한 것을 기록한 것으로 일종의 정감의 의기투합이며 애당초 독서 지도를 위해 다른 사람에게 주고자 하는 의도가 없었던 작법이다. 이것은 소설평점이 성숙으로 나아가는 과정에서 발전하게 된 계기가 되었다. 문인들이 독서하는 가운데 자각적으로 심득한 것이 상업적인 공리성을 띤 독서 지도와 결합했을 때, 소설평점은 비로소 최종적으로 공공성을 띤 문학비평 사업이 되었다. 이러한 결합은 '종합형' 소설평점이 형성된 하나의 표지라 할 수 있다. 현존하는 자료를 갖고 말하자면, 이러한 결합은 명대 만력 연간에 이루어졌는데, 곧 리줘우의 『수호전』에 대한 열독 감상평으로부터 '룽위탕(容與堂) 본'과 '위안우야(袁無涯) 본' 평점이 공개적으로 출판되는 것까지 완성되었다. 이것에 의하면 소설평점 가운데 '종합형' 평점 유형의 출현은 '룽위탕 본'과 '위안우야 본' 『수호전』 평점이 그 시발점이 된다.

'종합형'의 소설평점 유형은 '룽위탕 본'과 '위안우야 본' 『수호전』 평점이 시발점이 된다는 것은 대체로 다음의 세 가지 표지 때문이다. 첫째, 이 두 가지 평본 모두 리줘우 평점의 정신과 혈맥을 근본으로 하고 있으며, 서방 주인과 하층 문인의 공동 참여 하에 완성되었다. 그런 까닭에 이 평점은 문인 평점의 '주체성'과 서상 형 평점의 '상업성'의 결합을 체현했고, 이것이야말로 '종합형' 평점 유형의 첫 번째 특성이라 할 수 있다. 둘째, 두 가지 평본은 고대 소설평점의 기본적인 형태를 다졌는데, 이를테면 앞부분의 총론적인 성격의 문장은 후대의 독법과 유사하고, 본문의 평점은 미비와 협비, 그리고 회말총비 세 부분으로 구성되었으며, 문장 가운데 소설의 문자와 정절에 대해 삭제를 지적한 것이 자못 많다. 그런 까닭에 소설평점의 형태 중의 기본적인 요소는 모두 이 두 가지 평본 중에서 완성되었다. 셋째, 이 두 가지 평본은 고대 소설평점의 비평 함의 상의 전환을 실현했는데, 곧 소설평점이 훈고와 음주, 역사적 사실에 대한 소증(疏證)을 위주로 한 것에서 단순한 소설사상의 예술 감상평 위주의 평점 틀로의 전환을 완성한 것이다.

'룽위탕 본'과 '위안우야 본' 이후에 '종합형'의 평점 유형은 자못 빠르게 발전했는데, 특히 진성탄의 『수호전』 평점과 마오 씨 부자의 『삼국연의』 평점, 그리고 장주포의 『금병매』 평점을 거치면서 더욱 그러했다. 이것으로 이러한 평점 유형이 세 발짝 정도 멀리 뛰어넘어 소설평점 중의 주체 유형을 완성했다고 말할 수 있다. 청대에는 진성탄, 마오 씨 부자 등의 영향을 받은 소설평점이 대다수 '종합형' 평점의 길을 따라 발전해 소설평점의 개별적인 감정 토로와 작품에 대한 해석을 결합해 자못 가치 있는 평점 작품을 만들어냈다. 그 가운데 어떤 평본들은 사람들이 거의 언급하지 않았지만, 그 안에 담겨 있는 사상적 함의는 비교적 풍부했다. 이를테면 순치 연간에 "관화탕(貫華堂) 평"이라 탁명한 『김운교전(金雲翹傳)』 평본과 강희 연간의 "위안후쯔옌쾅커(鴛湖紫髯狂客) 평" 『두붕한화(豆棚閑話)』 평본, 쑤안주런(蘇庵主人)이 스스로 엮고 평한 『수병연(繡屏緣)』 평본, 둥웨옌(董月巖) 평점의 『설월매(雪月梅)』 평본, 그리고 수이뤄싼런(水箬散人)이 평열(評閱)한 『주춘원소사(駐春

園小史)』 평본 등은 모두 일정한 이론 사상적 가치를 갖고 있다.

'종합형' 소설평점 유형은 아래의 두 가지 주요한 특징을 갖고 있다.

첫째, '종합형' 소설평점 역시 평점자의 정감 표현을 출발점으로 삼고 있는데, 이것은 '문인형' 평점과 서로 비슷하나, '서상형' 소설평점과는 서로 다른 것이다. 이것은 '종합형' 소설평점이 그 이론 사상적 가치를 얻게 된 중요한 요인이다. 그로 인해 이런 유형의 소설평점에는 평점자의 현실에 대한 감개와 사상 감정이 가득 차 있다. 이를테면, '룽위탕 본' 『수호전』 평점에서는 평점자가 작품에 규정되어 있는 상황에 따라 리쿠이(李逵), 루즈선(魯智深) 등의 솔직한 정감에 대해 열렬한 찬미를 보내고, 이를 바탕으로 사회상의 거짓 도학자 연하는 행위를 신랄하게 풍자했다. 제6회의 총평에서는 다음과 같이 말했다.

> 요즘 세상 사람들은 모두 장님이고, 안목이 있는 이는 하나도 없으니, 사람을 보되 겉모습만 본다. 이를테면 노지심은 오히려 살아있는 부처이나 도리어 그를 두고 출가한 사람 같지 않다고 한다. 묻노니 출가한 사람 같은 모양은 필경 어떻다는 것인가? 그에게 어떤 모양을 하고 있으라는 것인가? 거짓 도학자들이 증오스럽고 한스럽고 죽이고 싶고 살을 발라버리고 싶은 까닭은 바로 성인이라도 되는 양 굴기 때문이다.(如今世上都是瞎子, 再無一個有眼的, 看人只是皮相. 如魯和尙, 却是個活佛, 倒叫他不似出家人模樣. 請問似出家人模樣的, 畢竟濟得恁事? 模樣要他做恁? 假道學之所以可惡, 可恨, 可殺, 可剮, 正爲忒似聖人模樣耳.)[룽위탕 본 『수호전』 제6회 비어(批語)]

'거짓 도학자'는 명말 시기 사람들이 집중적으로 공격했던 일종의 사회 현상으로, 이것은 봉건 도학이 당시 상품 경제의 발전이 이끌어낸 각종 사회 현상과 서로 모순을 일으킴으로써 필연적으로 귀결된 결과였던 것이다. 그런 "겉으로는 도학자인 양 하면서 속으로는 부귀를 추구하고, 옷은 유학자인 양 우아하게 입고 행실은 개돼지 같은" 행위는 리줘우로부터 맹렬하게 공격받았다[리줘우 「석교(釋教)」, 『초담집(初潭集)』 11권]. '룽위탕 본' 『수호전』 평점은 이것을 평론의 중점으로 삼았는데, 바로 그러한 독특한 시대 상황과 평점자의 개별적인 사상 감정을 반영한 것이었다.

와평(臥評) 본 『유림외사』 중에서 평점자는 작품의 실제 함의를 결합해 과거제도에 대해 심각하게 풍자하고 폭로했다. 제25회 총평에서 다음과 같이 말했다.

> 과거제도가 시행된 이후로 천하에 급제의 영예를 얻기 위해 사력을 다하지 않는 이가 없다. 사실 수천 수백 명이 그 명성을 구하지만 손에 넣는 자는 한둘에 불과하다. 이렇게 과거에 실패한 이들은 아무짝에도 쓸모가 없다. 밭도 일굴 줄 모를 뿐더러 장사도 할 줄 모르고 그저 있는 재산을 까먹을 줄만 아니, 자식을 팔아먹는 지경에 이르지 않는 이가 얼마나 되겠는가! 니솽펑(倪霜峰)은 "예전에 죽은 글 나부랭이나 잘못 공부했던 게 한스럽다"고 했다. 죽은 글이란 표현이야말로 일찍이 유례가 없는 절묘한 통찰로서, 시대를 구할 명약일 뿐 아니라 세상을 일깨우는 새벽 종 소리가 될 만하다 하겠다.(自科擧之法行, 天下人無不銳意求取科名.其實千百人求之, 其得手者不過一二人.不得手者, 不稂不莠, 旣不能力田, 又不能商賈, 坐食山空, 不至于賣兒鬻女者几希矣, 倪霜峰云："可恨當年誤讀了几句死書"."死書"二字, 奇妙得未曾有, 不但可爲救時之良藥, 亦可爲醒世之晨鐘也.) [워셴차오탕(臥閑草堂) 평본 『유림외사』 제25회 비어(批語)]

와평의 과거제도에 대한 이러한 인식과 반성은 매우 심각한 것인 동시에 작품의 정감 함의와도 잘 맞아떨어지는데, 작품의 실제로부터 벗어난 허황된 말이 아니다. 이렇게 평점자의 정감 표현을 출발점으로 삼은 평론의 사고의 갈피는 '서상형' 평점의 상업적인 고취와 명확한 경계가 그어지게 되어 이로부터 소설평점의 엄숙성을 체현하고 비교적 높은 이론 사상적 가치를 얻게 되었다.

둘째, '종합형' 소설평점은 명확하게 '향도성(向導性)'을 그 소설평점의 근본 목적으로 삼았다. 이 평점의 목적은 '문인형' 평점이 정감의 토로와 석의를 주도적인 비평의 종지(宗旨)로 삼은 것과 또 다른 흥취가 있다. 이른바 소설평점의 '향도성'은 이런 비평 관념을 가리킨다. 곧 소설평점이 평점자가 작품을 이해하고 납득한 기초 위에 독자(당연하게도 작자를 포함해서)를 인도해서 소설의 감상과 창작에 영향을 줄 것을 요구하고, 그로 인해서 소설평점에 일종의 교량 역할을 해 작품과 독자 사이의 관계를 소통시키고자 하는 것이다.

이런 비평 관념은 진성탄의 문학비평에서 가장 뚜렷하게 표현된다. 그는 『수호전』 평점 중에서 이론적인 총결을 하지 않고 단지 평점을 실천하는 가운데 이렇게 [독자와 작품 사이의 소통이라는] 직분을 수행했을 따름이다. 하지만 그의 다른 평점에서는 이론적인 설명을 하고 있는데, 이로써 그가 갖고 있는 문학비평의 종지의 일관성을 체현했다. 일찍이 『서상기』 평점 중에서 진성탄은 문학평점에 대해 다음의 두 가지 비유를 들었다.

> 후대 사람은 반드시 독서를 좋아할 것이로되, 독서는 반드시 광명에 의지해야 한다. 광명이라는 것은 그 책을 비추어줌으로써 읽을 수 있도록 해주는 것이다. 나는 광명이 되어 그 책을 비춤으로써 그들에게 선물이

되어줄 수 있기를 바란다.

후대 사람들이 반드시 독서를 좋아하되, 반드시 또 마음을 알아주는 계집종을 좋아할 것이다. 자기 마음을 알아주는 계집종이란 서리 내린 새벽이나 비 내리는 밤에도 곁에 시립하여 함께 즐거워하고 더불어 살아가는 존재인 것이다. 나는 후세에 그런 마음을 알아주는 계집종으로 다시 태어나 서리 내린 새벽이나 비 내리는 밤에 곁에서 시립함으로써 그들에게 선물이 될 수 있기를 바란다.(後之人必好讀書, 讀書必仗光明, 光明者, 照耀其書所以得讀者也. 我請得爲光明以照耀其書而以爲贈之. 後之人必好讀書, 必又好其知心靑衣, 知心靑衣者, 所以霜晨雨夜侍立于側, 幷興齊住者也. 我請得轉我後身便爲知心靑衣, 霜晨雨夜侍立于側而以爲贈之.)[진성탄, 『제육재자서서상기(第六才子書西廂記)』 서이(序二) 「류증후인(留贈後人)」]

진성탄은 '광명'과 '마음을 알아주는 계집종'으로 문학 평점을 비유했다. 이것으로 그가 문학평점의 '향도성'을 중시했고, 그의 모든 문학 평점이 다 이런 비평 주장을 실천하고 있으며, 『수호전』 평점이야말로 그중 가장 좋은 모범이 되는 책이라는 사실을 알 수 있다. 진성탄 이후에는 소설평점이 대부분 그의 평본을 모방의 대상으로 삼았기에, 이런 비평의 종지가 소설평점자들이 공통으로 추구하는 목표가 되었다.

'향도성'을 평점의 종지로 삼은 것은 문학의 '가해성(可解性)' 기초 위에 세워진 것이다. 중국 고대의 문학비평은 종래에 좡쯔(莊子)의 철학 사상의 영향을 받았다. 좡쯔는 다음과 같이 말했다. "말로써 논할 수 있는 것은 사물 가운데에서도 큰 것이고, 생각해서 인지할 수 있는 것은 사물 가운데에서도 작은 것이다.(可以言論者, 物之粗也, 可以意致者, 物之精也.)"[『장자』 「추수(秋水)」] 그는 객체 대상에 대한 인식은 심령의 묵계로써만 가능하고 언표로는 도달하기 어렵다는 사실을 강조했다. 그런 까닭에 고대의 문학비평은 심미 객체에 대한 '감오(感悟)'를 매우 중시했던 것이고, 문학비평은 이런 '감오'의 직접적인 전달로 언어로는 정밀하고 상세하게 분석하기 어려운 것이다. 류셰(劉勰)는 다음과 같이 말했다. "사변의 울타리 밖에 있는 미묘한 정서나 문장의 밖에 있는 섬세한 묘미에 이르게 되면 언어를 가지고는 어찌할 수도 없는 것이어서 붓을 놓을 수밖에 없는 것이다.(至于思表纖旨, 文外曲致, 言所不追, 筆固知止)"[『문심조룡(文心雕龍)』「신사(神思)」] 이런 관념은 서정문학에 대해 말하자면 그 나름의 합리성이 있지만, 고대의 문학비평, 특히 시가비평이 일정한 신비성과 모호성을 띠게 만들었다. 문학비평의 '향도성'에 대한 중시는 바로 이런 관념을 겨누어서 나온 것으로 그 가운데 가장 강렬하게 반박한 것이 바로 '종합형' 평점의 대표 인물인 진성탄이다. 논술의 편리를 위해 우리는 진성탄의 이런 관점을 다음과 같이 정리하도록 한다.

> 나는 어려서 "원앙을 수놓는 것이 완료되면, 나는 그대에게 그것들을 보여줄 것이다. 하지만 나는 그대에게 바늘을 보여주지는 않을 것이다"라는 두 구절의 말을 제일 싫어했는데, 이것은 가난한 사내가 왕이푸(王夷甫)를 자칭하며 아도라는 물건을 말하지 않는 것[43]일 따름이다. 만약 바늘을

43] 『세설신어(世說新語)』의 「규잠편」에 나오는 말이다. 위진(魏晉) 시기에 왕이푸(王夷甫)라는 사람이 있었다. 그는 서진 말기 귀족사회에 유행하던 청담(淸談)의 중심인물이다. 그러나 귀족들이 현실을 벗어나 청담에만 몰두해 있던 탓에 서진은 흉노에게 망하고 왕이푸는 사로잡혀 죽고 말았다. 왕이푸는 속된 것을 싫어하는 고아한 성격이었으나 반대로 그의 아내는 재물과 권력을 좋아하는 여자였다. 그래서 돈을 싫어하는 왕이푸를 시험해 보기 위해 여종을 시켜 그가 잠든 사이 돈을 침대 둘레에 가득 쌓아두게

구한다면, 어찌 내게 살짝 보여줘도 괜찮지 않겠는가?(僕幼年最恨"鴛鴦綉出從君看, 不把金針度与君"之二句, 謂此必是貧漢自称王夷甫口不道阿堵物計耳. 若果得金針, 何妨与我略度.)[「독제육재자서서상기법(讀第六才子書西廂記法)」, 『관화탕 제육재자서 서상기(貫華堂第六才子書西廂記)』]

이 아우는 어려서부터 '시골 훈장(冬烘先生)'[44] 무리들 사이에서 전해오는 "시의 절묘한 곳은 바로 이해할 듯 이해할 수 없는 듯 한 사이에 있다"고 한 말이 가장 곤혹스러웠습니다. 아우가 직접 만나본 세간의 뛰어난 재주와 기이한 능력을 가진 큰 인물들은 모두 이런 말을 하려 하지 않았습니다. 그러나 저 시류에 편승하는 보잘것없고 장단점을 논할 수 없는 인간들은 종종 이야기를 하다가 이런 말을 피치 못해 지껄여댔습니다. 그것은 다른 게 아니라 실로 이 한 마디 말이 둘러대기에 편한 점이 있어서인데, 대개 그들이 스스로 사용할 때는 지극히 간단하고 다른 이들의 비판을 피할 때는 무궁무진하게 둘러댈 수 있기 때문입니다.(弟自幼最苦冬烘先生輩輩相傳"詩妙處正在可解不可解之間"之一語. 弟親見世間之英絶奇偉大人先生皆未嘗肯作此語, 而彼隨世碌碌無所短長之人, 而又口中不免往往道之. 無他, 彼固是有所甚便于此一語, 蓋其所自操者至約, 而其規避他人者乃至無窮也.[진성탄, 「여임승지(與任昇之)」, 『관화당선비당재자시·어정문관(貫華堂選批唐才子詩·魚庭聞貫)』]

했다. 잠에서 깨어보니 돈에 막혀 나갈 수 없게 되자 왕이푸는 여종을 불러 말했다. "어서 이 물건들을 모두 치우도록 해라(擧却阿堵物)." 돈을 싫어하는 고아한 성격의 그는 끝까지 돈을 돈이라 칭하지 않았다. 이때부터 '아도물(阿堵物)'이 돈을 지칭하는 말로 대신 쓰였다. [옮긴이 주]

44] 겨울철에 방 안에 앉아서 불만 쬐고 있는 훈장이라는 뜻으로, 학문에만 열중하여 세상 물정에 어두운 사람을 이르는 말이다. [옮긴이 주]

진성탄의 비어는 비록 각박한 것이긴 하나 도리가 없지는 않으니, 이것으로 그의 '향도성' 평점의 종지에 앞장섰다. 그의 문학 평점은 기본적으로 이런 특색을 체현하고 있다. 두푸(杜甫)의 시가를 비점할 때 그는 호기롭게 "선생이 이미 원앙을 수놓았으니, 성탄은 또 바늘을 다 보여주어 그 말을 후대 사람에게 맡기노니, 모름지기 잘 배워야 한다(先生旣綉出鴛鴦, 聖嘆又金針盡度, 寄語後人, 善須學去也)"고 말했다[『창경당두시해 · 위풍록사택관조장군화마도인(唱經堂杜詩解 · 韋諷彔事宅觀曹將軍畵馬圖引)』 비어]. 진성탄의 상술한 관점은 '종합형' 소설평점 가운데 극히 대표적인 것으로 이후의 소설평점에 영향을 주었다. 전대 사람들의 이른바 '소설평점파'는 곧 진성탄이 개창한 '향도성'을 중시한 평점 틀을 가리킨다.

'종합형'의 소설평점은 '향도성'을 그 종지로 삼고, '가해성'을 소설평점의 전제로 삼았기에, 평점의 함의상 두 가지 주요 측면을 형성했다. 하나는 작품의 사상 정감에 대한 깊이 있는 풀이와 분석으로, 이에 '석의'와 '고거', '색은' 등이 청대 이래의 소설평점 가운데 끊임없이 나타났다. 다른 하나는 작품의 형식 기교에 대한 상세한 분석으로, 이른바 '법(法)'의 중시는 이로부터 유래했다. 동시에 '종합형'의 소설평점은 작품의 정감에 대한 깊이 있는 풀이와 해석, 그리고 작품의 형식 기교에 대한 상세한 분석을 특징으로 하여 문학비평의 전체적인 사고의 갈피에 새로운 경계를 개척했다. 이것은 곧 소설평점이 중국의 고대 문학비평이 감오성을 중시하고 분석이 결핍된 비평 전통을 깨뜨리고 문학비평이 감오와 해석(解析)이 결합된 길로 발전해 나가도록 했다.

지은이

탄판(譚帆, 담범, 1959~)

중국소설이론 연구가로 장쑤 성(江蘇省) 창수(常熟) 사람이다. 1979년 9월부터 화둥사범대학(華東師範大學) 중문과에서 공부하기 시작하여 같은 대학에서 「진성탄 희곡문학창작론연구(金聖嘆戲曲文學創作論硏究)」라는 논제로 석사학위를, 또 「중국소설평점연구(中國小說評點硏究)」라는 논제로 문학박사 학위를 취득하였다. 1986년 9월부터 화둥사범대학 중문과에서 가르치고 있는데 1988년에 강사, 1992년에 부교수, 1996년에는 교수로 승급하였다. 주로 중국문학비평, 중국희곡사 및 중국소설이론 연구에 종사하고 있다.

옮긴이

조관희(趙寬熙, Cho Kwanhee, trotzdem@sinology.org)

서울에서 나고 자랐다. 연세대학교 중어중문학과를 졸업하고, 같은 학교에서 석사와 박사학위를 받았다(문학박사). 1994년부터 상명대학교에서 학생들을 가르치고 있다(교수). 한국중국소설학회 회장을 역임했다. 주요 저작으로는 『소설로 읽는 중국사 1, 2』(돌베개, 2013), 『교토, 천년의 시간을 걷다』(컬처그라퍼, 2012), 『조관희 교수의 중국사 강의』(궁리, 2011), 『조관희 교수의 중국현대사 강의』(궁리, 2013) 등이 있고, 루쉰(魯迅)의 『중국소설사(中國小說史)』(소명, 2005)와 데이비드 롤스톤(David Rolston)의 『중국 고대소설과 소설평점』(소명출판, 2009)을 비롯한 몇 권의 역서가 있으며, 다수의 연구 논문이 있다. 지은이에 대한 상세한 정보는 홈페이지(www.sinology.org/trotzdem)로 가면 얻을 수 있다.

중국 고대소설평점 간론

초판 인쇄 2014년 12월 20일
초판 발행 2014년 12월 30일

지 은 이 | 탄판(譚帆, 담범)
옮 긴 이 | 조관희(趙寬熙)
펴 낸 이 | 하운근
펴 낸 곳 | 學古房

주 소 | 서울시 은평구 대조동 213-5 우편번호 122-843
전 화 | (02)353-9907 편집부(02)353-9908
팩 스 | (02)386-8308
홈페이지 | http://hakgobang.co.kr/
전자우편 | hakgobang@naver.com, hakgobang@chol.com
등록번호 | 제311-1994-000001호

ISBN 978-89-6071-460-1 93820

값 : 14,000원

이 도서의 국립중앙도서관 출판시도서목록(CIP)은 서지정보유통지원시스템 홈페이지(http://seoji.nl.go.kr)와 국가자료공동목록시스템(http://www.nl.go.kr/kolisnet)에서 이용하실 수 있습니다.(CIP제어번호: CIP2014036602)